Los **JET** de Plaza & Janés

Louisa M. Alcott
Mujercitas

PLAZA & JANES EDITORES, S. A.

Título original: *Little Women*
Diseño de la portada: Método, S. L.
Ilustración de la portada: cartel cedido por Columbia TriStar
   Pictures
Ilustraciones interiores: © 1994, Columbia Pictures Indus-
   tries, Inc.

Sexta edición: febrero, 1999

© de la traducción, editorial Molino
© 1995, Plaza & Janés Editores, S. A.
   Travessera de Gràcia, 47-49. 08021 Barcelona

Printed in Spain – Impreso en España

ISBN: 84-01-46257-6
Depósito legal: B. 1.878 - 1999

Fotocomposición: Fort, S. A.

Impreso en Litografía Rosés, S. A.
Progrés, 54-60. Gavà (Barcelona)

L 4 6 2 5 7 6

1

EL JUEGO DE LOS PEREGRINOS

—Este año, sin regalos, no va a parecernos Navidad —dijo Jo con disgusto; estaba tendida sobre la alfombra, delante de la chimenea.

—¡Qué horrible es ser pobre! —comentó Meg, suspirando mientras miraba con melancolía su viejo vestido.

—A mí no me parece justo que unas tengan tantas cosas bonitas y otras no tengan absolutamente nada —añadió Amy con un mohín de despecho.

—Tenemos a mamá y a papá y nos tenemos las unas a las otras —dijo Beth, desde el rincón que ocupaba.

Los semblantes de las cuatro jóvenes parecieron iluminarse al escuchar estas palabras pero enseguida volvieron a ensombrecerse, cuando Jo precisó con tristeza:

—A papá no le tenemos ahora, ni le tendremos por mucho tiempo.

Pudo haber agregado «ni le tendremos nunca más». Pero aunque no lo dijo, cada una lo pensó al evocar el recuerdo del padre que se hallaba muy lejos, en el frente de batalla.

Siguió una pausa prolongada; luego Meg dijo con voz velada por la emoción:

—Ya sabéis el motivo por el cual mamá nos ha pedido

que prescindamos de los regalos de Navidad. El invierno será muy duro y cree que no debemos gastar dinero en cosas superfluas, mientras nuestros soldados sufren tanto en la guerra. No podemos ayudar mucho pero sí hacer algunos sacrificios, y debemos hacerlos alegremente. Claro que, por lo que a mí se refiere, no creo que sea así. —Al decir esto sacudió pesarosa su cabecita, pensando quizá en todas las cosas bonitas que deseaba.

—Lo que no entiendo es en qué puede ayudar lo poco que habíamos de gastar. La fortuna de cada una de nosotras se eleva a un dólar. ¿Os parece que será de gran ayuda para el ejército? Acepto que ni mamá ni vosotras me regaléis nada, pero yo me compraré *Undine y Sintram.* ¡Hace tanto tiempo que quiero hacerlo! —dijo Jo, a quien le gustaba leer y devoraba cuantos libros caían en sus manos.

—Yo había pensado gastarme mi dólar en partituras nuevas —informó Beth, lanzando un suspiro que nadie oyó.

—Yo me compraré una caja de lápices de colores —dijo Amy—. Me hacen mucha falta.

—Mamá no ha mencionado nuestro dinero particular, y no creo que quiera que lo demos todo —exclamó Jo examinando los tacones de sus botas—. Compremos, pues, lo que nos haga falta y permitámonos algún gusto, ya que ganarlo nos cuesta bastante trabajo.

—A mí, desde luego, mucho... —dijo Meg con tono lastimero—. Todo el día dando lecciones a esos terribles niños, cuando me muero de ganas de estar en casa.

—Pues yo lo paso peor —le recordó Jo—. ¿Qué dirías si tuvierais que estar encerradas horas y horas con una vieja histérica y caprichosa que os tiene siempre atareadas, sin mostrarse nunca satisfecha de lo que hacéis y os fastidia hasta que os entran deseos de echaros a llorar o saltar por el balcón?

—El quejarse no está bien, pero yo os aseguro que no hay trabajo más fastidioso que el fregar platos y arreglar la casa. A mí me causa irritación y me pone las manos tan tiesas y ásperas que no puedo estudiar el piano. —Beth dirigió una mirada a sus manitas enrojecidas lanzando un segundo suspiro, que esta vez sí oyeron sus hermanas.

—No creo que ninguna de vosotras sufra lo que yo —afirmó Amy—, porque no tenéis que ir a la escuela con muchachas impertinentes que se burlan de una cuando no sabe la lección, se ríen de los trajes que una lleva, «defaman» a vuestro padre porque es pobre y hasta llegan a insultaros porque no tenéis una nariz bonita.

—Se dice difaman, Amy, no «defaman» —observó Jo, riendo.

—No intentes criticarme, que bien sé yo lo que me digo —repuso Amy con soberbia—. Hay que usar palabras escogidas para mejorar el vocabulario.

—Vamos, niñas, dejadlo. ¡Oh, si papá conservara el dinero que perdió cuando éramos pequeñas! ¡Qué bien lo pasaríamos si estuviéramos libres de apuros económicos! ¿Verdad, Jo? —Meg podía acordarse de mejores tiempos en que su familia se había visto libre de estrecheces.

—El otro día dijiste que debíamos considerarnos más felices que los King, porque ellos, a pesar de su dinero, viven disgustados y en continua riña.

—Y así es en efecto, Beth; es decir, así lo creo, porque aunque tengamos que trabajar luego nos divertimos y formamos una pandilla alegre, como diría Jo.

—¡Jo usa unas expresiones tan chocantes...! —observó Amy, dirigiendo una mirada de reproche a su hermana.

Ésta se puso en pie de un salto, hundió ambas manos en los bolsillos y se puso a silbar con fuerza.

—No hagas eso, Jo, que es cosa de chicos.

—Por eso lo hago.

—Detesto a las chicas con modales ordinarios.

—Y yo detesto las cursiladas de las que se creen señoritas elegantes.

—«Los pájaros se acomodan en sus niditos» —cantó Beth, la pacificadora, con una expresión tan divertida que las que discutían se interrumpieron para estallar en sonoras carcajadas.

—Realmente, niñas, las dos merecéis censura por igual

—dijo Meg, iniciando su sermón con aire de hermana mayor—. Tú, Jo, has pasado ya la edad en que se hacen gracias de chico. No importaban antes, cuando eras pequeña, pero ahora que eres tan alta y llevas el pelo recogido no deberías olvidar que eres una señorita y comportarte como tal.

—¡No lo soy! Y si por recogerme el pelo me convierto en una señorita, me haré trenzas hasta que cumpla veinte años —exclamó Jo, arrancándose la redecilla y sacudiendo su cabellera de color castaño—. Detesto pensar que debo crecer y ser la «señorita March» y llevar faldas largas. Ya es bastante desagradable ser chica, cuando lo que me gustan son las maneras, los juegos y los modales de los chicos. No puedo conformarme con haber nacido mujer, y ahora más que nunca, pues quisiera luchar al lado de papá y sin embargo me veo obligada a permanecer en casa haciendo calceta como una vieja. —Sacudió el calcetín azul que estaba haciendo hasta hacer sonar las agujas como castañuelas, mientras el ovillo caía y rodaba por el suelo.

—¡Pobre Jo! Siento que eso no tenga remedio; tendrás que contentarte con ponerte un nombre masculino e imaginar que eres nuestro hermano —dijo Beth, en tanto acariciaba la cabecita que su hermana apoyaba en sus rodillas, con una mano cuya tersura no había deteriorado el trabajo doméstico.

—En cuanto a ti, Amy —intervino Meg—, eres demasiado afectada. Hay algo de divertido en tus maneras, pero si no andas con cuidado te convertirás en una persona ridícula. Cuando no tratas de parecer elegante eres muy agradable y da gusto verte tan modosita y bien hablada, pero las palabras rebuscadas que sueltas a veces son tan malas como la jerga que suele emplear Jo.

—Si Jo es un golfillo y Amy una presuntuosa, ¿qué soy yo, si se puede saber? —preguntó Beth, dispuesta a recibir su parte del sermón.

—Tú eres un ángel, querida —respondió Meg con calor y nadie la contradijo, porque la «ratita» era el ídolo de la familia.

Ahora, como nuestros lectores querrán saber cómo son los personajes de esta novela, aprovecharemos la ocasión para trazar un apunte de las cuatro hermanas que estaban ocupadas haciendo calceta una tarde de diciembre, mientras fuera caía monótonamente la nieve y dentro del cuarto se oía el alegre chisporroteo del fuego en la chimenea.

Era aquél un cuarto amplio y confortable, aunque la alfombra estaba bastante descolorida y el mobiliario era de lo más sencillo; de las paredes pendían algunos cuadros, los anaqueles estaban llenos de libros, en las ventanas florecían crisantemos y rosas de Navidad y en toda la casa se respiraba una atmósfera de paz y bienestar.

Margarita o Meg, según su diminutivo familiar, tenía dieciséis años y era la mayor de las cuatro. Era bonita, un poco rellenita, de cutis sonrosado, ojos grandes, abundante y sedoso cabello castaño, boca delicada y manos blancas de las que se envanecía. Jo, de quince años, era muy alta, esbelta y morena, tenía boca de expresión resuelta, nariz un tanto respingona, penetrantes ojos grises que parecían verlo todo y que unas veces tenían expresión de enojo, otras de alegría y otras se tornaban graves y pensativos. Tenía espalda fornida, manos y pies grandes y la tosquedad de una chica que va haciéndose mujer a su pesar. Su larga y abundante cabellera era su única belleza, pero generalmente la llevaba recogida en una redecilla para que no le estorbase. En cuanto a Elizabeth o Beth, era una niña de trece años, de carita rosácea, pelo lacio y ojos claros, tímida en sus maneras y en el hablar y con una expresión apacible que rara vez se turbaba. Su padre la llamaba la Tranquila y el nombre le cuadraba de maravilla, porque parecía vivir en un mundo feliz del que solamente salía para reunirse con las pocas personas a quienes brindaba su cariño y respeto. Amy, la más joven, era, según su propia opinión, una personita importante. Una nívea doncella de ojos azules y cabello dorado que le caía formando bucles sobre los hombros, pálida y esbelta, se comportaba siempre como una señorita que cuida sus modales y palabras.

Del carácter de cada una de las hermanas no diremos nada; dejaremos al lector el trabajo de irlo descubriendo en el curso de la novela.

El reloj anunció las seis, y enseguida Beth trajo unas zapatillas que colocó delante de la chimenea para que se calentasen. La imagen de aquellas zapatillas emocionó a las niñas: iba a llegar la madre y todas se dispusieron a darle una alegre bienvenida. Meg dejó de sermonear y encendió la lámpara; Amy abandonó la butaca que ocupaba, y Jo olvidó su cansancio, para sentarse más erguida y acercar las zapatillas al fuego.

—Hay que comprarle otro par a mamá; éstas están muy gastadas —dijo.

—Yo pensaba invertir en eso mi dólar —aseguró Beth.

—No; se las regalaré yo —terció Amy.

—Yo soy la mayor... —comenzó Meg, pero Jo la interrumpió con tono resuelto:

—¡Ya está bien! En ausencia de papá, yo soy el hombre de la casa. Además, él me pidió que me cuidase especialmente de mamá y seré yo quien se encargue de las zapatillas.

—Tengo una idea —propuso Beth—. Empleemos nuestro dinero en comprarle alguna cosa a mamá. Lo nuestro puede esperar.

—Es una buena idea, como todas las tuyas, cariño —exclamó Jo—. ¿Y qué le compraremos?

Todas guardaron silencio mientras reflexionaban. Al cabo de un minuto, como si sus bonitas manecitas acabaran de sugerirle una idea, Meg dijo:

—Le regalaré unos guantes.

—Y yo las mejores zapatillas que encuentre —terció Jo.

—Unos pañuelos bordados —dijo Beth.

—Pues yo le compraré un frasco de agua de colonia. Le gusta mucho, y como no cuesta tanto, me quedará algo para mis lápices —añadió Amy.

—¿Cómo le entregaremos los regalos? —preguntó Meg.

—Pues los dejamos sobre la mesa y la llamamos para que abra los paquetes —propuso Jo—. ¿No os acordáis que así lo hacíamos en nuestro cumpleaños?

—Yo recuerdo que me asustaba mucho cuando me llegaba el turno de sentarme en la silla alta con la corona en la cabeza y vosotras os acercabais con los paquetes para ofrecérmelos y darme un beso. Me gustaban mucho los regalos y los besos, pero me ponía nerviosa el que me miraseis mientras abría los paquetes —dijo Beth, que estaba preparando unas tostadas para el té y se tostaba la cara al mismo tiempo que el pan.

—Dejemos que mamá piense que vamos a comprarnos cosas para nosotras y luego le daremos una sorpresa. Mañana saldremos a hacer algunas compras —dijo Jo paseándose con las manos a la espalda y la naricilla alzada—. Meg, hay mucho que hacer todavía para la función del día de Navidad.

—Esta será la última vez que intervengo en una representación de Navidad, pues ya soy bastante mayor para eso —observó Meg, que seguía siendo tan niña como siempre cuando se trataba de representaciones familiares.

—¡Vaya! Te aseguro que no dejarás de hacerlo —dijo Jo—. Te agrada demasiado el pasearte por la escena con un vestido de cola y luciendo joyas de papel de plata. Por otra parte, eres nuestra mejor actriz, y si desertas, se acabaron nuestras funciones. Debemos ensayar la pieza esta tarde. Ven aquí, Amy, y practica la escena en que caes desmayada, y que aún no has logrado hacer bien. ¿Por qué te pones tiesa como una estaca?

—No es culpa mía; jamás he visto desmayarse a nadie y no me apetece llenarme de cardenales dejándome caer de espaldas como lo haces tú. Si puedo caer cómodamente, me arrojaré al suelo; de lo contrario, aterrizaré graciosamente en una silla; me tiene sin cuidado que Hugo se acerque a mí con una pistola —respondió Amy, que carecía de aptitudes para las tablas, pero a quien se había designado para aquel papel ya que debido a su poco peso, podía ser arrebatada fácilmente en brazos por el villano de la obra.

—Hazlo así, mira: unes las manos con gesto de desesperación, y avanzas vacilante por el cuarto, gritando con frenesí: «¡Rodrigo, sálvame, sálvame!» —Mientras lo decía, Jo representó la escena tan vívidamente que sus gritos resultaron emocionantes.

Pero cuando Amy trató de imitarla lo hizo muy mal: extendió las manos con excesiva rigidez, anduvo como una autómata y sus exclamaciones sonaron tan ridículas que Jo lanzó un suspiro de desesperación. Meg se echó a reír a carcajadas y Beth, divertida por lo que presenciaba, descuidó su tarea y las tostadas se convirtieron en carbón.

—Es inútil —comentó Jo—. Cuando te toque salir a escena procura hacerlo lo mejor que puedas y no me culpes si el público se echa a reír. Ahora tú, Meg.

Lo que siguió fue ya mejor. Don Pedro desafió al mundo con un parlamento de dos páginas sin interrupción; Agar, la bruja, lanzó con acento sombrío su invocación infernal inclinada sobre el caldero donde cocía sus encantamientos; Rodrigo se libró de sus grilletes con viril arranque, y Hugo murió estremecido por los remordimientos y el veneno, lanzando gritos estentóreos.

—Es nuestra mejor representación hasta la fecha —dijo Meg mientras el traidor se incorporaba restregándose los codos.

—No sé cómo puedes escribir y representar cosas tan magníficas, Jo —exclamó Beth, que tenía la firme convicción de que sus hermanas poseían admirables dotes para todo—. Eres un verdadero Shakespeare.

—No exageres —contestó Jo, con modestia—. Creo que «La maldición de la bruja» está bastante bien, pero yo quisiera representar *Macbeth* si tuviéramos una trampa para Banquo. Yo siempre he deseado un papel en el que tenga que matar a alguien. «¿Es una daga lo que veo delante de mí?» —recitó imitando la actitud y el gesto de un gran actor dramático al que había visto actuar.

—¡No! —gritó Meg—. Es el tenedor de tostar con unas zapatillas de mamá en lugar del pan. Jo está embobada con la representación.

El ensayo terminó entre las risas alborotadas de las cuatro muchachas.

—Me alegro de encontraros tan divertidas, hijas mías —dijo una voz agradable desde la puerta.

Al oírla, actores y espectadores corrieron a dar la bienvenida a una señora de porte distinguido y aspecto maternal, cuyo rostro tenía una expresión amable y cariñosa. A pesar de no ir ataviada elegantemente, las cuatro niñas la consideraban la persona más encantadora del mundo, con su raído abrigo gris y su sombrero pasado de moda.

—¿Cómo lo habéis pasado, hijitas? Había tanto trajín para preparar las cajas para mañana, que no pude venir a almorzar. ¿Hubo algún recado, Beth? ¿Cómo va tu constipado, Meg? Tienes cara de estar fatigada, Jo. Ven a darme un beso, pequeña.

Mientras su afecto maternal desbordaba en preguntas, la señora March se despojó del abrigo y los húmedos zapatos, y se colocó las zapatillas que le tenían preparadas. Luego se sentó en una butaca, atrajo hacia sí a Amy y la sentó sobre sus rodillas, preparándose a disfrutar de la hora más feliz de su atareado día.

Las muchachas, por su parte, se dispusieron a cumplir diligentemente su tarea para que todo estuviera bien hecho. Meg preparó la mesa para el té; Jo trajo leña para la chimenea y puso las sillas, dejando caer varias cosas y desarreglando cuanto tocaba; Beth iba y venía de la sala a la cocina, y Amy impartía órdenes a todas, mientras permanecía sentada con los brazos cruzados.

Cuando se sentaron alrededor de la mesa, la señora March dijo con radiante expresión de satisfacción:

—Os reservo una sorpresa para después de cenar.

Todos los rostros se iluminaron con amplias sonrisas de felicidad. Beth unió fuertemente las manos sin reparar en la galleta que tenía entre ellas, y Jo lanzó al aire su servilleta gritando:

—¡Una carta! ¡Una carta! Tres hurras para papá.

—Sí, una carta muy larga. Papá está bien y dice que va a pasar el invierno mejor de lo que esparaba. Envía muchos recuerdos cariñosos y deseos de felicidad para la Navidad. Y un mensaje especial para vosotras —dijo la buena señora acariciando el bolsillo donde estaba la carta, como si se tratase de un tesoro.

—¡Daos prisa en comer! Acaba de una vez, Amy; no comas con tanta parsimonia —dijo Jo, atragantándose con el té y dejando caer sobre la alfombra una tostada en su prisa por acabar para que la carta fuese leída.

Beth abandonó la mesa y fue a sentarse en su rincón en silencio, pensando en el buen rato que le esperaba.

—¡Qué gran gesto tuvo papá al alistarse como capellán del ejército, en vista de que era demasiado viejo y no tenía salud para ser soldado! —exclamó Meg.

—¡Qué no daría yo por poder ir como cantinera o enfermera para estar cerca de él y ayudarle! —dijo Jo, lanzando un suspiro.

—Debe de ser duro dormir bajo una tienda de campaña, y tener que comer cosas desagradables y beber en un jarro de hojalata —observó Amy.

—¿Cuándo volverá, mamaíta? —preguntó Beth con voz ligeramente temblorosa.

—A menos que enferme, han de pasar muchos meses todavía. Allí estará cumpliendo fielmente con su deber mientras pueda, y nosotras no debemos pedirle que vuelva mientras sus servicios sean necesarios. Oíd ahora lo que escribe.

Se acercaron todas al fuego; la madre se sentó en su butaca, Beth en el suelo, a sus pies, Meg y Amy a cada lado del sillón y Jo a su espalda, para que nadie fuera testigo de su emoción si la carta resultaba conmovedora.

En aquellos aciagos tiempos, pocas eran las cartas que no tuvieran la virtud de conmover a quienes las leían, especialmente a las esposas e hijos que recibían noticias de sus compañeros o padres que luchaban en el frente. El señor March, en la suya, no hacía alusión a las privaciones sufridas, a los peligros arrastrados, a la lucha que debía sostener consigo mismo para vencer la nostalgia del hogar lejano. Su carta rebosaba alegría y optimismo y en ella relataba animadamente la vida del campamento, las marchas y las noticias militares. Su amor paternal y su anhelo de ver a los suyos y estrecharlos entre sus brazos se traslucía sólo al final en esta frase:

«Dales a todas mil besos de mi parte. Diles que pienso en ellas durante todo el día, rezo por ellas por las noches y a todas horas encuentro en el recuerdo de su cariño mi mayor consuelo. Este año que he de pasar sin verlas me ha de resultar interminable, pero recuérdales que mientras llega el momento del regreso, todos debemos trabajar para no desperdiciar estos días de dura prueba. Sé que ellas recordarán todo cuanto les dije, que serán para ti hijas amantísimas, que cumplirán sus deberes con fidelidad, que sabrán superar sus defectos y sobreponerse a todo, para que así, cuando de nuevo me encuentre entre vosotras, me sienta más satisfecho y más orgulloso que nunca de mis mujercitas.»

El final de este párrafo las emocionó a todas. Jo no se avergonzó de la gruesa lágrima que le resbaló por la nariz y a Amy no le preocupó desarreglar sus rizos al ocultar su rostro en el hombro de su madre y sollozar.

—¡Soy una egoísta! —dijo—. Pero trataré de enmendarme para no decepcionarlo cuando vuelva.

—¡Todas nos enmendaremos! —exclamó Meg—. Yo soy demasiado presumida y detesto el trabajo, pero prometo cambiar.

—Yo también procuraré dejar de ser tan brusca y atolondrada y convertirme en «una mujercita» como a él le gusta. Y en vez de estar siempre deseando hallarme en otra parte, trataré de cumplir con mi deber en casa —dijo Jo, convencida de que luchar para dominar su carácter era empresa más ardua que plantarse frente al enemigo, allá en el sur.

Beth guardó silencio; se enjugó unas lágrimas con el calcetín azul que estaba haciendo y reanudó su labor mientras decidía en su interior ser como su padre esperaba que fuera.

La señora March rompió el silencio que siguió a las palabras de Jo, diciendo con voz alegre:

—¿Recordáis cómo os divertíais, cuando erais peque- ñas, jugando a los Peregrinos? Nada os gustaba tanto como el que os atara a la espalda mis sacos de retales, que eran la carga, y os diera sombreros y bastones y rollos de papel, con todo lo cual viajabais por la casa desde la bode- ga, que era la Ciudad de la Destrucción, hasta el granero donde reuníais todas las cosas bonitas que hallabais para construir una Ciudad Celestial.

—¡Qué divertido era —exclamó Jo—; sobre todo cuando pasábamos entre los leones, luchábamos con Apo- lo y cruzábamos el valle de los duendes!

—A mí me gustaba cuando los sacos rodaban escaleras abajo.

—Pues a mí cuando entrábamos en la Ciudad Celestial y cantábamos alegremente —dijo Beth, sonriendo, como si de nuevo viviera aquellos momentos felices.

—Yo sólo recuerdo que tenía miedo a la bodega y de la entrada oscura y que me gustaban mucho los bizcochos y la leche que encontrábamos arriba. Si no fuese porque ya soy demasiado mayor, me agradaría jugar otra vez a los Peregrinos —dijo Amy, que, desde la edad madura de los doce años, hablaba ya de abandonar las cosas infantiles.

—Nunca somos demasiado mayores para eso, hijita, porque en una u otra forma seguimos jugando a los Pere- grinos. Aquí están nuestras cargas, el camino que hemos de recorrer y el deseo de ser buenos y felices es el guía que nos conduce a través de muchas penas y no pocos errores, a la paz de la Ciudad Celestial. Ahora, peregrinos míos, suponed que comenzáis de nuevo esa marcha, no para di- vertiros sino de verdad, y veamos hasta dónde llegáis antes de que regrese vuestro padre.

—Pero ¿y dónde están nuestros fardos, mamá? —pre- guntó Amy, que deseaba en todo ser exacta.

—Cada una acaba de decir cuál es su carga en la vida; excepto Beth, que quizá no tenga ninguna —contestó su madre.

—Sí que la tengo; mi carga es fregar los platos y quitar el polvo y el envidiar a las que tienen buenos pianos.

La carga de Beth era tan divertida que todas sintieron ganas de reír; pero se contuvieron para no herirla en sus sentimientos.

—Hagámoslo —dijo Meg con aire pensativo—. Después de todo, es un medio para ser mejores y el juego puede ayudarnos a lograrlo. Recordad que aunque deseamos ser buenas, es empresa difícil y nos olvidamos de ello y no nos esforzamos lo bastante.

—Esta tarde estábamos en el «lodazal de la desesperanza» y llegó mamá y nos ayudó a salir de él, como ocurre en el libro de los Peregrinos. Debiéramos tener nuestro rollo de advertencia como cristianos. ¿Qué os parece? —preguntó Jo, encantada de la idea que añadía el aliciente de la fantasía a las monótonas tareas del deber.

—El día de Navidad, al despertaros, mirad debajo de la almohada y hallaréis vuestro libro guía —respondió la señora March.

Siguieron hablando de aquello mientras la anciana Ana quitaba la mesa; después hicieron su aparición las cestitas de labor y las agujas volaron mientras las cuatro hermanas cosían sábanas para la tía March. Era una labor aburrida, pero esa noche ninguna se quejó, ya que adoptaron el plan de Jo de dividir las costuras en cuatro partes y dar a cada una el nombre de una de las cuatro partes del mundo. Con ello, la tarea se hizo menos pesada, sobre todo cuando hablaban de diferentes países mientras cosían a través de ellos.

A las nueve dejaron el trabajo y cantaron, como solían hacer antes de acostarse. Sólo Beth lograba extraer sonidos del viejo piano, tocando con suavidad sus amarillentas teclas y acompañando agradablemente los sencillos cánticos familiares. Meg poseía una vocecilla aflautada y ella y su madre dirigían el pequeño coro. Amy chirriaba como un grillo y Jo desafinaba a cada nota.

Se habían acostumbrado a cantar al acabar el día desde cuando, muy niñas, empezaron a balbucear el *Brilla, brilla, estrellita...*», y había llegado a convertirse en una costumbre de la familia, porque la madre era una cantante entusiasta. Por la mañana, lo primero que se oía en la casa era su voz mientras iba de un lado a otro cantando como una alondra; y por la noche era también su voz la que, como dulce arrullo, llegaba hasta sus hijas como una vieja canción de cuna que las adormecía.

∾ 2 ∾

UNA ALEGRE NAVIDAD

Jo fue la primera en despertarse en el gris amanecer del día de Navidad. De la chimenea no colgaban las clásicas medias y por un momento experimentó tanta decepción como cuando de niña hallaba que su mediecita, de tan llena de regalos, había caído al suelo. Recordó entonces la promesa de su madre y metiendo la mano debajo de la almohada, extrajo un pequeño libro encuadernado en rojo. Jo conocía bien aquel volumen, que contenía la hermosa historia de la mejor vida que se había vivido y comprendió que era un verdadero guía para cualquier peregrino que hubiera de emprender el largo viaje de la vida.

Despertó a Meg con un alegre «¡Felices Pascuas!» y le dijo que buscase debajo de su almohada. Así lo hizo Meg y sacó un libro encuadernado en verde, con la misma historia dentro y unas palabras escritas por su madre, que convertían el regalo en aún más precioso.

Beth y Amy despertaron también y hallaron debajo de su almohada el mismo librito, uno encuadernado en blanco y otro en azul, y las cuatro se sentaron en sus camas hojeándolos y charlando alegremente mientras por oriente el cielo iba sonrosándose con la luz del amanecer.

A pesar de sus pequeñas vanidades, Meg era de naturaleza dulce y piadosa e inconscientemente ejercía gran influjo en sus hermanas, especialmente en Jo, que la quería con gran ternura y obedecía sus dulces consejos.

—Chicas —exclamó Meg con gravedad—, mamá quiere que leamos y tengamos en mucha estima estos libros y hemos de hacerlo así. Solíamos leerlos antes, pero desde que la guerra vino a trastornarnos llevándose a nuestro padre, hemos abandonado muchas buenas costumbres. Vosotras podéis hacer lo que estiméis conveniente; yo pienso tener siempre este libro sobre mi mesa y todas las mañanas leer un poco de él, porque sé que me hará mucho bien y me ayudará durante el día.

Luego, abrió su librito y empezó a leer. Jo le rodeó los hombros con un brazo y, apoyando su mejilla sobre la de su hermana, leyó también con expresión de tranquilidad, rara vez reflejada en su inquieto rostro.

—¡Qué buena es Meg! Anda, Amy hagamos lo mismo. Yo te ayudaré en las palabras difíciles y ellas nos explicarán lo que no entendamos —susurró Beth, impresionada por los bonitos libros y por el ejemplo de sus hermanas.

—Me alegro de que el mío sea azul —dijo Amy.

Después, por espacio de unos momentos, se hizo el silencio en las dos habitaciones, mientras las páginas de los libros eran vueltas con suavidad y el sol invernal besaba las juveniles cabezas y las caritas serias de las cuatro hermanas, en alegre saludo de Navidad.

—¿Dónde está mamá? —preguntó Meg, cuando media hora después ella y Jo bajaron corriendo a dar las gracias a su madre por el regalo.

—Sólo Dios lo sabe. Una pobre vino a pedir limosna y la señora le acompañó para ver qué necesitaba. No hay en el mundo otra mujer como ella para todo lo que se le pida: comida, ropa, carbón... —contestó Ana, que llevaba sirviendo en la casa desde el nacimiento de Meg y era considerada como una amiga, más que como criada.

—Seguramente volverá pronto; así que puedes freír las tortas y prepararlo todo —dijo Meg, examinando los regalos, que estaban en una cesta debajo del sofá, listos para ser entregados en el momento oportuno—. Pero ¿dónde está el frasco de agua de colonia de Amy? —preguntó.

—Se lo ha llevado hace un momento, creo que para ponerle una cinta —contestó Jo, bailando por el cuarto con las zapatillas nuevas para ablandarlas.

—¡Qué bonitos son mis pañuelos!, ¿verdad? Ana los ha lavado y planchado y yo los bordé todos —dijo Beth mirando con orgullo las letras, bastante desiguales, que tantos afanes le habían costado.

—¡Vaya una idea! ¿Por qué has puesto «Mamá» en vez de «Margarita»? ¡Qué divertido! —exclamó Jo, cogiendo uno.

—¿No está bien? Pensé que podían confundirse con los de Meg, y como quiero que sólo los use mamá... —explicó Beth con desconcierto.

—Está muy bien; sí, es una idea muy bonita y delicada que gustará mucho a mamá —dijo Meg dirigiendo un gesto de reproche a Jo y una sonrisa a Beth.

—Ya viene. Esconded la cesta —exclamó Jo al oír cerrarse la puerta y pasos en el zaguán.

Pero quien entró fue Amy, que pareció intimidada al encontrar a sus hermanas aguardándola.

—¿Dónde te habías metido y qué traes ahí escondido? —preguntó Meg, sorprendida al comprobar, por la indumentaria de Amy, que ésta había salido muy temprano.

—No te burles de mí, Jo. No quería que os enteraseis, pe... pero he ido a cambiar el frasco pequeño por uno grande y a gastarme en él todo el dinero, porque quiero dejar de ser egoísta.

Les enseñó un hermoso frasco que reemplazaba al barato, comprado anteriormente. La actitud humilde y seria de Amy al realizar aquel pequeño esfuerzo de desprendimiento, le valió un abrazo de Meg, mientras Jo declaraba que era «una valiente» y Beth corría a la ventana y cortaba su más bella rosa para adornar con ella el frasco.

—Después de lo que he leído al despertar y de lo que hemos hablado de ser buenas, me sentí avergonzada de mi regalo y corrí a cambiarlo por éste. Ahora estoy satisfecha, porque es el mejor.

Un nuevo golpe de la puerta al cerrarse les alertó. La cesta desapareció debajo del sofá y las muchachas corrieron a la mesa, preparada para el desayuno.

—Felices Pascuas, mamá..., muy felices, y mil gracias por los libros. Ya hemos leído un poco y lo haremos todos los días —exclamaron todas a coro.

—Feliz Navidad, hijitas. Me alegro de que hayáis empezado a leer los libros y confío en que continuaréis haciéndolo. Ahora, antes de sentarnos a la mesa, quiero deciros algo: No lejos de aquí hay una pobre mujer con un niñito recién nacido y otros seis metidos en la misma cama para que no se hielen, porque ni siquiera tienen fuego. Ni comida. El chico mayor me confesó que padecen hambre y frío. ¿Queréis, hijas mías, dar a esa pobre familia vuestro desayuno, como regalo de Navidad?

Todas tenían mucho apetito, pues llevaban esperando más de una hora, y por un momento nadie contestó. Pero sólo fue un momento...

—¡Cuánto me alegro de que hayas venido antes de que hubiéramos empezado! —exclamó Jo, impetuosa.

—¿Puedo llevar las cosas a esos pobres niños? —preguntó Beth.

—Yo llevaré la mantequilla y los bollos —añadió Amy, renunciando valerosamente a las cosas que más le gustaban.

Meg estaba ya tapando los bollos y reuniendo el pan en un plato grande.

—Estaba segura de que lo haríais —dijo la señora March, sonriendo satisfecha—. Iremos todas y me ayudaréis, y al regreso desayunaremos leche y pan. Ya nos desquitaremos a la hora del almuerzo.

Pronto estuvieron dispuestas y se pusieron en marcha. Por fortuna era temprano y fueron por calles apartadas, con lo que pocas personas las vieron y nadie se fijó en la extraña comitiva.

Se encontraron con un mísero cuarto desmantelado, sin cristales en las ventanas, sin fuego, con harapos en las camas, una madre enferma, una recién nacido que no dejaba de berrear y un grupo de pálidos niños hambrientos, acurrucados bajo un viejo cobertor.

¡Cuán grandes se abrieron los ojos y qué sonrisas se dibujaron en los pobres labios azulados por el frío al ver entrar a la señora March y sus hijas!

—¡Oh, Dios mío! ¡Son ángeles de la guarda los que vienen a ayudarnos! —dijo la pobre mujer, llorando de alegría.

—Unos ángeles un poco raros, con capucha y mitones —contestó Jo, haciendo reír a todos.

Unos minutos después, en efecto, parecía que allí habían estado trabajando espíritus angelicales. Ana, que había llevado la leña, encendió el fuego y tapó con papeles y trozos de fieltro viejo los huecos de las ventanas; la señora March dio a la madre té y harina de avena, alentándola con promesas de ayuda, mientras vestía al recién nacido con la misma ternura que pudiera hacerlo con un hijo suyo. Entretanto, las muchachas pusieron la mesa, instalaron a los niños junto al fuego y los alimentaron como a hambrientos pajarillos, riendo, charlando y esforzándose por entender el divertido inglés que éstos hablaban.

—*Das ir gut. Die Engel-Kinder* —decían las pobres criaturas, mientras comían y se calentaban las yertas manecitas ante la confortadora llama del hogar.

A las cuatro muchachas nunca las habían llamado «ángeles» y les resultó muy agradable, especialmente a Jo, considerada desde que nació como una «Sancho Panza».

Lo cierto fue que aunque no participaron de él, aquel desayuno les resultó muy gustoso, y cuando se marcharon, dejando tras de sí bienestar y consuelo, no había en toda la ciudad cuatro personitas más felices que las famélicas hermanitas que acababan de ofrecer sus desayunos, contentándose con leche y pan en la mañana de Navidad.

—Esto se llama amar al prójimo más que a nosotros mismos, y me gusta —dijo Meg, mientras colocaban sus regalos, aprovechando un momento en que su madre había subido a recoger unas ropas para los pobres Hummel.

No se trataba de una espléndida exposición, claro está, pero cada paquetito envolvía mucho cariño, y el alto jarrón lleno de rosas encarnadas y de crisantemos blancos que había en el centro de la mesa daba a ésta un aire muy elegante.

—Ya viene. Empieza, Beth... Abre la puerta, Amy. ¡Viva nuestra madrecita! ¡Viva! —exclamó Jo, saltando de un lado a otro mientras Beth tocaba en el piano una alegre marcha, Amy abría de par en par la puerta y Meg conducía a su madre con cariño al sitio de honor.

La señora March se mostró sorprendida y conmovida. Con los ojos anegados en lágrimas fue examinando, sonriente, los regalos y leyendo las notitas que los acompañaban. Se calzó las zapatillas, metió en su bolsillo un pañuelo perfumado con agua de Colonia y, prendida en el pecho la rosa que adornaba el frasco, se probó los guantes.

Hubo risas, explicaciones y besos. La escena, por lo sencilla y familiar, resultó de las que proporcionan íntima alegría al corazón y se recuerdan largo tiempo.

La caritativa visita de la mañana y la fiestecita que a ello siguió ocuparon tanto tiempo que el resto del día hubo de consagrarse a los preparativos para la función de la noche.

Como eran aún demasiado jóvenes para ir a menudo al teatro y no tenían suficiente dinero para gastarlo en representaciones caseras, las cuatro hermanas aguzaban el ingenio y —la necesidad es madre de la inventiva—, fabricaban cuanto necesitaban para esas funciones. Guitarras de cartón, lámparas antiguas hechas con latas de manteca forradas de papel de plata, vistosos trajes de algodón, refulgentes de lentejuelas de estaño procedentes de una fábrica de conservas, armaduras cubiertas de las mismas estrellitas de estaño, sacadas en lámina cuando se cortaban las latas. En cuanto al mobiliario, sufría toda clase de transformaciones, y la amplia estancia era escenario de muchas inocentes fiestas.

Como no se admitían varones, Jo disfrutaba interpretando los papeles masculinos, y estaba satisfecha de poseer un par de botas altas de cuero que le había regalado una amiga que conocía a una señora que, a su vez, conocía a un actor. Estas botas, una vieja espada y un acuchillado justillo, usado por no sé qué pintor para un cuadro, eran los principales tesoros de Jo y salían a relucir en toda ocasión. Lo reducido de la compañía obligaba a que los dos primeros actores se encargasen de varios papeles, y ciertamente era digno de elogio el esfuerzo que hacían en aprender tres o cuatro papeles, ponerse y quitarse varios trajes y, además, dirigir la escena. Con todo ello se ejercitaba la memoria, gozaban de un inofensivo entretenimiento y empleaban muchas horas, que de otra suerte hubieran transcurrido ociosas, solitarias o en menos provechosa ocupación.

Aquella noche de Navidad, una docena de chicas se apiñaban sobre la cama, que hacía las veces de platea, sentadas llenas de expectación ante las cortinas de zaraza azul y amarillo, que servían de telón.

Detrás de esas cortinas se oía ruido de pasos, y hablar quedo y alguna que otra risita mal reprimida por Amy, que se ponía nerviosa con la excitación del momento, percibiéndose también algo de humo.

Al fin sonó el timbre, se descorrieron las cortinas y comenzó el drama.

Un bosque, sombrío, representado por unas plantas en tiestos, una tela verde en el suelo y al fondo una cueva. Ésta tenía por techo un bañador, por paredes dos escritorios, y dentro había un pequeño hornillo encendido, con un puchero negro encima, sobre el que se inclinaba una vieja bruja.

Como la escena estaba oscura, el resplandor del hornillo hacía un bonito efecto, sobre todo cuando al destapar la bruja el puchero, salía de éste verdadero vapor.

Tras un momento para que el público pudiese examinar aquel acierto escenográfico salió a escena Hugo, el traidor, con la espada al cinto, un sombrero de anchas alas, barba negra, misteriosa capa y las famosas botas. Después de pasearse agitadamente arriba y abajo, se dio un golpe en la frente y comenzó a declamar con despóticos acentos su odio a Rodrigo, su amor a Zara y su resolución de matar a aquél y apoderarse de ésta. El áspero acento de la voz de Hugo, y las exclamaciones que de vez en cuando lanzaba, dominado por sus tempestuosos sentimientos, eran impresionantes, y el auditorio rompió a aplaudir en cuanto el personaje calló para tomar aliento.

Hugo saludó como persona habituada a la admiración del público y acercándose luego a la caverna ordenó a Agar:

—¡Eh, tú, bruja del demonio, te necesito!

Salió fuera Meg, con una pelambrera de crines de caballo que le tapaba casi toda la cara, una túnica negra y encarnada, un palo y signos cabalísticos en su ropaje. Hugo le pidió una poción para que Zara le adorase y otra para eliminar a Rodrigo, y Agar le prometió ambas entonando una bella y dramática aria, y acto seguido procedió a evocar el espíritu que había de traer el filtro del amor.

Se oyó una dulce melodía y por detrás de la cueva apareció una pequeña figura vestida de blanco con alas refulgentes, cabello dorado y una guirnalda de rosas en la cabeza.

Tras una breve canción que entonó agitando un cendal, dejó a los pies de la bruja una pequeña botella dorada y desapareció.

Otra invocación de Agar hizo surgir una segunda aparición, ésta nada encantadora por cierto: un negro y feo diablillo que graznó unas palabras y entregó a Hugo una oscura botella, desapareciendo con una carcajada burlona. Después de dar las gracias y de meterse las botellas en las botas, Hugo partió y Agar informó al público de cómo Hugo había matado tiempo atrás a varios amigos suyos, ella le había maldecido y pensaba frustrar sus planes y vengarse de él. Cayó entonces el telón y, los espectadores se dedicaron a discutir los méritos de la obra.

Durante el intermedio se oyó un fuerte martilleo, y cuando, al descorrerse el telón, se vio qué maravillosa escenografía se había realizado, nadie se extrañó de que el descanso hubiera sido tan largo. La decoración era realmente espectacular. Levantábase hasta el techo una torre, con una ventana en medio, iluminada por una luz, y asomada en ella Zara, vestida de azul y plata, esperaba la llegada de Rodrigo, que no tardó en aparecer espléndidamente ataviado, con emplumado chambergo, capa roja, rizos castaños, una guitarra y las botas, por supuesto. Arrodillado al pie de la torre, cantó una dulce serenata, a la que contestó Zara, que, tras el musical diálogo, consintió en huir con su amado. Y entonces se produjo la escena más dramática de la obra. Rodrigo sacó una escala de cuerda con cinco escalones, tiró un extremo a la ventana de Zara e invitó a ésta a descender. Tímidamente salió Zara de su ventana y, apoyando una mano en el hombro de Rodrigo, iba a saltar graciosamente fuera, cuando ¡desdichada Zara!, olvidó la cola de su vestido: ésta se enganchó en la ventana, la torre se tambaleó hacia adelante y cayó con estrépito, enterrando bajo sus ruinas a los desventurados amantes.

El público lanzó una exclamación de horror al presenciar el desastre. De entre las ruinas de la torre surgieron las famosas botas agitándose desesperadamente, mientras una rubia cabeza emergía exclamando:

—Ya te lo decía yo... ya te lo decía yo.

Con admirable presencia de ánimo, salió a escena don Pedro, el cruel padre de Zara, y, sacando a su hija de debajo de la torre, con un rápido aparte de «No os riáis, seguid como si nada hubiera ocurrido», dijo a Rodrigo que le condenaba al destierro y que debía abandonar de inmediato el reino. Aunque la caída de la torre sobre él había hecho efecto en el enamorado caballero, éste desafió al iracundo anciano y rehusó marcharse, con cuyo ejemplo una enardecida Zara desafió también a su padre y éste mandó que fueran ambos encerrados en las mazmorras del castillo, orden que vino a cumplir un paje bajito y gordezuelo, que llevaba unas cadenas y estaba tan asustado que olvidó el parlamento que le tocaba pronunciar.

Acto tercero. Zaguán del castillo. Aparece Agar, que

viene a liberar a los enamorados y a acabar con Hugo. Oye venir a éste y se esconde; le ve echar las pociones en dos copas de vino y dar orden al tímido paje de que las lleve a los prisioneros y les anuncie que él irá luego. El paje llama aparte a Hugo para decirle algo y Agar aprovecha para cambiar las copas envenenadas por dos inofensivas; el paje se las lleva y Agar entonces deja una de las copas con veneno en la mesa. Hugo bebe de la copa fatal, se tambalea y, después de sufrir convulsiones, cae al suelo y muere, mientras Agar le revela lo que ha hecho mediante un cántico de exquisita melodía.

Fue una escena verdaderamente emocionante, aunque estropeó algo su efecto el que, al traidor, al caer, se le escapase de debajo del sombrero una abundante cabellera femenina. Fue llamada a recibir los aplausos y salió llevando a Agar de la mano. Ésta fue también aplaudidísima, pues su actuación como cantante resultó lo más maravilloso de la representación.

En el cuarto acto apareció Rodrigo desesperado, dispuesto a suicidarse, porque le han dicho que Zara le es infiel. Va a clavarse la daga en el corazón, cuando oye al pie de su ventana una voz que le dice que Zara sigue amándole, pero que está en peligro y que él puede salvarla. Le arrojan una llave que abre la puerta del calabozo, y, en un rapto de entusiasmo, rompe sus cadenas y corre en busca de la dueña de su corazón.

El quinto acto comenzó con una borrascosa escena entre Zara y don Pedro. Éste quiere que su hija entre en un convento, pero ella no accede, y después de una conmovedora súplica está a punto de desmayarse, cuando entra Rodrigo y pide su mano. Don Pedro se niega porque Rodrigo no es rico; ambos gritan y gesticulan sin ponerse de acuerdo, y Rodrigo se dispone a llevarse a la agotada Zara, cuando entra el tímido paje portando una carta y un saco de parte de Agar, que ha desaparecido misteriosamente. La carta notifica a los allí presentes que Agar lega fabulosas riquezas a la joven pareja y amenaza con terrible castigo a don Pedro si trata de oponerse a la felicidad de los jóvenes enamorados. Abierto el saco, ruedan por el suelo brillantes monedas de estaño y esto ablanda al intransigente don Pedro, que da su consentimiento sin rechistar, uniéndose a todos en alegre coro mientras el telón cae sobre los jóvenes arrodillados para recibir la bendición de don Pedro, en actitud de lo más romántica.

Se produjeron estrepitosos aplausos, momentáneamente ahogados porque la cama plegadiza sobre la cual se había construido la platea se cerró de pronto, atrapando al entusiasta auditorio. Rodrigo y don Pedro acudieron presurosos a liberar a las muchachas, que salieron ilesas aunque muchas de ellas ahogadas de risa.

En medio de la excitación general, se presentó Ana invitando a todas en nombre de su señora a bajar a cenar, lo cual constituyó una sorpresa incluso para las actrices que, cuando vieron la mesa, se miraron unas a otras, maravilladas. Era muy propio de su madre el darles aquella sorpresa, pero desde los días del lejano esplendor familiar no veían cosa tan bonita ni prodigalidad semejante. Había dos platos de crema helada, bizcochos, frutas y deliciosos bombones y, en medio de la mesa, cuatro grandes ramos de flores.

Se quedaron literalmente sin aliento, y después de mirar la mesa, miraron a su madre, que parecía muy divertida.

La primera en hablar fue Amy:

—¿Han sido las hadas?

—Ha sido Santa Claus —dijo Beth.

—No, ha sido mamá. —Meg sonreía dulcemente, a pesar de su barba y cejas grises.

—Tía March ha tenido un detalle y nos ha mandado la cena —exclamó Jo con súbita inspiración.

—No habéis acertado ninguna. Ha sido el señor Laurence el que envió todo esto —replicó la señora March.

—¡El abuelo de Laurie! —exclamó Meg—. ¿Cómo se le ha ocurrido semejante idea? Si no lo conocemos...

—Pues el caso es que Ana contó a una de las criadas vuestra visita de esta mañana, y ese señor se enteró y le agradó vuestro gesto. Conoció a mi padre años atrás y esta tarde recibí una tarjeta suya, diciéndome que esperaba le permitiese expresar su simpatía hacia mis hijas enviando unas pequeñeces para festejar el día. No pude rehusar, y aquí tenéis una buena cena para compensaros por el desayuno frugal de esta mañana.

—Fue el chico el que le metió la idea al abuelo; lo sé. Es muy simpático y me gustaría conocerle. Creo que a él también le gustaría, pero es un poco tímido, y Meg no me deja decirle nada cuando lo vemos —dijo Jo, mientras empezaban a circular los platos y a desaparecer el helado entre un coro de alegres exclamaciones.

—Habláis de la familia que vive en la casa grande de al lado, ¿verdad? —preguntó una de las invitadas—. Mi madre conoce al anciano pero dice que es muy orgulloso y que no quiere trato con los vecinos. A su nieto lo mantiene encerrado, cuando no sale a caballo o de paseo con su preceptor, y le obliga a estudiar mucho. Le invitamos a nuestra última fiesta pero no fue. Mamá dice que es muy amable, aunque nunca habla a las chicas.

—Una vez se nos escapó el gato, él nos lo trajo, y hablamos por encima de la verja, por cierto muy agradablemente de muchas cosas, cuando vio venir a Meg y enseguida se marchó. Me agradaría trabar amistad con él, porque estoy segura de que el pobre chico está aburrido y desea divertirse —dijo Jo muy decidida.

—Me agradan sus maneras y me parece muy educado y prudente —dijo la señora March—; así que no veo inconveniente en que le tratéis si se os presenta la ocasión. Fue él mismo quien trajo las flores y le hubiera invitado a entrar, de haber sabido que le admitiríais arriba. Me pareció que se marchaba con pena oyendo las risas y la algarabía que armabais; por lo visto, se siente muy solo.

—Afortunadamente no le hiciste subir, mamá —dijo Jo, riendo y mirando sus botas—. Otra vez haremos una función que pueda ver, y hasta quizá tome parte en ella. ¿No sería divertido?

—Nunca vi un ramo como éste —dijo Meg, examinando con interés las flores—. ¡Qué bonito es!

—Son flores encantadoras, pero a mí me gustan más las rosas de mi Beth —dijo la señora March, aspirando el aroma de la que, casi marchita, llevaba en el pecho.

Beth apoyó la cabeza en el hombro de su madre y murmuró suavemente:

—¡Ojalá pudiera enviar un ramo a papá! ¡Me temo que no esté pasando una Navidad tan alegre como la nuestra!

3

EL VECINO

—Jo, ¿dónde estás? —gritó Meg, al pie de la escalera que conducía a la buhardilla.

—Aquí —contestó desde arriba una voz ahogada.

Al subir, Meg encontró a su hermana comiendo manzanas y lagrimeando sobre el libro que estaba leyendo, cómodamente sentada en un viejo sofá de tres patas, junto a la ventana llena de sol.

Ése era el refugio favorito de Jo, donde le gustaba retirarse con media docena de manzanas o peras y un bonito libro para gozar de la tranquilidad del lugar y de la compañía de un ratón amigo suyo, que vivía allí cerca y al que no le importaba que ella le visitara.

En cuanto apareció Meg, el ratoncillo se metió en su agujero.

—¡Mira qué noticia te traigo! —dijo Meg a su hermana, que había secado rápidamente las lágrimas que humedecían sus mejillas—. Acaba de llegar esta tarjeta de la señorita Gardiner, invitándonos a una fiesta que da mañana por la noche. Escucha lo que dice: «Amalia Gardiner vería con mucho gusto en su baile del día de Año Nuevo a las señoritas Margarita y Josefina March» —leyó Meg con infantil alegría—. Mamá nos deja ir, pero ¿qué nos pondremos?

—¡Vaya una pregunta! Sabes tan bien como yo que nos pondremos los vestidos de popelina, porque no tenemos otros —contestó Jo sin dejar de masticar un trozo de manzana.

—¡Cómo me gustaría tener uno de seda! —suspiró Meg—. Mamá dice que quizá me haga uno cuando cumpla los dieciocho, pero aún faltan dos años, y se me hacen eternos.

—La popelina parece seda y esos vestidos lucen muy bonitos. El tuyo está completamente nuevo; el mío, en cambio, tiene una quemadura y una mancha. No sé cómo me las arreglaré, porque la quemadura se ve mucho y no hay modo de disimularla.

—Tendrás que estar lo más quieta posible y procurar que no se te vea la espalda. Por delante está muy bien. Yo me compraré una cinta nueva para el pelo, mamá me prestará su alfilerito de perlas, mis zapatos nuevos están preciosos y los guantes, aunque no tan bien como quisiera, pueden pasar.

—Los míos los estropeé con una limonada, pero como no puedo comprarme otros iré sin ellos —dijo Jo, que nunca se preocupaba por su indumentaria.

—Eso sí que no —declaró Meg—, o llevas guantes o yo no voy. Los guantes son lo más importante, además de que sin ellos no podrías bailar y eso me dolería mucho.

—Pues a mí me tiene sin cuidado bailar o no bailar. No es divertido ir dando vueltas por la sala.

—A mamá no puedes pedirle que te compre unos nuevos, porque son carísimos y tú eres muy descuidada —prosiguió Meg—. Cuando estropeaste los otros te dijo que no tendrías más guantes este invierno. ¿No podrías llevarlos, manchados y todo?

—Puedo llevarlos en la mano y no ponérmelos, es lo único que se me ocurre. Pero no... mira lo que vamos a hacer: cada una lleva un guante puesto y otro en la mano ¿de acuerdo?

—Pero tú tienes la mano más grande que yo, y me ensancharás el guante —empezó Meg, que tenía gran cariño a sus guantes.

—Entonces iré sin guantes. Me tiene sin cuidado lo que diga la gente —contestó Jo, volviendo a coger su libro.

—Ésta bien, te daré mi guante —cedió Meg—, pero no me lo manches y ten cuidado de comportarte bien; no cruces las manos tras la falda, no te quedes mirando a nadie y no digas, como acostumbras, «¡Cristóbal Colón!». ¿Me oyes?

—No te preocupes de mí. Me portaré con refinamiento y no meteré la pata si puedo evitarlo. Ahora ve a contestar a la invitación y déjame terminar esta interesante novela.

Meg se marchó a contestar la invitación, «aceptando agradecida», y después se ocupó de examinar su traje, cantando alegremente cuando lo adornó con un cuellecito de encaje legítimo. Mientras, Jo acababa la novela y las manzanas y pasaba un rato con su amigo el ratón.

La tarde del día de Año Nuevo la sala estaba desierta, porque las dos hermanas menores actuaban de doncellas y las dos mayores estaban absortas en la tarea de arreglarse para el baile. Aunque el tocado era sencillo, hubo mucho que bajar y subir, y carreras de aquí para allá y risas y charlas.

De pronto se llenó la casa de un fuerte olor a pelo quemado. Meg quería llevar unos rizos sobre la frente y encuadrándole el rostro, y Jo se ofreció a moldeárselo con unas tenacillas calientes y envueltos con papeles.

—¿Es natural que echen tanto humo? —preguntó Beth, que estaba sentada en el borde de una cama.

—Claro. Ese humo es la humedad que se seca —dijo Jo, dejando las tenacillas.

Quitó los papelillos, pero los bucles no aparecieron por ninguna parte, por la sencilla razón de que el pelo salió con el papel, y la horrorizada peinadora puso sobre la mesa, delante de su víctima, una hilera de paquetitos quemados.

—¿Pero qué has hecho? —gritó Meg, mirando desesperada el flequillo desigual que le caía sobre la frente—. ¡Me has estropeado el pelo...! Ya no puedo ir al baile. Mi pelo, ¡ay! Mi pelo...

—Mi mala pata de siempre —gruñó Jo, contemplando con lágrimas el pelo achicharrado—. Si no me hubieras pedido que te peinase... Ya sabes que siempre lo echo todo a perder. Las tenacillas estaban demasiado calientes y, claro, fue un desastre. No sabes cuánto lo siento.

—Eso puede arreglarse, Meg —dijo Amy, consolando a su hermana—. Rízate el flequillo, ponte la cinta de manera que las puntas te caigan un poco sobre la frente, y estarás peinada a la última moda. He visto varias chicas así.

—Me está bien empleado, por presumida —exclamó Meg. No tenía más que dejarme el pelo tal como lo tengo...

—Tienes razón. Con lo sedoso y suave que es... Pero pronto te volverá a crecer —dijo Beth, acudiendo a besar y consolar a la oveja esquilada.

Después de algunos percances menos graves, quedó al fin Meg arreglada. Luego, con ayuda de toda la familia, Jo se peinó y vistió, quedando las dos hermanas muy bien con sus sencillos trajes, gris plata el de Meg, con cinturón de terciopelo azul, vuelos de encaje y su broche de perlas, castaño el de Jo, con cuello blanco tieso de hilo, y por todo adorno dos crisantemos blancos. Cada una se puso un guante bueno, y llevó en la mano uno de los manchados, resultando, según dijeron todas, una cosa muy natural y hasta de buen gusto. A Meg, aunque no quería confesarlo, le hacían daño los zapatos de alto tacón que llevaba, y Jo estaba molestísima con las horquillas que le habían puesto para sujetarle el moño, pues le parecía que se le clavaban en la cabeza; pero ¿qué remedio? Era preciso ser elegante o morir.

—Que lo paséis muy bien, hijitas —dijo la señora March al despedirlas—. No cenéis demasiado y regresad a las once; enviaré a Ana a buscaros.

Al cerrarse la puerta detrás de las muchachas, una voz gritó desde una ventana:

—Niñas, niñas, ¿lleváis los dos pañuelos bonitos?

—Sí, y Meg se ha puesto colonia —contestó Jo, riendo, y añadió, mientras seguían su camino—: Creo que mamá nos preguntaría lo mismo si nos viera salir huyendo de un terremoto.

—Sí, es uno de sus gustos aristocráticos y tiene razón, porque a una verdadera señora se la conoce por el calzado, los guantes y el pañuelo —dijo Meg, que compartía varios de esos gustillos de sabor aristocrático.

—Bueno, no te olvides de disimular la mancha de la espalda, Jo. ¿Tengo bien el lazo? ¿No está mal el peinado? —dijo Meg después de haberse contemplado largo rato en el espejo en el tocador de la señora Gardiner.

—Descuida, no se me olvidará. Si me ves haciendo algo incorrecto, llámame la atención con un guiño, ¿eh? —contestó Jo, dándose un tirón del cuello y arreglándose rápidamente el pelo.

—No, un guiño no, es impropio de señoritas; alzaré las cejas si haces algo que no debes, y si lo haces bien inclinaré ligeramente la cabeza. Ponte derecha, anda con pasos cortos y no des la mano cuando seas presentada a alguien: no se acostumbra.

—Pero ¿cómo sabes tú lo que se estila y lo que no? Yo no recuerdo esas cosas. Qué música tan viva se oye, ¿verdad?

Se dirigieron a la casa, un poco intimidadas, porque raras veces asistían a reuniones, y aunque ésta era de confianza, para ellas resultaba un acontecimiento. La señora Gardiner, una majestuosa dama, las saludó amablemente y las encomendó a la mayor de sus seis hijas.

Meg conocía a Sallie Gardiner y pronto se sintió con ella a sus anchas, pero Jo, a quien nada importaban las chicas ni lo que éstas hablaban, permaneció apartada con la espalda cuidadosamente apoyada contra la pared y sintiéndose tan fuera de lugar como un potrillo en un jardín lleno de flores. Había media docena de alegres muchachos hablando de patines y Jo hubiera querido acercarse a ellos, porque el patinar era uno de sus mayores placeres, pero cuando comunicó su deseo a Meg, las cejas de ésta se elevaron de modo tan alarmante que no osó moverse. Nadie se acercó a conversar con ella, y se quedó sola. Como para no exhibir la quemadura del vestido no podía ir de un lado a otro y entretenerse, no le quedó otro remedio que mirar a la gente, hasta que comenzó el baile.

A Meg la sacaron enseguida, y sus estrechos zapatitos se pusieron a danzar con tal agilidad que nadie hubiera adivinado el tormento que Meg soportaba sonriente.

De pronto, Jo vio a un muchacho pelirrojo dirigirse hacia su rincón, y, temiendo que fuera a invitarla a bailar, se escabulló detrás de una cortina, con intención de ver desde allí el baile y divertirse en paz; pero, desgraciadamente, otra persona, tímida como ella, había elegido también aquel refugio, y al caer la cortina Jo se encontró cara a cara con el nieto del señor Laurence.

—¡Oh! Pensé que aquí no había nadie —balbuceó Jo, disponiéndose a abandonar el escondite tan deprisa como había entrado.

Pero el muchacho se echó a reír y dijo amablemente:

—No importa; quédese si quiere.

—¿No le molesto?

—Ni pizca. Estoy aquí porque no conozco apenas a nadie, y me encontraba un poco fuera de lugar en la sala.

—Lo mismo me sucede a mí. No se marche... a menos que lo prefiera.

El muchacho volvió a sentarse y miró el suelo sin decir palabra, hasta que Jo, procurando mostrarse fina y para disipar el embarazo reinante, dijo:

—Creo que ya he tenido el gusto de verle antes. Vive usted en la casa contigua a la nuestra, ¿verdad?

—Así es —contestó el muchacho echándose a reír, porqué la afectación con que hablaba Jo le resultaba divertida, recordando lo que los dos habían charlado el día que él fue a devolverle el gato.

Jo también se echó a reír.

—¡Qué bien lo pasamos la otra noche con el regalo de

Navidad que nos enviaron de su casa! —dijo con su más cordial acento.

—Fue el abuelo quien lo envió.

—Pero usted le dio la idea, ¿no es cierto?

—¿Cómo está su gato, señorita March? —preguntó el muchacho aparentando seriedad, mientras sus negros ojos brillaban divertidos.

—Perfectamente, señor Laurence; pero he de advertirle que no soy la señorita March, sino Jo, a secas.

—Ni yo el señor Laurence, sino Laurie.

—¿Laurie Laurence? ¡Qué nombre más raro!

—Mi primer nombre es Teodoro, pero no me gustaba porque los chicos me llamaban Doro. Fue entonces cuando hice que me llamaran Laurie.

—Yo también detesto mi nombre. ¡Es tan sentimental! Quisiera que todo el mundo me llamase Jo, en vez de Josefina. ¿Cómo logró usted que los chicos dejasen de llamarle Doro?

—A puñetazos.

—Lo malo es que yo no puedo pegar a mi tía; así que tendré que aguantarme —dijo Jo con resignación.

—¿No le gusta bailar, Jo?

—Sí, me gusta bastante, cuando hay sitio y todo el mundo está muy animado, pero en una sala como ésta, no. Estoy segura de que tiraría algo, o pisaría a alguien, o haría cualquier desaguisado; así que prefiero quedarme aparte y dejar circular a Meg. ¿Usted no baila?

—Algunas veces. Como he estado en el extranjero muchos años y casi no he frecuentado la sociedad, no estoy muy al tanto de cómo se hacen esas cosas aquí.

—¡En el extranjero! —exclamó Jo—. ¡Oh, cuénteme, cuénteme! Me encanta oír hablar de viajes.

Laurie no parecía saber por dónde empezar, pero las apremiantes preguntas de Jo acabaron por soltarle la lengua y le contó que había asistido a un colegio en Devey, donde los chicos no llevaban sombrero, y tenían una flota de botes en el lago, y los días de fiesta iban con sus profesores a hacer excursiones a pie por Suiza.

—¡Ojalá hubiera estado yo allí! —exclamó Jo—. ¿Fueron ustedes a París?

—Pasamos allí el invierno anterior.

—¿Entonces habla usted francés?

—No nos permitían hablar otro idioma en Devey.

—Dígame algo. Yo lo leo, pero no sé pronunciarlo.

—*Quel nom a, cette mademoiselle en les pantoufles jolies?* —dijo Laurence complaciente.

—¡Qué bien pronuncia usted! Veamos... ha dicho «¿Quién es esa señorita de los zapatos bonitos?» ¿Verdad?

—*Oui, mademoiselle.*

—Es mi hermana Margarita, y usted lo sabía. ¿La encuentra guapa?

—Sí; me recuerda a las chicas alemanas. Es tan blanca y sonrosada, y tan tranquila... Además, baila muy bien.

Jo resplandeció ante aquellos elogios vertidos sobre su hermana, y los retuvo en su memoria para contárselo luego.

Siguieron allí los dos, observando, criticando y charlando, hasta que llegaron a sentirse como viejos amigos. Pronto Laurie perdió su timidez, porque la manera de ser de Jo le divertía y daba confianza, y además se encontraba tranquila al poder olvidarse del traje y de todas las preocupaciones que le imponían las cejas de Meg. Laurie le resultó muy simpático, y se fijó en él atentamente para poder describir a las chicas. Como no tenían hermanos, y muy pocos primos, los chicos eran criaturas casi desconocidas para ellas.

«Cabello negro rizado; moreno, de grandes ojos negros y bonita nariz; buena dentadura; manos y pies pequeños; más alto que yo; muy fino, para ser chico, y muy divertido. ¿Cuántos años tendrá?»

Estuvo a punto de preguntárselo, pero se contuvo a tiempo y con tacto inusual en ella trató de averiguarlo mediante rodeos.

—Supongo que irá usted pronto a la universidad, ¿verdad? Ya lo veo cargando con los libros... quiero decir, estudiando con aplicación. —Jo se sonrojó por aquel «cargando» que se le había escapado.

Laurie sonrió.

—No iré hasta dentro de un año o dos. Cuando cumpla los dieciséis —dijo.

—¿Tiene usted quince? —preguntó Jo mirando al muchacho, cuya estatura le había hecho suponer que tenía diecisiete años.

'—Cumpliré los dieciséis el mes que viene.

—¡Cómo me gustaría ir a la universidad! A usted no parece entusiasmarle mucho.

—Lo detesto. Allí no se hace más que fastidiar a los jóvenes y no me gusta la vida de los colegiales en este país.

—Pues, ¿qué le gustaría?

—Vivir en Italia y divertirme a mi modo.

Jo hubiera querido preguntarle qué modo era ése, pero Meg alzó las cejas con cierta expresión amenazadora, y optó por cambiar de conversación.

—¡Qué bonita polka están tocando! —dijo marcando el compás con el pie—. ¿Por qué no va a bailarla?

—Si usted me acompaña... —contestó él con una galante inclinación.

—No puedo. He prometido a Meg que no bailaría porque...

Jo se interrumpió, indecisa entre hablar o reír.

—Y bien, ¿por qué? —preguntó Laurie.

—Me promete no decirlo a nadie.

—Prometido.

—Bueno, es que tengo la mala costumbre de acercarme mucho al fuego y suelo quemarme los vestidos, y éste está quemado, y, aunque he procurado arreglarlo, la quemadura se ve y Meg me dijo que estuviera quieta y no bailara. Ríase si quiere, es algo cómico, lo sé.

Pero Laurie no rió. Bajó los ojos y su expresión dejó alto aturdida a Jo, cuando le oyó decir con amabilidad:

—No se preocupe por eso. Hay un zaguán muy grande ahí fuera y allí podemos bailar a nuestras anchas sin que nos vea nadie. ¿Me acompaña?

Jo le dio las gracias y aceptó gustosa la invitación, deseando únicamente, cuando vio los bonitos guantes gris perla que se ponía su compañero de baile, haber tenido ella unos similares.

El zaguán estaba, en efecto, vacío, y bailaron la polka admirablemente, divirtiendo mucho a Jo el que Laurie, que era buen bailarín, le enseñase la polka alemana, que era muy movida.

Cuando cesó la música, Jo y Laurie se sentaron en la escalera para tomar aliento. El muchacho estaba en plena descripción de una fiesta estudiantil en Heidelberg, cuando apareció Meg buscando a su hermana. A una seña suya, Jo la siguió. Meg se sentó en un sofá, sujetándose un pie con ambas manos y muy pálida.

—Me he torcido un tobillo. Este estúpido tacón alto ha cedido y claro... ¡Ay, me duele! Casi no puedo tenerme en pie y no sé cómo me las arreglaré para volver a casa —dijo meciendo el cuerpo como si ello le aliviase el dolor.

—Ya sabía yo que te harías daño con esos absurdos zapatos. Lo siento, pero no veo que podemos hacer sino llamar un coche o quedarte tú aquí toda la noche —dijo Jo, mientras daba suaves masajes al pie dolorido de su hermana.

—No podemos llamar un coche; costaría un dineral, aparte que no podrían proporcionármelo, ya que aquí casi todo el mundo ha venido en el suyo y las cocheras están muy lejos y no tenemos a quien mandar.

—Iré yo.

—De ningún modo. Son más de las nueve y la noche está oscura como boca de lobo. En la casa no puedo quedarme, porque Sally tiene varias amigas invitadas y no hay sitio. Descansaré hasta que venga Ana, y entonces intentaré irme.

—Se lo diré a Laurie y él irá a buscarnos un coche —dijo Jo, encantada de la idea que acababa de ocurrírsele.

—¡No, por Dios! No digas ni pidas nada a nadie. Trae mis chanclos y pon estos zapatos con nuestros abrigos. Ya no podré bailar más, pero tú, en cuanto acabe la cena, aguarda hasta que llegue Ana y ven a avisarme.

—Ahora van todos a cenar, pero yo me quedo aquí contigo. Te aseguro que lo prefiero.

—No, querida, márchate. Luego tráeme una taza de café. Estoy tan cansada que no puedo moverme.

Dicho esto, Meg se tendió en el sofá, con los chanclos bien tapados. Jo se encaminó hacia el comedor, con el que dio después de haberse metido en un gabinete chino y de haber abierto la puerta de un cuarto donde el anciano señor Gardiner estaba tomando un refrigerio. Ya en el comedor, Jo se precipitó a la mesa y cogió una taza de café, que con las prisas se vertió encima, dejando tan estropeada la parte delantera del traje como ya lo estaba la de atrás.

—Pero ¡qué torpe y aturdida estoy! —exclamó mientras dejaba perdido el guante de Meg, al frotarse con él la mancha de café.

—¿Puedo ayudarla? —dijo una voz de acento amistoso, y apareció Laurie con una taza de café en una mano y un plato de helado en la otra.

—Iba a llevarle algo a Meg, que está muy cansada, pero alguien me dio un empujón dejándome en este lamentable estado —contestó Jo, echando una desoladora mirada a su falda llena de manchas y al guante de color café.

—Lo siento. Yo precisamente buscaba a alguien a quien dar lo que aquí llevo, así que puedo llevárselo a su hermana.

—¡Oh, muchas gracias! Le diré dónde está. No me ofrezco a llevárselo yo misma porque seguramente haría otro desaguisado, como me pasa siempre.

Jo le enseñó el camino, y Laurie, como alguien habituado a atender señoras, acercó una mesa, trajo una segunda taza de café y otro helado para Jo y se mostró tan servicial que hasta Meg, que era muy exigente, hubo de calificarle de «muchacho muy simpático». Tan agradable pasaron el rato los tres charlando y jugando luego a los «despropósitos» con dos o tres muchachos que se agregaron, que la llegada de Ana les sorprendió, y Meg intentó levantarse tan deprisa, olvidada de su pie, que tuvo que agarrarse a Jo, con una exclamación de dolor.

—¡Calla! No digas nada —murmuró, añadiendo en voz alta—: Me torcí el pie; eso es todo.

A duras penas y cojeando subió la escalera, para ir a ponerse el abrigo, pero no podía andar.

Ana las recriminó, Meg se echó a llorar y Jo no sabía qué hacer, hasta que decidió tomar las riendas del asunto y fue en busca de un criado al que preguntó si podía traerles un coche. Resultó que el criado era un interino que no conocía los alrededores, y ya Jo miraba en torno suyo desalentada, cuando de nuevo se presentó Laurie, que la había oído, y le ofreció el coche de su abuelo, que, según dijo, acababa de venir a buscarle.

—Pero si es muy temprano. Usted no pensará marcharse todavía —dijo Jo, encantada del ofrecimiento pero vacilando en aceptarlo.

—Siempre regreso temprano a casa... sí, de veras. Por favor, déjeme que las lleve. Me coge de camino, ya lo sabe, y está lloviendo.

Esto decidió la cuestión. Jo le contó el percance de Meg y aceptó agradecida el ofrecimiento, corriendo acto seguido en busca de su hermana y de Ana. Ésta, que detestaba el agua, no puso objeciones, y las tres subieron al lujoso coche cerrado, en el que se sintieron muy elegantes y de excelente humor. Laurie iba en el pescante y así Meg pudo llevar el pie en alto y las dos hermanas hablar de la fiesta con entera libertad.

—Yo me he divertido muchísimo, ¿y tú? —preguntó Jo, recogiéndose el pelo y poniéndose cómoda.

—También, hasta que me ocurrió lo del pie. Ana Moffat, una amiga de Sally, se encariñó conmigo y me ha invitado a ir a pasar una semana en su casa, cuando venga Sally, para la primavera, en la temporada de ópera. Figúrate lo divertido que será, si mamá me deja ir —contestó Meg, gozosa ante la perspectiva.

—Te vi hablando con el muchacho pelirrojo de quien salí huyendo. ¿Era simpático?

—Mucho. Tiene el pelo castaño, no rojo, y se mostró muy amable conmigo. Bailamos una deliciosa redova.

—Por cierto que parecía un saltamontes, cuando te enseñaba el nuevo baile. Laurie y yo no pudimos contener la risa. ¿Nos oíste?

—No; pero eso demuestra mala educación ¿Y qué hacíais allí todo el rato escondidos?

Jo se lo contó, y al terminar habían llegado ya a casa. Con expresiones de agradecimiento dieron las buenas noches a Laurie y entraron de puntillas, esperando no despertar a nadie, pero en el momento en que crujió un poco la puerta de su cuarto, surgieron dos gorritos de noche, y dos voces soñolientas pero ansiosas dijeron:

—Contadnos del baile; contadnos del baile.

Jo había cometido, en opinión de Meg, la gravísima incorrección de escamotear algunos bombones para llevárselos a las pequeñas, que pronto volvieron a dormirse después de oír los acontecimientos más emocionantes de la noche. .

—Esto de volver a casa en un coche de lujo y estar aquí sentada con mi bata mientras una doncella me atiende, me hace sentir una señorita rica —dijo Meg, mientras Jo le pintaba el pie con árnica y le cepillaba el pelo.

—No creo que las señoritas ricas disfruten más que nosotras, a pesar de nuestros ricitos quemados, de nuestros trajes viejos, guantes de tapadillo y zapatos estrechos que nos hacen pasar las de Caín, cuando cometemos la tontería de ponérnoslos.

Creo que Jo tenía razón.

∽ 4 ∽

CARGAS

—¡Ay! ¡Qué difícil es volver a echarnos las cargas a la espalda y seguir adelante! —suspiró Meg, la mañana siguiente al baile. Habían terminado las vacaciones y aquella última semana llena de diversiones no la habían preparado para reanudar un trabajo que siempre le desagradaba.

—Qué divertido sería si todo el año fuese Navidad, ¿no te parece? —contestó Jo, bostezando con desaliento.

—No nos divertiríamos ni la mitad que ahora, pero es tan agradable tener cenas especiales y ramos de flores, e ir a fiestas y volver a casa en coche y leer y descansar y no hacer nada. Eso es lo que hacen algunas personas, y siempre envidio a las muchachas que viven así. Soy tan aficionada al lujo... —dijo Meg, procurando decidir cuál de los dos vestidos viejos que tenía delante estaba menos deslucido.

—Mira, como nosotras no podemos hacer eso, no nos lamentemos y sigamos adelante alegremente con nuestras cargas, como lo hace mamá. Tía March es para mí un verdadero fardo, pero supongo que cuando haya aprendido a soportarlo sin quejarme, me resultará tan ligero que ya no me importará.

Esta idea cosquilleó la fantasía de Jo y la puso de buen

humor, pero Meg no compartió su alegría porque su carga, consistente en cuatro niños mimados, le parecía más pesada que nunca. No tuvo ánimo ni para componerse como de costumbre, peinándose de modo favorecedor y atándose al cuello la cinta azul.

—¿Por qué preocuparme por estar bonita, cuando sólo me ven esos cuatro críos rabiosos, y a nadie le importa que yo sea guapa o fea? —murmuró cerrando de golpe su cajón—. Tendré que luchar y trabajar todos los días de mi vida, con sólo algunos ratos de diversión de vez cuando, y así me haré vieja y además gruñona y fea. Todo porque soy pobre y no puedo disfrutar como otras de la vida. Es injusto.

Meg bajó al comedor con aire ofendido y durante el desayuno no se mostró muy agradable.

Aquella mañana todo el mundo parecía disgustado y de mal humor. Beth tenía jaqueca y estaba echada en el sofá, tratando de consolarse con la gata y los tres gatitos, Amy estaba nerviosa porque no se sabía las lecciones, y no podía encontrar sus chanclos, Jo se empeñó en silbar y en hacer ruido al arreglarse. La señora March estaba atareada en terminar una carta que tenía que enviar enseguida. Y Ana gruñía por todo, de resultas de haber trasnochado, cosa que le sentaba muy mal.

—Somos una familia de lo más malhumorada —dijo Jo, perdiendo la paciencia al volcar un tintero, después de romper los cordones de las botas y sentarse encima de su sombrero.

—Y tú eres la peor de todas —repuso Amy, borrando la suma equivocada que acababa de hacer con las lágrimas que caían sobre su pizarra.

—¡Mira, Beth, si no dejas esos insufribles gatos en el sótano, haré que los ahoguen! —exclamó Meg, furiosa, tratando de librarse de uno de los gatitos, que le había trepado por la espalda y estaba agarrado como una lapa fuera de su alcance.

Jo se echó a reír, Meg riñó, Beth imploró y Amy sollozó porque no conseguía acordarse de cuánto eran doce por nueve.

—Niñas, niñas, callaos un minuto, por favor. Tengo que echar esta carta al correo ahora mismo y me estáis distrayendo con vuestras discusiones —dijo la señora March, tachando por tercera vez una frase equivocada.

Hubo un momentáneo silencio, interrumpido por Ana, que entró llevando los pastelillos rellenos de manzana, los dejó sobre la mesa y volvió a salir. Esos pastelillos era una institución en la familia, y las chicas los llamaban «manguitos», porque aquellos pasteles calientes eran muy confortadores para las manos frías. Ana, por atareada y enfadada que estuviese, no se olvidaba nunca de prepararlos, porque el camino era largo y las pobres niñas no tomaban más almuerzo que ése y rara vez volvían a casa antes de las dos.

—Cuida de tus gatos y alíviate de la jaqueca, Beth. Adiós, mamá; esta mañana estamos hechas unos demonios, pero cuando volvamos seremos unos ángeles. Vamos, Meg. —Jo echó a andar, sintiendo que los peregrinos no emprendiesen el camino como debieran.

Siempre miraban hacia atrás antes de volver la esquina porque su madre les sonreía y saludaba desde la ventana. No hubieran podido pasar el día sin ese saludo, ya que, fuera cual fuese su disposición de ánimo, aquella última sonrisa maternal les hacía el efecto de un rayo de sol.

—Mejor empleado nos estaría el que mamá, en vez de enviarnos un beso, nos amenazase con el puño, porque no he visto seres más despreciables y desagradecidos que nosotras —dijo Jo, hallando una especie de satisfacción para sus remordimientos en el camino nevado y la crudeza de la temperatura.

—No emplees esas terribles expresiones —dijo Meg desde el velo con que se envolvía, como una monja harta del mundo.

—Me gustan las palabras enérgicas que tienen significado —repuso Jo, sujetándose el sombrero, para que el viento no se lo arrebatase.

—Aplícate tú los calificativos que quieras, pero yo no

soy desagradecida ni despreciable, y no consiento que me llames así.

—Lo que eres es una criatura insatisfecha y malhumorada por no poder vivir siempre en medio del lujo. ¡Pobrecilla!, espera que yo haga fortuna y tendrás coches, y helados, y zapatos de tacón y flores y hasta chicos pelirrojos con quienes bailar.

—¡Qué ridícula eres, Jo! —Pero Meg rió de aquellas tonterías y se sintió mejor, a pesar de sí misma.

—Tienes la fortuna de que lo sea, porque si adoptase aire displicente y me mostrase agria y descontenta como tú, estábamos aviadas. Gracias a Dios siempre encuentro algo divertido para mantenerme de buen humor. Eh, no gruñas más y alégrate. ¡Ánimo, hermanita!

Jo dio a Meg unas cariñosas palmaditas en la espalda y se separaron tomando caminos diferentes, cada cual con su pastelillo caliente entre las manos y tratando de sentirse alegres a pesar del mal tiempo, del duro trabajo y de las insatisfechas aspiraciones de su juventud.

Cuando el señor March perdió su fortuna al tratar de ayudar a un amigo en apuros, las dos hijas mayores pidieron que se les permitiera hacer algo, cuando menos para su propio sostén. Sus padres, creyendo que nunca es demasiado pronto para cultivar la energía, laboriosidad e independencia, accedieron.

Ambas comenzaron a trabajar con esa sincera buena voluntad que, a pesar de los obstáculos, acaba siempre por triunfar. Margarita encontró una colocación de institutriz y se consideró rica con su modesto sueldo. Como ella misma decía, era aficionada al lujo, y su mayor mortificación era ser pobre. Lo encontraba más duro de soportar que sus hermanas, ya que recordaba un tiempo en que la casa era muy bonita, la vida estaba llena de bienestar y placer y no se privaban de nada. Meg trataba de no ser envidiosa y de contentarse con su suerte, pero era natural que, siendo joven, desease tener cosas bonitas, amigas, diversiones, lo que se dice una vida feliz. En casa de los King veía diariamente todo eso que echaba de menos en la suya, porque las hermanas mayores de los niños que ella cuidaba acababan de ser presentadas en sociedad y Meg contemplaba con frecuencia hermosos trajes de baile y ramos de flores y oía hablar animadamente de teatros, conciertos, patines y otras diversiones, viendo también cómo se despilfarraba en cosas superfluas un dinero que para ella hubiera sido precioso. Rara vez se quejaba la pobre Meg, pero una sensación de injusticia la hacía mostrarse a veces amarga con todo, pues aún ignoraba cuán rica era ella en las únicas cosas que pueden hacer feliz la vida.

Jo le reconvenía a su tía March, que estaba coja y necesitaba de una persona que la cuidase. La anciana señora, que no tenía hijos, se había ofrecido, cuando ocurrió la ruina de los March, a adoptar a una de las muchachas y se ofendió al ver rehusada su oferta. No faltaron amigos que dijeron a los March que con eso habían perdido la probabilidad de ser recordados en el testamento de la rica viuda, pero los March se limitaron a contestar:

«Ni por cien fortunas renunciaríamos a nuestras hijas. Ricos o pobres, no nos separaremos y seremos felices todos reunidos.»

La anciana señora, por un tiempo, se negó a dirigirles la palabra, pero habiéndose encontrado un día con Jo en casa de una amiga, algo en la divertida cara de la muchacha y en sus bruscas maneras hizo a la anciana encariñarse con ella y propuso tomarla como señorita de compañía, cosa que no sedujo a Jo, que no obstante hubo de aceptar, ya que no se le presentaba ninguna otra colocación, y, para sorpresa de todos, se las entendió admirablemente con su irascible parienta. Hubo algunas borrascas, y una vez Jo volvió a casa diciendo que no lo soportaría ni un día más, pero la anciana señora March siempre arreglaba el asunto, mandando a buscar a Jo con tal urgencia que ésta no podía negarse. Además, en su fuero interno, Jo tenía afecto a la inquieta vieja.

Sospecho que la mayor atracción de aquella casa, para Jo, era una gran biblioteca de hermosos libros, que desde la muerte del señor March había quedado abandonada al polvo y las arañas. Jo recordaba al simpático viejecito, que solía dejarla edificar puentes y construir caminos con sus grandes diccionarios, y le contaba historias acerca de las curiosas estampas de sus libros y le compraba golosinas siempre que la encontraba en la calle. Aquella habitación oscura y polvorienta, con unos bustos que miraban hacia abajo desde las altas estanterías, y unas butacas muy cómodas, y, sobre todo, aquel bosque de libros por el que podía errar siempre que quería, hacían de la biblioteca un lugar venturoso para Jo. Tan pronto como tía March iba a dormir su siesta, o recibía visita, corría Jo a la silenciosa habitación y, acurrucándose en una butaca, devoraba poesías, novelas, historias, viajes, etc., como un verdadero ratón de biblioteca. Eso sí, como ocurre con toda felicidad de este mundo, ésta duraba poco, y apenas había llegado a lo más interesante de la novela, al verso más inspirado del canto, o a la aventura más peligrosa del viaje, una voz aguda llamaba «¡Josefina! ¡Josefina!». Entonces tenía que dejar el paraíso para ir a devanar estambre, lavar al perro, o leer los *Ensayos* de Belsham durante horas.

Jo ambicionaba hacer algo grande; aún no sabía qué era, pero dejaba al tiempo que se lo descubriera, y entretanto su gran pena era no poder leer, correr y montar a caballo a sus anchas. Su genio vivo, su lengua más viva aún y la inquietud de su espíritu, la metían con frecuencia en apuros y su vida era una serie de altibajos, a la vez cómicos y patéticos. Sin embargo, la educación que recibía en casa de la anciana March era la que necesitaba, y la idea de que trabajaba para sostenerse la hacía feliz, a pesar de aquel perpetuo «¡Josefina!».

Beth era demasiado tímida para ir al colegio. Habían intentado enviarla, pero sufría tanto que sus padres desistieron de ello, y estudiaba en casa bajo la tutela del señor March. Cuando éste marchó a la guerra y su esposa fue requerida para prestar su habilidad y su energía a la Sociedad de Ayuda a los Soldados, Beth siguió estudiando sola lo mejor que pudo. Era muy mujercita de su casa y ayudaba a Ana a tenerlo todo arreglado y confortable para solaz de las que trabajaban, sin esperar por ello más recompensa que el cariño de los suyos. Así pasaba largos días tranquilos, nunca inactiva y solitaria, porque su pequeño mundo estaba poblado de amigos imaginarios y era por naturaleza una industriosa abejita.

Todas las mañanas sacaba y vestía seis muñecas, porque Beth era una niña aún y tenía sus juguetes predilectos. De aquellas muñecas no había una sana o bonita. Hasta que Beth se acordó de ellas estuvieron desechadas, porque las hermanas mayores ya no se dedicaban a esos juegos y Amy aborrecía todo lo que fuera feo o viejo. Beth en cambio las mimaba más por ser viejas y feas, e instaló un hospital de muñecas inválidas. Ni un alfiler se clavaba en sus cuerpecitos de algodón, ni una palabra brusca, ni un golpe venía a maltratarlas, ningún descuido podía entristecerlas: todas eran alimentadas, vestidas, cuidadas y acariciadas con invariable cariño. Un fragmento de algo que fue muñeca, perteneciente a Jo y que después de llevar una vida tempestuosa quedó abandonada como resto de un naufragio en un saco de retales, fue rescatado por Beth en tan triste asilo y llevado a su refugio. Como no tenía peluca le puso una pulcra gorrita, y como le faltaban brazos y piernas, ocultó estas imperfecciones envolviéndola en una manta y adjudicando su mejor cama a esa inválida permanente. De haber sabido alguien qué especial cuidado dedicaba Beth a aquella pobre muñeca, se hubiera sentido conmovido, aun cuando riera de ello. Le leía, la sacaba a tomar el aire, la arrullaba con canciones y nunca se marchaba a la cama sin antes besar su sucia carita y murmurar tiernamente: «Espero que pases buena noche.»

Beth tenía sus penas, como las otras hermanas, y no siendo un ángel, sino una niña muy humana, con frecuencia «lloraba unas lagrimitas», como decía Jo, porque no podía tomar lecciones de música, ni tener un buen piano. Amaba tanto la música, trataba con tal afán de aprender y practicaba con tanta paciencia en el viejo y desafinado piano, que parecía natural que alguien (por no aludir a tía March) la hubiera ayudado. Pero nadie lo hizo, y nadie veía tampoco las silenciosas lágrimas que Beth, cuando estaba sola, dejaba caer sobre el amarillento teclado. Por lo demás, Beth cantaba como una alondra durante su trabajo, nunca alegaba cansancio para dejar de tocar cuando se lo pedían la madre o las hermanas y día tras día estaba llena de esperanza: «Sé que alguna vez llegaré, si soy buena.»

Hay en el mundo muchas Beth, tímidas y tranquilas, metidas en su rincón hasta que se las necesita, viviendo para los demás tan alegremente que nadie se da cuenta de los sacrificios que realizan, hasta que el pequeño grillo del hogar cesa de cantar y la dulce y luminosa presencia se desvanece, dejando tras de sí silencio y sombra.

Si alguien hubiera preguntado a Amy cuál era la pena mayor de su vida, habría contestado sin vacilar: «Mi nariz.» Jo la había hecho caer accidentalmente en la carbonera y Amy insistía en que esa caída había estropeado su nariz para siempre. No era una nariz grande, ni encarnada, pero sí algo chata y no había manera —ni pellizcándola ni apretándola con pinzas— de darle forma aristocrática. A nadie le importaba aquello más que a Amy, que sentía profundamente no tener una nariz griega, y para consolarse dibujaba bellas narices.

«El pequeño Rafael», como la llamaban sus hermanas, tenía verdadera aptitud para el dibujo y su mayor goce era copiar flores, dibujar hadas o ilustrar cuentos. Sus compañeras la querían mucho porque tenía buen carácter y poseía el feliz don de agradar sin esfuerzo. Su distinción y graciosos modales eran admirados, así como sus habilidades, pues además del dibujo sabía tocar doce piezas, hacer *crochet* y leer en francés pronunciando mal sólo las dos terceras partes de las palabras.

Tenía Amy un modo lastimero de decir «Cuando papá era rico hacíamos esto y aquello» que resultaba conmovedor, y su manera de hablar, alargando las palabras, era considerada de lo más elegante por sus amigas.

En suma, Amy estaba en el mejor camino para estropearse a causa de que todo el mundo la mimaba, y crecían sus pequeñas vanidades y sus egoísmos. Sólo una cosa venía a mortificar su vanidad: tenía que llevar los vestidos que desechaba una prima suya, Florence, cuya madre tenía pésimo gusto. Aunque la ropa era buena y estaba poco usada, Amy sufría al tener que ponerse un gorrito encarnado en vez de azul, y trajes que le sentaban mal, y delantales chillones. Los ojos de Amy veíanse muy afligidos, especialmente ese invierno en que su traje de colegio era de color granate con lunares amarillos y sin adorno alguno.

—Mi único consuelo —decía Amy con los ojos anegados en lágrimas— es que mamá no hace lo que la madre de Mary Park, que cada vez que se porta mal le hace unos pliegues al vestido. Te aseguro que es horrible, porque algunas veces es tan mala que la falda se le queda por las rodillas y no puede ir al colegio. Cuando pienso en esa degradación, siento que puedo resignarme hasta con mi nariz chata y con mi vestido granate sembrado de lunares amarillos.

Meg era la confidente y la consejera de Amy, así como Jo, por una extraña atracción de sus opuestos caracteres, lo era de Beth. Sólo a Jo descubría la tímida niña sus pensamientos y a su vez ejercía sobre aquella hermana mayor, tan revoltosa y descuidada, más influencia que ninguna otra persona de la familia. Las dos hermanas mayores estaban muy unidas; cada una tomó a su cargo una de las pequeñas y la cuidaba a su manera, jugando a que eran mamás, como ellas decían, sustituyendo las viejas muñecas por las hermanas, con maternal instinto de mujercitas.

—¿Tiene alguna de vosotras algo que contar? Ha sido un día tan aburrido que me muero por alguna distracción —dijo Meg cuando aquella tarde se sentaron a coser.

—A mí me ha ocurrido una cosa muy graciosa con tía March, y os lo voy a contar —dijo Jo, a quien gustaba referir historias—. Estaba leyendo ese interminable Belsham con el sonsonete que siempre adopto para que la tía se duerma pronto, poder sacar un libro divertido y ponerme a leer a mis anchas, cuando me entró a mí también sueño y di tal bostezo que la tía me preguntó qué era eso de abrir una boca de tal tamaño que podía tragarme un libro entero. «Ojalá pudiera hacerlo para acabar con él de una vez», dije, tratando de no ser insolente. Entonces la tía me soltó un largo sermón sobre mis pecados y me dijo que estuviera sentada pensando un rato en ellos, mientras ella descabezaba un sueño. En cuanto empezó a dar cabezadas, saqué del bolsillo mi *Vicario de Wakefield* y me puse a leer con un ojo en él y otro en la tía. Al llegar al punto en que se caen todos al agua, olvidé dónde estaba y me eché a reír. Despertó la tía, y como la siestecita suele ponerla de buen humor, me dijo que le leyera un poco para saber qué frívola lectura era la que yo prefería al digno e instructivo Belsham. Leí lo mejor que supe y a la tía le gustó, aunque sólo dijo: «No entiendo de qué se trata. Vuelva atrás y empiece de nuevo, niña.» Obedecí, procurando que los Primrosy resultasen interesantes y tuve la mala intención de pararme en lo más emocionante para decir: «Me parece que esto la cansa a usted, tía, ¿lo dejo ya?» Ella cogió la media que se le había caído de las manos, me dirigió a través de sus gafas una mirada penetrante, y dijo con su laconismo habitual: «Termine el capítulo y no sea impertinente, señorita.»

—¿Admitió que le gustaba? —preguntó Meg.

—¡En absoluto! Pero, eso sí, dejó descansar a Belsham y cuando tuve que volver, a poco de despedirme de ella, porque me había olvidado los guantes, la vi tragándose el *Vicario de Wakefield,* y tan absorta en la lectura que no me oyó reír mientras bailaba en el zaguán ante la perspectiva de mejores tiempos. ¡Qué vida tan agradable podría llevar si quisiese! A pesar de su dinero no la envidio. Después de todo, me parece que los ricos tienen tantas molestias como nosotros, los pobres.

—Eso me recuerda —terció Meg— que yo también tengo algo que contaros, no divertido como lo de Jo pero que me ha hecho pensar mientras volvía a casa. Hoy estaban los King muy agitados. Una de las niñas me dijo que su hermano mayor había hecho algo terrible y que su papá le había echado de casa. Oí llorar a la señora, y hablar muy fuerte al señor, y Gracia y Elena, al pasar por mi lado, volvieron la cara para que no les viese los ojos enrojecidos por el llanto. Claro está que no hice preguntas, pero me dieron mucha lástima y me alegro de no tener hermanos que puedan deshonrar a la familia.

—Yo creo que verse expuesta a la vergüenza pública en un colegio es mucho más terrible que cuanto puedan hacer los chicos malos —dijo Amy, meneando la cabeza como si su experiencia de la vida fuera muy profunda—. Susana Parkins fue hoy al colegio con una sortija de granates tan preciosa que hubiera dado cualquier cosa por tener yo una igual, y confieso que la envidié de veras. Pues bien, figuraos que hizo una caricatura del profesor con una nariz monstruosa y una joroba, y estas palabras saliéndole de la boca: «Señoritas, mi ojo está vigilante sobre ustedes.» Nos estábamos riendo a más no poder del dibujo, cuando de pronto su ojo cayó en efecto sobre nosotras, y ordenó a Susana que le llevase la pizarra. Ella quedó paralizada de terror, pero tuvo que obedecer. ¿Qué pensáis que hizo entonces él? Pues cogerla de una oreja... de una oreja, imaginaos qué horror... y llevarla a la tarima donde se recita y hacerla estarse allí media hora con la pizarra en la mano, para que todo el mundo la viese.

—Se reirían mucho las chicas, ¿verdad? —dijo Jo, divertida.

—¿Reírse? Ni una. Todas permanecimos calladas y Susana lloró muchísimo. Os aseguro que no la envidié entonces, porque comprendí que aunque tuviera miles de sortijas de granates no podrían compensarme de la vergüenza sufrida. Y yo no hubiera podido soportar una humillación semejante.

Dicho esto, Amy prosiguió su labor con la orgullosa conciencia de su virtud y de lo bien que le había salido aquel último párrafo dicho de un tirón.

—Esta mañana vi una cosa que me gustó —dijo Beth, ordenando mientras hablaba la revuelta cesta de costura de Jo—. Cuando fui a comprar unas ostras que me había encargado Ana, el señor Laurence estaba en la pescadería pero no me vio, porque me quedé detrás de un barril y él estaba ocupado con el pescado. Entró una pobre mujer, con un cubo y un estropajo, y preguntó al pescadero si podía hacerle algún fregado a cambio de un poco de pescado, porque no tenía nada que dar de comer a sus hijos aquel día, por haberle faltado trabajo. El pescadero, que tenía prisa, contestó enfadado que no, y ya la pobre mujer se marchaba, hambrienta y triste, cuando el señor Laurence cogió un hermoso pescado y se lo dio. La pobre mujer, sorprendida y gozosa, empezó a dar infinitas gracias al anciano, pero él la atajó diciéndole que se fuera a guisarlo. ¡Iba más alegre la infeliz, y resultaba tan gracioso verla abrazada al pescado y bendiciendo al señor Laurence! ¡La verdad es que fue una buena acción de este señor!

Todas rieron y después pidieron a su madre que ella también les refiriera algo. Tras un momento de reflexión, la señora March dijo muy en serio:

—Esta tarde, mientras cortaba chaquetas de franela azul para nuestros soldados, me sentía inquieta por papá, pensando en lo solo y abandonado que estaría si algo le ocurriese. No debía haberme detenido en esos pensamientos, pero seguía angustiándome con ellos, hasta que entró un viejo con un pedido de ropas y, habiéndose sentado cerca de mí, empecé a hablarle, porque parecía pobre y tenía aspecto triste y cansado: «¿Tiene usted hijos en el ejército?», pregunté, pues la nota que había traído no era para mí. «Sí, señora; tenía cuatro, pero dos han muerto, otro está prisionero, y voy a ver al cuarto, que está muy enfermo en un hospital de Washington», me contestó tranquilamente. «Mucho ha hecho usted por su patria», dije, sintiendo respeto y compasión a la vez. «Ni una pizca más de lo debido, señora. Iría yo mismo si sirviera para algo, pero como no sirvo, ofrezco a mis hijos, y lo hago libremente.» Hablaba con tanta alegría y parecía tan sincero, tan contento de ofrecer todo lo que tenía, que me sentí avergonzada de mí misma. Yo había ofrecido un hombre y pensaba que era demasiado, mientras él había ofrecido cuatro sin protesta alguna. Yo tenía en casa a mis hijas para consolarme, y a él le esperaba el último hijo en un lejano hospital, quizá para despedirse de él para siempre. Me sentí tan rica, tan feliz al pensar en lo que poseía, que obsequié al pobre viejo con un paquetito, le di algún dinero e infinitas gracias por la lección que me había enseñado.

—Cuéntanos otra historia, mamá... Una que tenga, como ésta, su moraleja. Cuando son reales y no demasiado sermoneadoras, me gusta pensar luego en ellas —dijo Jo tras un minuto de silencio.

La señora March sonrió, y comenzó enseguida, pues llevaba muchos años contando cuentos a su auditorio y sabía los que le gustaban:

—Había una vez cuatro niñas que tenían lo suficiente para comer, beber y vestirse, y muchos consuelos y placeres, buenas amigas, padres que las querían tiernamente, a pesar de lo cual no se daban por contentas. —Aquí las que escuchaban cambiaron furtivas miradas y comenzaron a coser muy deprisa—. Esas niñas deseaban ser buenas y adoptaban muchas decisiones excelentes, pero no las cumplían muy bien y se pasaban la vida diciendo «Si yo tuviese eso», o «Si pudiéramos hacer aquello», olvidando cuántas cosas tenían ya y cuántas podían hacer. Preguntaron a una anciana cómo podían ser felices, y ella les dijo: «Cuando os sintáis descontentas, pensad en las cosas buenas que tenéis y sed agradecidas.» —Jo levantó la cabeza rápidamente, como si fuera a decir algo, pero se abstuvo al ver que no había terminado el cuento—. Las niñas, que eran juiciosas, decidieron poner en práctica el consejo de la viejecita y pronto se sorprendieron al comprobar lo bien que les iba. Una descubrió que el dinero no puede alejar la vergüenza y el dolor de las casas de los ricos; otra, que aunque pobre era más feliz con su juventud, su salud y su alegría que cierta achacosa y descontenta anciana que no disfrutaba de sus comodidades; la tercera, que aun siendo desagradable el ayudar a preparar la comida, lo era más el pedirla de limosna; y la cuarta, que no vale tanto una sortija de granates como una conducta intachable. Así, convinieron en dejar de quejarse, gozar de las cosas buenas que tenían y tratar de merecerlas, no fuera a ser que las perdieran en vez de verlas aumentadas, y creo que no les pesó haber seguido el consejo de aquella vieja.

—Vamos, mamá, vaya una habilidad la tuya. Vuelves contra nosotras nuestra propia historia, y en vez de contarnos un cuento nos sueltas un sermón —dijo Meg.

—A mí no me gustan esta clase de sermones —dijo Beth, pensativa, enderezando las agujas en el acerico de Jo.

—Yo no me quejo ni la mitad que las otras y en adelante tendré más cuidado, porque la caída de Susana me ha servido de aviso —dijo Amy.

—Necesitábamos esa lección y no la olvidaremos. Si la olvidásemos, tú, mamá, dinos lo que el viejo Chole decía en *Tío Tom*: «Pensad en vuestras mercedes, niñas, pensad en vuestras mercedes» —dijo Jo, incapaz de dejar de hacer algún comentario divertido al sermoncito, aunque lo había tomado tan en serio como las demás.

~~✵~~ 5 ~~✵~~

ENTRE VECINOS

—Pero ¿qué se te ha ocurrido hacer ahora, Jo? —preguntó Meg, una tarde de nieve al ver a su hermana cruzar el vestíbulo con botas de goma, un viejo abrigo con capuchón, una escoba en una mano y una pala en la otra.

—Salgo a hacer ejercicio —contestó guiñando los ojos maliciosamente.

—Pues ¿qué? ¿No te han bastado los dos largos paseos de esta mañana? Hace mucho frío fuera; te aconsejo que te quedes calentita junto al fuego, como hago yo —dijo Meg con un escalofrío.

—Jamás hago caso de consejos. No puedo estarme quieta todo el día y como no soy un gato, no me seduce dormir junto al fuego. A mí me gustan las aventuras y voy a ver si corro una.

Meg fue de nuevo a calentarse los pies y a leer *Ivanhoe* y Jo empezó a abrir senderos con energía. La nieve no era espesa y con la escoba pronto despejó una senda alrededor del jardín, para que Beth pudiera pasear por ella cuando las muñecas necesitasen tomar el aire.

El jardín separaba la casa de los March de la de los Laurence. Ambas estaban situadas en un suburbio de la ciudad, que tenía muchas arboledas y praderas; grandes jardines y tranquilas calles. Una cerca poco elevada limitaba ambas fincas. De un lado, una casa vieja, oscura y de aspecto pobre, ya que la parra no cubría sus muros, como en verano, ni la alegraban las flores del jardín; del otro, una señorial mansión, en la que todo, desde la gran cochera y el bien cuidado paseo que llevaba al invernadero, y las cosas preciosas que por entre las ricas cortinas de las ventanas se vislumbraban, hablaban claramente de lujos y comodidades. Sin embargo, aquella casa parecía solitaria y sin vida; no jugaban niños en el jardín, ni en las ventanas sonreía un rostro maternal. Aparte del anciano señor Laurence y de su nieto, pocas eran las personas que en ella entraban y salían.

La fantasía de Jo le hacía ver aquella casa como una especie de palacio encantado, lleno de esplendor y de delicias que nadie disfrutaba. Durante mucho tiempo había deseado contemplar aquellas ocultas glorias y conocer al muchacho que parecía desear también ser conocido, siempre y cuando diera con la manera de presentarse por primera vez. Desde la noche del baile, Jo sintió mayor interés en trabar amistad con el vecino, y discurrió mil medios para lograrlo, pero no lo veía y empezaba a temer que se hubiese marchado, cuando un día descubrió una cara morena que, desde una ventana del piso alto, miraba tristemente al jardín donde Beth y Amy jugaban a arrojarse bolas de nieve.

«Ese chico tiene nostalgia de compañía y de diversión —se dijo Jo—. Su abuelo le obliga a estar ahí solo y encerrado, cuando lo que necesita es una pandilla de chicos animados con quienes jugar, o alguien que le distraiga y alegre. Me gustaría ir y decírselo.»

Esta idea divirtió a Jo, quien gustaba de hacer cosas atrevidas y escandalizaba continuamente a Meg con sus originales ocurrencias. El plan de «ir y decírselo» no cayó en saco roto; aquella tarde de nieve Jo decidió intentarlo. Observó que el señor Laurence salía en su coche y entonces siguió barriendo la nieve hasta llegar a la cerca, donde se detuvo para llevar a cabo un reconocimiento. Todo estaba tranquilo... en las ventanas de abajo estaban echadas las cortinas, ningún criado a la vista... nada humano visible, excepto una cabeza de rizado pelo negro, descansando sobre una mano delgada, allá en la ventana superior.

«Ahí está —pensó Jo—. ¡Pobre chico! Solo y triste en este día melancólico. ¡Es una pena! Voy a tirarle una bola de nieve para que mire, y le diré algunas palabras para animarlo.»

Voló un puñado de nieve y la cabeza se volvió, mostrando una cara que perdió al instante su expresión de indiferencia, al iluminarse los grandes ojos y sonreír.

—¿Qué tal está? ¿Se encuentra enfermo? —gritó Jo riendo y saludándole con la escoba.

Laurie abrió la ventana y graznó tan roncamente como un cuervo.

—Estoy mejor, gracias. He contraído un constipado muy fuerte y he tenido que soportar un encierro de una semana.

—Lo siento. ¿Con qué se entretiene?

—Con nada. Esto es más triste que una tumba.

—¿No lee?

—Poco; no me dejan.

—¿No puede leerle alguien?

—No tengo a nadie apropiado. Los chicos arman mucho barullo y como aún tengo la cabeza algo débil...

—Pues alguna chica podría leerle y distraerle. Las chicas son tranquilas y aficionadas a hacer de enfermeras.

—No conozco a ninguna.

—Nos conoce a nosotras... —comenzó Jo, interrumpiéndose y echándose a reír.

—¡Tiene razón! ¿Quiere usted venir? —repuso Laurie.

—Yo no soy nada tranquila, pero iré, si mamá me deja. Voy a preguntárselo. Cierre esa ventana como un buen chico y espéreme.

Jo se echó la escoba al hombro y corrió a su casa, preguntándose qué le dirían allí de su idea.

Laurie, entretanto, excitado ante la perspectiva de tener una visita, corrió a arreglarse, porque, como decía la señora March, era un caballerito, y quería hacer honor a la señorita que se ofrecía a acompañarle, cepillándose la rizosa melena, poniéndose cuello limpio y tratando de ordenar su habitación, la cual, a pesar de la media docena de criados, no estaba muy presentable que digamos.

Sonó un largo timbrazo, seguido de una voz que preguntaba por «el señorito», y un criado con cara sorprendida subió a anunciar que abajo había una señorita.

—Muy bien, dígale que suba; es la señorita Jo —aclaró Laurie dirigiéndose a la puerta de su salita para salir al encuentro de Jo, que apareció sonriente y sonrosada, con un plato cubierto en una mano y en la otra dos gatitos de Beth.

—He traído mis bártulos —dijo animadamente—. Mamá me encargó que le salude de su parte y dice que celebrará si puedo servirle en algo. Meg quiso que le trajese un poco del *blanc-manger* que le sale muy sabroso, y Beth pensó que quizá los gatitos le distraigan. Ya sabía yo que se reiría usted de la idea, pero no pude negarme a traerlos, porque ella deseaba colaborar...

Y ocurrió que el divertido préstamo de Beth resultó lo más indicado, porque al reírse de los gatitos, Laurie olvidó su timidez y se hizo al punto de lo más sociable.

—Eso parece demasiado bonito para comerlo —dijo, sonriendo complacido al destapar el plato y ver el *blanc-manger*, rodeado de una guirnalda de hojas verdes y de las flores encarnadas del geranio favorito de Amy.

—Sólo hemos querido expresarle nuestra simpatía. Diga a la criada que se lo sirva a la hora del té; es muy ligero, así que puede usted comerlo y lo tragará sin que le haga daño en la garganta. ¡Qué habitación tan cómoda!

—Lo sería si estuviese ordenada, pero las criadas son holgazanas. Me fastidia verla así.

—Yo lo arreglaré en dos minutos. Lo único que necesita es... pasar bien la escobilla por el hogar... poner derechas estas cosas encima de la chimenea, así... y los libros aquí, y los frascos allí, y el sofá vuelto un poco de espaldas a la luz, y ahuecar estos almohadones. Ya está usted instalado.

Y lo estaba en efecto, porque mientras hablaba y reía Jo había puesto las cosas en su sitio, y dado a la habitación un aspecto completamente distinto del que tenía. Laurie la observó con respetuoso silencio y cuando ella le llamó al sofá, se sentó con un suspiro de satisfacción y dijo agradecido:

—¡Qué amable! Era lo que estaba haciendo falta. Ahora siéntese usted en ese butacón y a ver qué puedo hacer para entretenerla.

—No, yo soy quien ha venido a entretenerle a usted. ¿Quiere que le lea? —Jo dirigió una cariñosa mirada a unos libros que había allí.

—Gracias; todo eso lo he leído ya. Si no le importa, preferiría hablar.

—¡Muy bien! Yo, una vez me dan cuerda, estaría hablando el día entero. Beth dice que no sé parar.

—¿Es Beth la que está siempre en casa y suele salir a veces con una cesta? —preguntó Laurie.

—Sí, ésa es Beth, mi niña. Una chica monísima.

—La guapa es Meg, y la del pelo rizado, Amy, ¿verdad?

—¿Cómo lo sabe?

Laurie se sonrojó, pero contestó francamente:

—Las oigo llamarse unas a otras, y cuando estoy solo aquí arriba, no puedo dejar de mirar a su jardín y siempre veo lo bien que lo pasan. Perdone, pero le diré que algunas veces olvidan ustedes echar la cortina de la ventana donde están las flores y cuando encienden las lámparas resulta un cuadro encantador verlas a todas sentadas alrededor de la mesa con su madre, y al fondo el fuego de la chimenea. Su madre se sienta siempre frente a la ventana y tiene una cara tan dulce que me encanta mirarla. Yo no tengo madre, ¿sabe usted? —Laurie se puso a atizar el fuego para ocultar un ligero temblor de los labios.

Aquella mirada ansiosa de cariño llegó al corazón de Jo. La sencilla educación que había recibido hacía que no hubiera tonterías en su cabeza y que a los quince años fuese tan inocente y franca como una niña. Laurie estaba enfermo y solo; ella en cambio era rica en afectos familiares y en felicidad. Quería compartir con él esa riqueza.

Había una expresión cariñosa en su mirada y su voz adquirió una dulzura singular cuando dijo:

—Ya no echaremos nunca esa cortina y le permitiremos mirar todo lo que quiera. Yo preferiría, eso sí, que en vez de atisbar desde aquí, fuese usted a vernos. Mamá es extraordinaria, y le haría mucho bien, y Beth cantaría si yo se lo pidiese y Amy bailaría, mientras Meg y yo le haríamos reír enseñándole nuestro divertido *atrezzo* teatral. Lo pasaríamos muy bien. ¿Le dejará su abuelo venir?

—Creo que si su madre se lo pidiera, desde luego. Es muy amable aunque no lo parezca y me deja hacer lo que quiero casi siempre, sólo que teme que pueda resultar molesto a los extraños —contestó Laurie, cada vez más animado.

—Nosotras no somos extrañas sino vecinas, y nunca podría usted molestarnos. Deseamos conocerle y yo lo procuro hace tiempo. No hace mucho que vivimos aquí, como usted sabe, pero hemos hecho amistad con todos los vecinos, menos con ustedes.

—El abuelo vive consagrado a sus libros y le tiene sin cuidado lo que ocurre fuera. Mi preceptor, el señor Brooke, no vive aquí, y no tengo a nadie con quien salir, de modo que opto por quedarme en casa y así voy pasando.

—Hace usted mal. Debiera ir allá donde le inviten y así tendría amigos y lo pasaría bien. La timidez se vence frecuentando el trato de las gentes.

Laurie se ruborizó nuevamente, pero no le ofendió el que le acusasen de timidez, porque había en Jo tanta buena voluntad que era imposible no tomar sus palabras, aunque excesivamente francas, como nacidas de su buena fe.

—¿Está usted contenta en su colegio? —preguntó el muchacho, cambiando de conversación tras una breve pausa durante la cual miró fijamente al fuego.

—No voy al colegio —contestó ella—. Soy un hombre

de negocios... quiero decir, una chica que se gana la vida como señorita de compañía de su tía abuela. Una vieja gruñona, pero muy buena de corazón, la pobrecilla.

Laurie abrió la boca para hacer otra pregunta, pero, recordando que era una falta de cortesía el indagar en los asuntos de los demás, volvió a cerrarla. A Jo le gustó el que fuese tan bien educado, y no hallando por su parte inconveniente en reír un poco a costa de tía March, le hizo una viva descripción de la fastidiosa señora, de su perro de lanas, del loro que hablaba español y de la biblioteca que hacía sus delicias. Laurie disfrutó con todo aquello, y cuando Jo le dijo que cierto día, un viejecito muy pulcro había ido a cortejar a la tía March y que cuando estaba en lo más florido de su discurso, *Poll*, el loro, le había quitado la peluca con el pico, el muchacho rió con tantas ganas que una de las criadas se asomó a la puerta para ver si le ocurría algo.

—Sus cuentos son muy divertidos. Siga, por favor —dijo Laurie, levantando la cabeza de los almohadones y mostrando una cara sofocada y resplandenciente de alegría.

Halagada, Jo siguió hablando de sus juegos y de sus planes, de sus esperanzas y temores por su padre, y de los acontecimientos más interesantes del pequeño mundo en que las hermanas vivían. Luego hablaron de libros, y con gran entusiasmo descubrió Jo que a Laurie le gustaban tanto como a ella y que aún había leído más.

—Puesto que tanto le gustan, baje a ver los nuestros —dijo Laurie, levantándose—. No tema, el abuelo ha salido.

—Yo no tengo miedo de nada —contestó Jo.

—Lo creo —exclamó Laurie, mirándola con admiración, si bien para sus adentros se dijo que, como se encontrara con su abuelo en uno de sus días de malhumor, su nueva amiga iba a comprobar que su valentía tenía un límite.

La temperatura de toda la casa era cálida. Laurie fue conduciéndola de habitación en habitación, dejándola examinar cuanto llamaba su atención, y así llegaron al fin a la biblioteca, donde Jo palmoteó y brincó como hacía siempre que algo la entusiasmaba. La estancia estaba atestada de libros y había cuadros y estatuas, y espaciosas vitrinas llenas de monedas y de curiosidades, y butacas mullidas y extrañas mesitas y, lo mejor, una gran chimenea con hogar encuadrado de exquisitos azulejos.

—¡Qué riqueza! —suspiró Jo, dejándose caer en una butaca de terciopelo y mirando alrededor con intensa satisfacción—. Teodoro Laurence, debe ser usted el hombre más feliz del mundo —añadió con acento solemne.

—No se vive sólo de libros —sentenció Laurie meneando la cabeza.

Antes de que pudiera agregar una palabra más sonó un timbre. Jo dio un brinco y exclamó alarmada:

—¡Cielos! ¿Es su abuelo?

—¿Y qué, si lo fuera? ¿No decía usted que no tenía miedo de nada? —repuso el muchacho con picardía.

—Me parece que a él sí le temo un poco, aunque no sé por qué. Mamá me dijo que podía venir y no me parece que a usted le haya sentado mal la visita —replicó Jo, tratando de mostrarse serena, pero con los ojos clavados en la puerta.

—Me siento mucho mejor, y agradecidísimo. Sólo lamento que se haya usted fatigado con tanto hablar. Era tan agradable oírla que no sabía darme por satisfecho —dijo Laurie agradecido.

—El doctor ha venido a visitarle, señorito —anunció una criada.

—¿Me perdona que la deje sola un minuto? —inquirió Laurie—. No tengo otro remedio que ir a verle —agregó en son de disculpa.

—No se preocupe. Me encuentro a mis anchas —contestó Jo.

Laurie salió y su visitante se divirtió a su manera. Estaba de pie delante del bello retrato de un señor venerable, cuando oyó abrirse la puerta. Sin volverse, Jo dijo muy decidida:

—Ahora estoy segura de que no me asustaría de él, porque tiene ojos bondadosos, aunque la boca es severa y se ve que es de una voluntad inflexible. No es tan guapo como lo era mi abuelo, pero me gusta.

—Muchas gracias, señorita —dijo una voz áspera a su espalda.

Al volverse anonadada, Jo se halló ante el señor Laurence.

La pobre se ruborizó intensamente, y el corazón empezó a latirle con violencia, mientras pensaba en lo que acababa de decir. Por un momento sintió un ardiente deseo de echar a correr, pero eso hubiera sido una cobardía de la que se habrían reído las chicas, y resolvió quedarse y capear el temporal como pudiera. Una segunda mirada le mostró que los ojos vivos del retratado tenían, bajo las espesas cejas grises, la misma o mayor expresión de bondad que el lienzo y había en ellos un vislumbre de picardía, que disminuyó el temor de Jo. La áspera voz sonó más áspera al preguntar bruscamente el anciano, después de aquella pausa:

—De modo que no me teme usted, ¿eh?

—No mucho, señor.

—Y no me encuentra tan guapo como su abuelo...

—No del todo, señor.

—Y tengo una inflexible voluntad, ¿verdad?

—Sólo dije que me lo parecía.

—Pero, a pesar de todo, ¿le gusto a usted?

—Sí, señor.

Esta respuesta agradó al anciano, que lanzó una risa corta, dio la mano a Jo y, poniéndole un dedo debajo de la barbilla, le hizo levantar la cara, la examinó gravemente y luego dijo:

—Tiene usted el espíritu de su abuelo, ya que no su cara. Era lo que se dice un buen mozo, además de un valiente y un hombre de honor. Me enorgullezco de haber sido su amigo.

—Gracias, señor. —Y Jo, después de esto, se encontró perfectamente a sus anchas con el señor Laurence.

—¿Qué ha estado haciendo con ese chico mío? —fue la siguiente pregunta.

—Pues tratando de distraerle un poco. —Jo le contó el motivo de su visita.

—¿Cree usted que necesita un poco de alegría?

—Sí, señor; parece bastante solitario, y la compañía de otro chico de su edad quizá le haría bien. Nosotras somos chicas pero con gusto le ayudaríamos, porque no olvidamos el espléndido regalo de Navidad que usted nos envió —dijo Jo.

—Bah, bah; eso fue cosa del chico. ¿Cómo está la pobre mujer?

—Mucho mejor —contestó Jo, y se puso hablar muy deprisa, contándole de los Hummel, en favor de los cuales su madre había interesado a amigos más ricos que ellas.

—La misma manera de hacer el bien que tenía su padre. Un día que haga buen tiempo iré a ver a su madre, dígaselo. Suena la campana del té. Lo tomamos temprano a causa del chico. Venga usted al comedor y continúe su visita de vecindad.

—Si no le molesta que le acompañe...

—No la invitaría si me molestase.

Y el señor Laurence ofreció el brazo a Jo con cortesía anticuada.

«¿Qué diría Meg si viera esto?», pensó Jo, mientras era conducida escaleras abajo, y en sus labios se dibujaba la risa al imaginarse la escena cuando contara lo ocurrido.

—¡Eh! ¿Qué diantre te ocurre, chico? —preguntó el anciano al ver a Laurie bajar corriendo la escalera y detenerse con una exclamación de sorpresa ante el asombroso espectáculo que ofrecía Jo del brazo de su severo abuelo.

—No sabía que estaba usted aquí —contestó él, mientras Jo le dirigía una mirada de triunfo.

—Es evidente, a juzgar por el estrépito que armas por las escaleras. Ven a tomar el té y a ver si te portas como un caballero —dijo el anciano, prosiguiendo su camino después de darle un cariñoso tirón de oreja.

Laurie los siguió, haciendo a sus espaldas una serie de cómicas evoluciones que casi produjeron un estallido de risa en Jo.

El anciano caballero apenas habló mientras bebía sus cuatro tazas de té, pero observaba a los jóvenes, que pronto se pusieron a charlar como viejos amigos, y no le pasó inadvertido el cambio operado en su nieto. Había color, luz y vida en sus facciones, viveza en sus movimientos y verdadera alegría en su risa.

«Ella tiene razón; el chico está muy solo. Veré lo que estas muchachas pueden hacer por él», pensó el señor Laurence, mientras miraba y escuchaba.

Si los Laurence hubieran sido envarados y presuntuosos, Jo no se hubiese entendido con ellos, porque esa clase de personas la hacía sentirse tímida y torpe; pero hallándolos francos y llanos, se mostró tal cual era, y causó buena impresión.

Terminado el té, anunció que debía marcharse, pero Laurie quiso enseñarle algo que le faltaba ver, y la llevó al invernadero, que había sido iluminado en su honor.

A Jo le resultó fantástico y paseó extasiada por los enarenados senderos, gozando de la belleza de las flores que cubrían las paredes a ambos lados, de la atmósfera tibia y admirando las maravillosas parras y los hermosos árboles cuyo follaje pendía sobre su cabeza. Entretanto Laurie cortó bellas flores, hizo con ellas un gran ramo y dijo, con esa expresión de contento que Jo gustaba de ver en él:

—Por favor, entregue esto a su madre y dígale que me gusta mucho la medicina que me ha enviado.

Encontraron al señor Laurence de pie junto al fuego de la chimenea de la gran sala, pero la atención de Jo quedó absorta por el magnífico piano que allí había.

—¿Toca usted? —preguntó, volviéndose hacia Laurie con respetuosa expresión.

—Algunas veces —repuso el chico con modestia.

—Pues toque algo ahora, por favor. Quiero oírlo para contárselo luego a Beth.

—Usted primero.

—Yo no sé. Soy demasiado torpe para aprender, pero me encanta la música.

Laurie tocó una pieza y Jo le escuchó con la nariz hundida en los heliotropos y las rosas de té del ramo para su madre. Creció su respeto hacia Laurie porque éste era un buen ejecutante y no se envanecía de ello. Hubiera querido que Beth lo oyese, pero se limitó a alabar al muchacho hasta que éste se azaró y su abuelo tuvo que acudir en su ayuda.

—Basta, basta, señorita. No le convienen demasiados terrones de azúcar. Como pianista, no está del todo mal, pero lo que hace falta es que haga otro tanto en cosas más importantes. ¿Se marcha usted? Le agradecemos su visita, que espero se repita. Mis respetos a su señora madre. Buenas noches, doctora Jo.

Aunque le dio la mano afectuosamente, parecía que algo le disgustaba. Cuando estuvieron en el zaguán, Jo preguntó a Laurie si había dicho alguna cosa inconveniente.

Laurie meneó la cabeza.

—No; fui yo. No le gusta oírme tocar el piano.

—¿Por qué?

—Ya se lo contaré otro día. Juan la acompañará hasta su casa ya que yo no puedo hacerlo.

—No es necesario; sólo estamos a dos pasos. Cuídese.

—Sí; pero confío en que volverá usted por aquí.

—Si usted promete visitarnos cuando esté bien, sí.

—Así lo haré.

—Buenas noches, Laurie.

—Buenas noches, Jo. Y gracias.

Cuando Jo refirió las aventuras de la tarde, la familia March sintió ganas de visitar en comunidad la casa de los Laurence, pues todas hallaban allí algo atrayente. La señora March deseaba hablar de su padre con el amigo que no le había olvidado; Meg quería pasearse por el invernadero; Beth suspiraba por el piano; y Amy por ver los cuadros y las estatuas.

—¿Por qué le desagradará al señor Laurence que su nieto toque el piano, mamá?

—No estoy segura, pero quizá porque su hijo, el padre de Laurie, se casó con una señorita italiana que era pianista, y ese matrimonio disgustó al señor Laurence, que es muy orgulloso. La señora era buena y muy guapa, pero a él no le gustó y no volvió a ver a su hijo después de la boda. Ambos murieron cuando Laurie era muy pequeño, y entonces su abuelo lo recogió. Me parece que el chico, nacido en Italia, no es muy fuerte y el viejo teme perderle; por eso le cuida tanto. Laurie ha heredado de su madre la afición a la música, y supongo que su abuelo temerá que quiera seguir esa carrera. Por lo menos, su disposición para el piano debe recordarle a la mujer que le separó de su hijo, y por eso le molesta.

—¡Qué tontería! —saltó Jo—. Que le deje ser músico, si tal es su vocación, y no le amargue la vida mandándole al colegio, cuando lo detesta.

—Por eso, sin duda, tiene esos hermosos ojos negros y esas amables maneras. Los italianos son siempre amables —dijo Meg, que era un poco sentimental.

—Le vi en el baile, y lo que de él nos han contado demuestra que sabe comportarse. Es muy bueno y amable; y lo que dijo acerca de la medicina que mamá le envió está muy bien dicho y demuestra buenas maneras.

—Se refería al *blanc-manger*, seguramente.

—¡Qué ingenua eres, hija! Se refería a ti.

—¿De veras? —Jo abrió los ojos como si esa idea le sorprendiera.

—Nunca he visto a nadie como tú. No sabes conocer una galantería cuando te la dicen —dijo Meg, con aire de quien sabe cuanto hay que saber sobre esa materia.

—Encuentro las galanterías muy tontas y te agradeceré que no seas pesada. Laurie es un chico muy simpático, y me gusta, pero no quiero tener nada que ver con sentimentalismos de cumplidos y demás estupideces. Todas seremos buenas amigas suyas, porque no tiene madre. Puede venir a vernos, ¿verdad, mamá?

—Sí, Jo, tu amiguito será bien recibido, y espero que Meg no olvide que los niños deben ser niños el mayor tiempo posible.

—Ya no me considero una niña, y aún no he cumplido los trece años —observó Amy—. ¿Qué dices, Beth?

—Estaba pensando en nuestros progresos como Peregrinos —contestó Beth, que no había oído una palabra—. Cómo al resolver ser buenas salimos del lodazal y subimos la escarpada colina al tratar de poner en práctica nuestra resolución. Tal vez esa casa de al lado, llena de espléndidas cosas, sea el Hermoso Palacio de nuestra Ciudad Celestial.

—Antes tenemos que pasar por entre los leones —le recordó Jo, como si en cierto modo le agradase la perspectiva.

6

BETH ENCUENTRA EL HERMOSO PALACIO

La casa grande resultó, en efecto, un hermoso palacio, aunque transcurrió cierto tiempo antes de que todas entrasen en él y Beth halló muy difícil el pasar por entre los leones. El más grande de éstos era el señor Laurence, pero después de que fue a hacerles una visita y dirigió palabras amables y divertidas a cada una de las muchachas y habló con la madre de tiempos pasados, nadie, excepto Beth, le tuvo miedo. El otro león era el hecho de ser ellas pobres y Laurie rico, porque eso las hacía avergonzarse de recibir favores a los que no podían corresponder, pero después de algún tiempo comprendieron que Laurie las consideraba a ellas bienhechoras y no sabía cómo demostrar lo agradecido que estaba a la señora March por su maternal acogida, y a todas, por la alegría y bienestar de que disfrutaba en su compañía. Olvidaron, pues, su orgullo y cambiaron atenciones y amabilidades, sin pararse a pensar cuál era mayor.

Ocurrieron por entonces toda clase de cosas agradables, porque la nueva amistad floreció como la hierba en primavera. Todas querían a Laurie y éste dijo a su preceptor que «las March eran unas chicas espléndidas». Con el entusiasmo propio de la juventud, las cuatro hermanas acogieron gozosas al solitario Laurie, y cuidaron de él, hallando éste, a su vez, encantadora la inocente compañía de aquellas sencillas muchachitas. Como no había conocido madre ni hermana, experimentó la influencia que ejercía sobre él aquella amistad nueva y la actividad de las laboriosas muchachas le hizo avergonzarse de la vida indolente que él llevaba. Estaba cansado de libros y encontraba tan interesante el trato con personas, que el señor Brooke se vio obligado a poner a su discípulo notas poco satisfactorias, porque Laurie no hacía más que ir a ver a las March.

—No importa; déjele que se expansione un poco; ya recuperará lo perdido —dijo el abuelo—. La señora de al lado dice que el chico estudia demasiado y necesita de jóvenes de su edad, diversión y ejercicio físico. Sospecho que tiene razón, y que he cuidado a Laurie con exceso, como si lo hiciera una abuela. Dejémosle hacer un poco su voluntad con tal que se sienta feliz, porque nada malo puede ocurrirle en ese conventito de al lado, y la señora March hace por él más de lo que nosotros podemos hacer.

¡Qué días magníficos pasaron! Representaciones teatrales, cuadros vivos, paseos en trineo, alegre patinar en el hielo, gratas tardes de intimidad en la vieja casa de los March y, de vez en cuando, pequeñas reuniones en casa de Laurie. Meg pudo pasearse a sus anchas por el invernadero, y saciarse de ramos de flores; Jo, leer con voracidad en la biblioteca, y poner nervioso al señor Laurence con su crítica literaria; Amy, copiar cuadros y gozar de artísticas bellezas a su placer, mientras Laurie desempeñaba con gallarda postura el papel de «señor del castillo».

En cuanto a Beth, si bien suspiraba por el gran piano, no consiguió armarse de valor para ir a «la mansión de la dicha», como llamaba Meg a la casa grande. Fue una vez con Jo, pero el señor Laurence, que no estaba enterado de su excesiva timidez, la miró con tanta fijeza, frunciendo sus espesas cejas grises, y lanzó un «¡Eh!» tan fuerte que la asustó hasta el punto de hacerla temblar de pies a cabeza, según dijo luego a su madre, y echó a correr, declarando que no volvería, ni siquiera por el hermoso piano. No bastaron ruegos ni persuasiones para hacerle vencer su miedo, hasta que habiendo llegado el hecho a oídos del señor Laurence, por conducto misterioso, quiso arreglar las cosas, y un día que fue de visita a casa de la señora March, llevó con habilidad la conversación hacia el tema de la música y habló de grandes cantantes que él había oído, de magníficos órganos, refiriendo a la vez anécdotas tan interesantes, que Beth no pudo permanecer en su apartado rincón y fue acercándose lentamente, como fascinada, hasta detenerse detrás de la silla que ocupaba el anciano, para escuchar con los ojos muy abiertos y las mejillas encendidas de emoción. Sin ocuparse en absoluto de ella, el señor Laurence habló de los estudios de su nieto y de sus profesores, y luego, como si se le ocurriera la idea en aquel preciso momento, dijo a la señora March:

—Ahora tiene muy abandonada la música, de lo que me congratulo, porque se estaba aficionando demasiado a ella, pero el piano padece con ese abandono. ¿No querría alguna de sus hijas ir a tocarlo de vez en cuando, aunque sólo sea para que no se desafine?

Beth dio un paso adelante y juntó las manos fuertemente para contenerse y no palmotear, como se sentía tentada de hacerlo. La idea de poder estudiar en aquel magnífico instrumento le quitaba el aliento.

Antes de que la señora March pudiera contestar, el anciano prosiguió con un gesto y una sonrisa de inteligencia:

—La que vaya no necesita verse ni hablar con nadie. Puede pasar a cualquier hora. Yo estoy encerrado en mi despacho al otro extremo de la casa. Laurence sale mucho y los criados no se acercan a la sala después de las nueve.

Al decir esto, se levantó como para marcharse, y Beth resolvió hablar, porque aquel último arreglo resultaba perfecto. Pero antes de que pudiera hacerlo el señor Laurence, agregó:

—Por favor, transmita a sus hijas lo que acabo de decirle. Si no les interesa ir, tampoco importa.

Una manecita se escurrió en la suya, y Beth, mirándole

con ojos llenos de agradecimiento, dijo con vocecita tímida pero acento firme:

—Sí, señor, les interesa mucho... muchísimo.

—¿Es usted la aficionada a la música? —preguntó él
bondadosamente.

—Soy Beth, y amo la música con toda mi alma. Iré si
está usted seguro de que nadie ha de oírme... y a nadie he
de molestar —añadió, temiendo ser poco amable y temblando de su propia osadía mientras hablaba.

—No te oirá ni un alma, hija. La casa está desierta la
mitad del día. Ven y toca el piano cuanto quieras, que yo
te quedaré agradecido.

—¡Qué bueno es usted!

Beth se sonrojó ante la mirada amistosa del anciano, pero
ya no le tenía miedo; y como no encontraba palabras para
agradecer el precioso don de él recibido, apretó con fuerza la
mano del señor Laurence. Éste acarició con suavidad su mejilla; luego, inclinándose, la besó en la frente, diciendo con un
acento que pocas personas le habían oído nunca:

—Tuve una niña con los ojos como los tuyos. Dios te
bendiga, hija mía. A los pies de usted, señora.

Después de dar expansión a su entusiasmo con su madre, Beth corrió a comunicar la dichosa nueva a las muñecas, ya que las chicas no estaban en casa. ¡Qué alegremente
cantó aquella tarde, y cómo rieron todas de ellas cuando
por la noche despertó a Amy, poniéndose dormida a tocar
el piano en su cara! ¡Qué feliz se sintió!

Al día siguiente, después de ver salir de la casa a los
Laurence, abuelo y nieto, Beth, no sin volverse dos o tres
veces, entró al fin valientemente en casa de sus vecinos y se
dirigió silenciosamente a la sala donde estaba el piano. Por
casualidad, claro está, había sobre el piano unas bonitas y
fáciles partituras, y al fin, con temblorosos dedos y frecuentes interrupciones para escuchar y mirar en torno,
Beth tocó el gran instrumento, y al punto olvidó su miedo,
y se olvidó de sí misma y de todo lo que no fuera el indes-
criptible goce que la música, para ella la voz de una amiga
idolatrada, le proporcionaba.

Siguió allí hasta que Ana fue a buscarla, pues era la hora del almuerzo, pero Beth no tenía apetito y se limitó a sentarse a la mesa y sonreír a todas en estado de beatitud.

A partir de esa mañana, casi todos los días un capuchoncito oscuro franqueaba el seto que separaba ambos jardines, y la gran sala del piano se vio frecuentada por un armonioso espíritu que iba y venía sin ser visto.

Beth nunca supo que con frecuencia el señor Laurence abría la puerta del despacho para oír las viejas piezas que le gustaban; nunca vio a Laurie montando guardia en la puerta para alejar a los criados, no sospechó que los cuadernos de estudio y las partituras nuevas que encontraba en el musiquero habían sido puestos allí para ella, y cuando Laurie le hablaba de música, pensaba únicamente en lo bueno que era al decirle cosas que la ayudaban tanto. Beth gozaba con toda su alma al ver, cosa que no ocurre siempre, su deseo realizado, y quizá porque agradecía esa dicha le fue concedida otra aún mayor; si bien es cierto que merecía las dos.

—Mamá; voy a hacer al señor Laurence un par de pantuflas. Es tan bueno que quiero demostrarle de algún modo mi gratitud, y no se me ocurre otra manera de hacerlo. ¿Te parece bien? —preguntó Beth, unas semanas después de aquella memorable visita del anciano.

—Sí, hijita; le gustará mucho y es una bonita manera de darle las gracias. Las chicas te ayudarán a bordarlas y yo pagaré la hechura —contestó la señora March, que se complacía en conceder las peticiones de Beth, porque rara vez las hacía para sí misma.

Tras serias discusiones con Meg y Jo, fue elegido el modelo y compraron los materiales. Un ramillete de pensamientos sobre fondo granate oscuro pareció más bonito y apropiado. Beth trabajó sin levantar cabeza el bordado y, como la suya era una aguja muy ágil, pronto las pantuflas estuvieron terminadas. Escribió luego una carta breve y sencilla y, con la complicidad de Laurie, las hizo llegar hasta la mesa del despacho del señor Laurence, una mañana, antes de que éste se levantara.

Beth esperó a ver qué ocurría. Transcurrió aquel día y parte del siguiente sin acuse de recibo alguno, y ya empezaba a temer que su anciano y peculiar amigo se hubiera dado por ofendido.

La tarde del segundo día salió a hacer un recado y a que la pobre *Juana*, su muñeca inválida, diese su acostumbrado paseo. Cuando regresaba a casa vio asomadas a la ventana de la sala tres o cuatro cabezas, y en cuanto la divisaron varias manos se agitaron llamándola a gritos:

—¡Hay carta del señor Laurence! ¡Corre!

—¡Oh, Beth, te ha mandado...! —empezó Amy, gesticulando con énfasis, pero no pudo seguir porque Jo la interrumpió cerrando de golpe la ventana.

Beth corrió llena de ansiedad.

En la puerta, sus hermanas la recibieron y la llevaron con entusiasmo a la sala, diciendo y señalando todas a la vez:

—¡Mira! ¡Mira lo que hay ahí!

Beth palideció de emoción, porque allí había un bonito piano de gabinete y sobre la lustrosa tapa una carta dirigida a la «señorita Elizabeth March».

—¿Para mí? —balbuceó Beth, agarrándose a Jo porque le temblaban las piernas, anonadada ante aquella sorpresa.

—Sí, para ti, cariño. ¿No te parece espléndido? ¿No crees que el señor Laurence es el hombre más bueno del mundo? La llave está dentro de la carta. No la hemos abierto, pero estamos ansiosas por saber lo que dice —exclamó Jo, abrazando a su hermana y dándole el sobre.

—Léela tú. Yo no puedo. ¡Ah, qué bello es! —Beth ocultó la carta en el delantal de Jo, conmocionada por el regalo.

Abrió la carta y se echó a reír porque las primeras palabras que leyó decían: «Señorita Elizabeth March. Distinguida señorita.»

—¡Qué bien suena! Ojalá alguien me escribiera a mí una carta así —dijo Amy, que encontraba muy elegante el estilo epistolar antiguo.

He tenido muchos pares de pantuflas en mi vida, pero ningunas me han sentado tan bien como las que usted me envió gentilmente. Los pensamientos son mi flor predilecta, y éstos me recordarán siempre a la amable donante. Como me gusta pagar mis deudas sé que permitirá usted al viejo señor Laurence enviarle una cosa que perteneció a la nietecita que perdió.

Con mis más expresivas gracias, quedo siempre suyo, agradecido amigo y seguro servidor,

JAIME LAURENCE.

—Beth, éste es un honor del que puedes estar orgullosa. Laurie me ha dicho lo mucho que su abuelo quería a esa niña y lo celosamente que conservaba todas sus cosas. Pensar que te regala su piano... Te lo has ganado por tener los ojos grandes y azules y por ser amante de la música —dijo Jo, tratando de tranquilizar a Beth, que temblaba y parecía más excitada que nunca en su vida.

—Mira qué hermosos candeleros para las velas, y lo bonita que es esta seda verde plegada, con una rosa en el centro, y el atril y el taburete; todo completo —añadió Meg, abriendo el piano.

—«Su seguro servidor, Jaime Laurence», mira que firmar así... Se lo contaré a mis amigas y quedarán maravilladas —dijo Amy, impresionada por la carta.

—Pruébalo, querida. Déjanos oír cómo suena esa monada de piano —dijo Ana, que siempre tomaba parte en las alegrías y las penas de la familia.

Beth lo hizo y todo el mundo declaró que su sonido era extraordinario. Evidentemente había sido afinado y repasado, pero aunque estaba perfecto, creo que su verdadero encanto radicaba en la más feliz de las caras. Beth, que tocaba con amor las bellas teclas negras y blancas y apretaba los brillantes pedales.

—Tendrás que ir a dar las gracias —dijo Jo, pensando que Beth no se atrevería.

—Desde luego pienso hacerlo, y creo que iré ahora mismo.

Y ante la estupefacción general, Beth se dirigió resueltamente al jardín, cruzó la empalizada y llegó a la puerta de los Laurence.

—¡Vaya! es la cosa más extraordinaria que he visto nunca. El piano le ha trastornado la cabeza. Estando en sus cabales no hubiera ido; ¡le habría dado vergüenza! —exclamó Ana, fijos los ojos en Beth, mientras las otras chicas estaban mudas de asombro.

Más asombradas se hubieran quedado de haber visto lo que Beth hizo luego. Llamó a la puerta del despacho antes de darse tiempo para pensar, y cuando una áspera voz contestó «¡Adelante!», entró, se dirigió resueltamente hacia el señor Laurence, que parecía sorprendido, y le tendió la mano, diciendo con voz ligeramente temblorosa:

—He venido a darle a usted las gracias por...

Pero no pudo terminar, porque el anciano la miraba con tanto afecto que, recordando que su amigo había perdido la nietecita que amaba, le echó los brazos al cuello y lo besó en la mejilla.

No se hubiera quedado más atónito el buen anciano si hubiese visto volar el techo de la habitación, pero aquello le gustó, ¡vaya si le gustó!, y se sintió tan conmovido y complacido por aquel cariñoso beso que, abandonando su sequedad, sentó a Beth en sus rodillas. Desde ese momento Beth dejó de temerle y estuvo charlando con él tan tranquila como si le conociera de toda la vida, porque el cariño destierra el temor y la gratitud vence al orgullo.

Cuando volvió a casa, el señor Laurence la acompañó hasta la puerta, le dio un cordial apretón de manos y, tocándose el sombrero, se alejó con aire majestuoso, andando muy erguido, como lo que era: un apuesto y solemne anciano.

Las hermanas de Beth fueron testigos de aquella escena. Jo empezó a bailar expresando con ello su satisfacción. Amy casi se cayó de la ventana de puro asombrada, y Meg exclamó con las manos en alto:

—¡Es indudable que se acerca el fin del mundo!

7

AMY PASA POR EL VALLE
DE LA HUMILLACIÓN

—¿No es ese muchacho un perfecto cíclope? —preguntó Amy un día, al ver pasar montado a caballo a Laurie, que las saludó agitando la fusta.

—¿Cómo te atreves a decir semejante disparate, cuando tiene ambos ojos, y bien hermosos por cierto? —protestó Jo, que se molestaba de cualquier cosa que se dijese de su amigo.

—No me refería a sus ojos, y no sé por qué has de sulfurarte porque admire su manera de montar.

—¡Válgame el cielo! Esta tonta quiso decir «centauro» en lugar de «cíclope» —exclamó Jo lanzando una estrepitosa carcajada.

—No seas grosera, niña; fue sólo un lapsus, como dice el profesor Davis —repuso Amy, acabando de congestionar de risa a Jo con esa nueva palabreja—. Lo que quisiera es tener sólo una parte del dinero que Laurie gasta en ese caballo —añadió como para sí, pero esperando ser oída por sus hermanas.

—¿Para qué? —preguntó Meg, pues Jo no podía hablar de tanta risa.

—¡Lo necesito! Estoy llena de deudas y hasta dentro de un mes no me toca cobrar ningún dinero.

—¿Deudas tú? ¿Qué quieres decir? —preguntó Meg poniéndose seria.

—Debo al menos una docena de limas y carezco de dinero para comprarlas. Como sabes, mamá me tiene prohibido que compre nada a cuenta en la tienda.

—Cuéntame, cuéntame. ¿Es que están de moda las limas? —dijo Meg tratando de contener la risa, pues Amy hablaba con mucha seriedad.

—Mira, lo que ocurre es que las chicas están siempre comprándolas, y una, si no quiere que la tengan en menos, tiene que comprarlas también. No hay ninguna chica que no esté chupando una lima hasta en la hora de la clase, y se cambian por ellas lápices, sortijas de cuentas, muñecas de papel y qué sé yo. Si una chica simpatiza con otra le da una lima; si no la puede ver, se come una en sus narices y no le ofrece ni un gajo. Se regalan por turno y a mí me han dado no sé cuántas, pero no las he devuelto, lo cual está muy mal, porque se trata de deudas de honor, ¿sabes?

—¿Cuánto necesitas? —preguntó Meg, sacando su portamonedas.

—Veinticinco centavos bastarían. ¿No te gustan las limas?

—No mucho; te cedo mi parte. Aquí tienes el dinero, hazlo durar, porque, como sabes, no abunda mucho.

—Gracias. ¡Debe de ser tan agradable tener dinero disponible! Voy a darme un festín porque esta semana no he probado ni una lima. Me apetece tanto...

Al día siguiente Amy llegó bastante tarde al colegio, pero no pudo resistir la tentación de exhibir, con orgullo, un paquete de papel oscuro algo húmedo antes de hacerlo desaparecer en las profundidades de su pupitre.

Corrió al punto entre sus amigos la noticia de que Amy March tenía doce deliciosas limas (se había comido una por el camino) y que iba a obsequiarlas, con lo que las atenciones hacia ella fueron abrumadoras.

Katy Brown la invitó a la fiesta que iba a ofrecer en su casa; Mary Ringsley insistió en prestarle su reloj hasta la hora de salir; y Jenny Snow, una chica muy mordaz, que había reñido con Amy por echarle en cara que no tenía limas, cambió de actitud e intentó pasarle la solución de un problema difícil. Pero como Amy no había olvidado aquella indirecta de la señora Snow al hablar de «personas que sabían oler las limas del vecino, y pedirlas prestadas a pesar de ir por la vida de muy dignas», al instante destruyó las esperanzas de su enemiga con esta cortante respuesta:

—No necesitas ponerte fina tan de repente, porque entre estas limas no hay ninguna para ti.

Aquella mañana visitó el colegio un distinguido personaje y los mapas de Amy, admirablemente dibujados, recibieron elogios, cosa que hizo rabiar a Jenny Snow y dio una gran satisfacción a Amy. Pero, ¡ay!, que al triunfo suele preceder la caída, y la vengativa Jenny volvió las tornas a su favor.

Apenas el distinguido visitante hubo pronunciado los cumplidos de rigor y marchado tras ceremoniosa inclinación, Jenny informó al profesor de que Amy March guardaba limas en su pupitre.

Mr. Davis había declarado las limas artículo de contrabando, y anunciado solemnemente que la primera niña que infringiese la ley sería ejemplarmente castigada. El paciente Mr. Davis había conseguido, tras denodados esfuerzos, desterrar los caramelos de goma, hacer una hoguera de novelas y periódicos clandestinos, suprimido una oficina de correos particular y prohibido los motes y las caricaturas; en suma, había conseguido cuanto es capaz de conseguir un hombre solo para mantener a raya a medio centenar de revoltosas chicas. Los chicos ponen, en efecto, a prueba la humana paciencia, bien lo sabe Dios, pero las chicas infinitamente más cuando se trata de la paciencia de un señor nervioso, de temperamento tiránico y sin más talento para enseñar que el que tenía el profesor Blimber. Mr. Davis sabía algo de latín, griego, álgebra y cuanto había que saber, por lo que era considerado un buen profesor, no dándole gran importancia a las cuestiones de sentimientos, modales y costumbres.

El momento elegido por Jenny para denunciar a Amy

era fatal y la denunciante no lo ignoraba. Mr. Davis había tomado el café demasiado cargado aquella mañana; corría un vientecillo del este que siempre le daba jaqueca y sus alumnos no le habían dado el crédito que él consideraba merecer, por todo lo cual estaba, para usar el lenguaje expresivo de una colegiala «nervioso como un brujo y enfadado como un oso». La palabra «lima» fue como fuego aplicado a la pólvora: su amarillenta cara enrojeció de cólera, pegó un enérgico puñetazo sobre su pupitre y gritó:

—¡Señoritas! ¡Atiendan un momento!

Ante la severa orden, se hizo el silencio en la clase y cincuenta pares de ojos azules, negros, grises y castaños, se fijaron obedientemente en el desencajado rostro del profesor.

—Señorita March, venga aquí.

Amy se levantó con aparente serenidad, pero oprimida por un secreto temor, pues las limas le pesaban sobre la conciencia.

—Traiga usted las limas que guarda en su pupitre —fue la inesperada orden que oyó antes de salir de su asiento.

—No las lleves todas —le dijo bajito su vecina, una señorita de gran presencia de ánimo.

Amy cogió precipitadamente media docena y las llevó delante del profesor, pensando que cualquier hombre que tuviera humano corazón había de ablandarse al percibir aquel aroma delicioso. Por desgracia, Mr. Davis detestaba el olor de la fruta de moda, y el disgusto que le produjo acrecentó su enojo.

—¿Están aquí todas?

—No del todo —tartamudeó Amy.

—Traiga el resto.

Amy obedeció, dirigiendo una mirada de desesperación a sus amigas.

—¿Está segura de que no hay más?

—No miento.

—Bien. Ahora coja estas porquerías de dos en dos y arrójelas por la ventana.

Hubo un suspiro simultáneo que produjo un pequeño soplo de aire en la clase, al desvanecerse la última esperanza y ser arrebatada la dulce confitura a los golosos labios que la esperaban. Roja de rabia y vergüenza, Amy fue y volvió de la ventana seis terribles veces, y al caer cada par de limas —¡ay!, por desgracia grandes y jugosas— de sus manos a la calle, los gritos de júbilo que de allí provenían aumentaron el desasosiego de las colegialas, pues les decía que sus enemigos jurados, los pequeños irlandeses, estaban dándose un festín.

Aquello era demasiado; todas dirigieron miradas indignadas o suplicantes al inexorable Mr. Davis, y una entusiasta de las limas se echó a llorar.

Al regresar Amy de su último viaje a la ventana, Mr. Davis emitió un sonoro un «¡Ejem!» y dijo con su tono más impresionante:

—Recordarán ustedes, señoritas, lo que dije hace una semana. Lamento lo ocurrido, pero no consiento que se desobedezcan mis órdenes, ni dejo de cumplir mi palabra. Extienda usted la mano, señorita March.

Amy se estremeció y escondió ambas a su espalda, dirigiendo al profesor una implorante mirada.

—¡Su mano, señorita March! —fue la única respuesta que obtuvo la muda súplica de Amy. Tenía ésta demasiado amor propio para llorar o implorar; así que, apretando los dientes, echó atrás la cabeza con gesto de desafío y soportó sin inmutarse varios palmetazos en la palma de su manecita. No fueron, a decir verdad, muchos ni muy fuertes, pero eso no le importaba.

Por vez primera en su vida la habían castigado y, a sus ojos, esta deshonra era tan profunda como si la hubieran derribado de un golpe.

—Ahora permanecerá usted de pie en la tarima hasta la hora de salida —dijo Mr. Davis, resuelto, una vez comenzada la cosa, a terminarla.

Aquello era terrible. Bastante hubiera sido volver a su asiento y ver las caras compasivas de sus amigas, o las satisfechas de sus pocas enemigas, pero tener que afrontar toda la clase con esa vergüenza sobre ella parecía imposible. Por un segundo Amy se sintió desfallecer y que sólo podía dejarse caer al suelo allí mismo y abandonarse al llanto. Vinieron, sin embargo, a sostenerla dos cosas: una amarga sensación de injusticia y el recuerdo de Jenny Snow. Así pues, ocupando el ignominioso lugar, fijó los ojos en el cañón de la estufa por encima de lo que ahora parecíale un mar de caras y estuvo allí tan inmóvil y pálida que las colegialas hallaron muy difícil estudiar teniendo aquella patética figura delante.

Durante el cuarto de hora que siguió, la pobre Amy, tan sensible y con tanto amor propio, sufrió un dolor y una vergüenza que no olvidaría jamás. A otras pudiera parecer éste un asunto trivial y hasta cosa de risa, pero para ella fue una dura experiencia, porque en los doce años que llevaba de vida, sólo había sido educada y dirigida con amor, sin que jamás cayera sobre ella una humillación de esta clase.

Olvidaba el escozor de la mano y la pena del corazón en la amargura de este pensamiento: «Tendré que contarlo en casa y las voy a decepcionar...»

Los quince minutos le parecieron una hora, pero al fin transcurrieron, y la palabra «¡Salida!» nunca le resultó más grata que en aquel momento.

—Puede usted marcharse, señorita March —dijo Mr. Davis, aún molesto.

Sin duda el profesor no olvidaría en mucho tiempo la mirada de reproche que Amy le dirigió al salir. Sin decir un palabra, se dirigió a la antesala, cogió sus cosas y dejó aquel lugar «para siempre» según dijo a sí misma.

Al llegar a casa se encontraba muy triste, y cuando poco después llegaron sus hermanas, se celebró un mitin indignado. La señora March apenas dijo nada, pero parecía turbada y consoló con ternura a su afligida hijita. Meg untó de glicerina y mojó de lágrimas la injuriada manecita. Beth comprobó que ni siquiera sus gatitos podían servir de bálsamo para penas como ésa; Jo propuso furiosa que Mr. Davis fuera encarcelado sin demora, y Ana amenazó con el puño al «muy villano» y se puso a aplastar las patatas que preparaba para la comida con la misma indignación que lo hubiese hecho con Mr. Davis.

Nadie, excepto sus compañeras de clase, advirtió la ausencia de Amy, pero las perspicaces colegialas descubrieron que Mr. Davis se mostró aquella tarde más amable, aunque también algo nervioso. Momentos antes de cerrarse el colegio, apareció Jo muy seria, se dirigió al pupitre del profesor y entregó una carta de su madre; después recogió las cosas de Amy y se marchó limpiándose cuidadosamente las botas en el felpudo de la puerta de entrada, como si sacudiera de sus pies el polvo de aquel lugar.

—Sí, puedes tomarte unos días de vacaciones, siempre y cuando estudies un poco todas las mañanas con Beth —dijo aquella noche la señora March—. No apruebo los castigos corporales, especialmente tratándose de niñas, y me disgusta el método de enseñanza de Mr. Davis. Y tampoco creo que las amigas con que te juntas te hagan ningún bien.

—Ojalá se marcharan todas las chicas y dejaran vacía la escuela. Es para volverse loca al pensar en aquellas deliciosas limas perdidas —suspiró Amy con aire de mártir.

—Yo no pienso que las perdieras, porque desobedeciste una orden y merecías algún castigo por ello —fue la severa respuesta que dejó algo decepcionada a Amy, que esperaba merecer sólo simpatía.

—¿Entonces te alegras de que me humillara delante de todas?

—No hubiera elegido ese castigo —repuso su madre—, pero no aseguraría, en cambio, que para ti no haya sido eficaz. Te estás volviendo bastante vanidosa, hija mía, y es tiempo de que te corrijas de ello, porque si es cierto que posees buenas cualidades y bellas dotes, no hay que hacer ostentación de ellas, pues la presunción estropea hasta los más grandes genios. El verdadero talento, la verdadera bondad no pasan mucho tiempo inadvertidos, pero, aunque así sea, la conciencia de poseerlos y usar bien de ellos debiera satisfacerle a uno, y el mayor encanto de toda cualidad es la modestia.

—Así es —exclamó Laurie, que estaba jugando una partida de ajedrez con Jo—. Conocí a una muchacha que poseía notable talento musical y ella no lo sabía, no adivinaba qué cosas tan bonitas componía cuando estaba sola ni lo hubiera creído si alguien se lo hubise dicho.

—Me gustaría haber conocido a esa niña tan inteligente; quizá hubiera querido ayudarme a mí, que tan tonta soy —dijo Beth, que estaba de pie a su lado escuchando con interés.

—Pero si la conoces y además te ayuda mejor que nadie... —contestó Laurie, mirándola con tan maliciosa intención en sus ojos negros, que Beth súbitamente enrojeció y ocultó la cara en un almohadón del sofá, desconcertada por aquel inesperado descubrimiento.

En pago de aquella cortesía con su Beth, Jo dejó que Laurie ganase la partida pero después no hubo manera de conseguir que Beth tocase el piano. Laurie hizo lo que pudo y cantó deliciosamente, mostrándose animadísimo, porque a las March rara vez les mostraba la parte melancólica de su carácter.

Cuando se hubo marchado, Amy, que había estado pensativa toda la tarde, dijo de pronto, como si la preocupara una nueva idea:

—¿Encontráis a Laurie casi perfecto?

—Sí; ha recibido una excelente educación y tiene mucho talento; así que resultará un hombre de provecho, si no le echa a perder el mundo con sus halagos —replicó la señora March.

—Y no es presuntuoso, ¿verdad?

—En absoluto; por eso precisamente resulta tan simpático y le queremos tanto.

—Ya lo entiendo. Lo correcto es poseer buenas cualidades y ser elegante, pero no alardear y envanecerse de ello —dijo Amy, pensativa.

—Esas cosas se dejan ver siempre en los modales de la

persona, en la conversación, si se emplea modestamente; pero no es necesario hacer ostentación de ellas.

—Como tampoco estaría bien que te pusieras a la vez todos tus trajes, sombreros y cintas para que la gente supiera que los tienes —añadió Jo, terminando la breve lección con una carcajada.

8

JO ENCUENTRA A APOLO

—¿Adónde vais, queridas? —preguntó Amy al entrar en el dormitorio de sus hermanas, un sábado por la tarde, y encontrar que se estaban arreglando con un aire de misterio que excitó su curiosidad.

—No te importa; las niñas no hacen preguntas —repuso Jo severamente.

—Pues si hay algo que nos mortifique cuando somos niños es que nos lo digan, y aún se nos hace más duro oír que nos despiden con un «vete, pequeña». —Amy se rebeló y decidió que, aunque tuviera que dar la lata una hora, descubriría el secreto de sus hermanas. Volviéndose a Meg, que nunca le rehusaba nada, dijo mimosa—: Anda, dímelo. Ya podías dejarme ir también. Beth está absorta en su piano y yo no tengo qué hacer y estoy tan sola...

—No puedo, querida, porque no estás invitada —empezó Meg, pero Jo interrumpió.

—Vamos, calla, que lo vas a echar todo a perder. No puedes venir, Amy; así es que no seas niña ni empieces con lamentaciones.

—Vais a algún sitio con Laurie. Lo sé. Anoche estabais hablando bajito y riéndoos los tres en el sofá, y guardasteis silencio cuando yo entré. ¿Vais con él?

—Sí, vamos con él. Ahora calla y deja de fastidiarnos.

Amy contuvo su lengua, pero empleó los ojos y vio que Meg metía un abanico en su bolsillo.

—Lo sé, lo sé —exclamó—; vais al teatro a ver *Los siete castillos* —añadió muy resuelta—: Yo también iré, porque mamá dijo que lo podía ver y tengo mis ahorros; así que habéis hecho muy mal en no decírmelo a tiempo.

—Espera un momento y sé buena —dijo Meg, conciliadora—. Mamá no quiere que vayas esta semana porque no tienes aún del todo bien los ojos y te podrían hacer daño las luces de esa obra de magia. La semana que viene iréis con Beth y con Ana y lo pasaréis admirablemente.

—Prefiero ir con vosotras y con Laurie. Por favor, dejadme acompañaros; llevo ya encerrada no sé cuánto tiempo con este dichoso constipado y me muero por alguna diversión. Anda, Meg... me portaré bien —suplicó Amy, adoptando aire compungido.

—¿Y si la llevásemos? Abrigándola bien, no creo que a mamá le importase —insistió Meg.

—Si ella va yo me quedo, y si me quedo no le gustará a Laurie, aparte de que será de muy mala educación, habiéndonos invitado sólo a nosotras, presentarnos con Amy. No creo que a ella le guste meterse donde no se la llama —dijo Jo de mal talante, porque le fastidiaba tener que consentir a una niña caprichosa cuando lo que quería era ir a divertirse.

Su acento y sus palabras enfadaron a Amy, que empezó a ponerse las botas diciendo con tono de desafío.

—Pues yo voy. Meg ha dicho que sí, y pagándome yo mi entrada, nada tiene que opinar Laurie.

—No puedes acompañarnos porque nuestros asientos están reservados, y para que no te quedes sola Laurie tendrá que cederte el suyo, con lo que nos aguas la fiesta, o bien tendrá que comprar otra entrada para ti, cosa impensable ya que no te ha invitado. No irás a ninguna parte y te quedarás donde estás —riñó Jo, enfadada porque con las prisas acababa de pincharse un dedo.

Sentada en el suelo, con sólo una bota puesta, Amy se

echó a llorar. Meg intentó hacerla entrar en razones, cuando oyeron a Laurie que las llamaba desde abajo y echaron las dos a correr, dejando a su hermana, que si bien se las daba de mayor, en sus rabietas se comportaba como una niña mimada.

En el preciso momento en que salían las dos mayores de casa, se oyó la voz de Amy con tono amenazador:

—Te arrepentirás de esto, Jo; te lo aseguro.

—¡Me alegro! —repuso Jo, dando un portazo y saliendo de la casa.

Lo pasaron admirablemente, porque *Los siete castillos del lago de diamantes* resultó todo lo brillante y maravilloso que era de esperar. Sin embargo, a pesar de los graciosos enanillos rojos, de los resplandecientes elfos y de los vistosos príncipes y bellas princesas, el placer de Jo se tiñó de cierta amargura. Los rizos rubios del hada le recordaban a Amy y en los entreactos se entretuvo en pensar qué haría su hermana para vengarse de su desaire. Amy y ella habían tenido muchas escaramuzas en el curso de sus vidas, porque ambas eran de genio vivo y propensas a irritarse. Amy fastidiaba a Jo, y viceversa, provocando estallidos de cólera de los que ambas se avergonzaban luego. A pesar de ser la mayor, Jo tenía muy poco dominio de sí misma, y pasaba malos ratos tratando de vencer aquel genio suyo que continuamente le daba disgustos. Nunca duraba mucho su enojo, y confesaba humildemente su falta, se arrepentía y trataba de enmendarse, por lo que sus hermanas solían decir que casi les gustaba poner a Jo furiosa, pues después se comportaba como un ángel. La pobrecilla trataba de ser buena, pero su fuego interior se hallaba siempre dispuesto a inflamarla y a vencerla, y le costó años de pacientes esfuerzos el dominarlo.

De regreso encontraron a Amy leyendo en la sala. Al verlas entrar adoptó un aire muy ofendido y no levantó los ojos del libro ni hizo preguntas. Quizá hubiera podido más la curiosidad que el resentimiento, de no haber estado allí Beth para preguntar y recibir una magnífica descripción de la obra.

Al subir a su cuarto a dejar su sombrero, la primera mirada de Jo fue para el escritorio, porque durante la última pelea Amy había desahogado su mal humor volcando al suelo el cajón de Jo, con todo lo que contenía. Ese día, sin embargo, todo estaba en orden, y después de una rápida ojeada a sus diversos sacos, cajas y cajones, Jo decidió que Amy había perdonado y olvidado la ofensa recibida.

Se equivocaba, pues al día siguiente hizo un descubrimiento que produjo una tempestad.

Meg, Beth y Amy estaban reunidas a hora ya avanzada de la tarde, cuando entró Jo en el cuarto casi sin aliento, excitadísima, y preguntó:

—¿Quién ha cogido mi cuaderno?

Meg y Beth contestaron que ellas no, y parecieron sorprendidas. Amy atizó al fuego y no dijo nada, pero Jo la vio ruborizarse y, cayendo sobre ella, le gritó.

—¡Tú lo tienes, Amy!

—No, no lo tengo.

—Entonces sabes dónde está.

—No, no lo sé.

—¡Mentira! —gritó Jo, cogiéndola por los hombros y demostrando una indignación capaz de amedrentar a la niña más valiente.

—Sí lo sabes, y vas a decírmelo enseguida o verás —Jo sacudió ligeramente a su hermana.

—Grita todo lo que quieras, pero no volverás a leer tu estúpido cuaderno —dijo Amy, excitada a su vez.

—¿Por qué?

—Porqué lo he quemado.

—¡Cómo! ¿Mi cuaderno... el que yo quería tanto, el que pensaba terminar de escribir antes de que volviera papá? ¿De veras lo has quemado?

Jo se había puesto muy pálida, tenía los ojos encendidos y sus manos sujetaban nerviosamente a Amy.

—Sí, lo quemé. Ya te advertí que te arrepentirías... —Amy no pudo seguir, porque la cólera de Jo la dominó.

Sacudiendo a su hermana hasta hacer castañetear sus dientes, gritó con pena y cólera:

—¡Eres malvada... malvada! No te perdonaré mientras viva.

Meg corrió a socorrer a Amy y Beth a tranquilizar a Jo, pero ésta se hallaba fuera de sí y, tras propinar un bofetón en la oreja de Amy, salió corriendo del cuarto y fue a refugiarse en la buhardilla.

Abajo se despejó la tormenta porque llegó la señora March y, enterada de lo ocurrido, hizo comprender a Amy el daño que había causado a su hermana. Aquel cuaderno era el orgullo de Jo y la familia lo consideraba como un brote de aptitudes literarias, muy prometedor para el porvenir. Contenía sólo media docena de cuentos de hadas, pero Jo los había escrito pacientemente, poniendo en su trabajo todo su corazón con la esperanza de hacer algo que mereciera los honores de la estampa. Una vez copiados con gran cuidado, destruyó el borrador, de modo que el empeño de Amy había consumido un trabajo de varios años.

Lo que para otros pudiera parecer una pérdida pequeña, para Jo constituía una terrible calamidad, una desgracia irreparable. Beth guardó el mismo duelo que si se le muriera uno de los gatitos; Meg rehusó defender a su hermana Amy; la señora March se mostró grave y ofendida; y la culpable comprendió que nadie la querría hasta que hubiese pedido perdón por el acto del que ahora estaba más pesarosa que ninguna.

A la hora del té apareció Jo, con cara tan sombría e inabordable, que Amy necesitó recurrir a todo su valor para murmurar humildemente:

—Perdóname, Jo. Me arrepiento de lo que hice.

—No te perdonaré nunca —fue la severa respuesta de Jo, y no hizo el menor caso de su afligida hermana.

Nadie habló del asunto, ni aun la señora March, porque todas sabían por experiencia que cuando Jo estaba enfadada las palabras sobraban y lo mejor era esperar a que cualquier incidente o su propia naturaleza generosa suavizasen su resentimiento y restañasen la herida.

No fue aquella una alegre velada, pues aunque cosieron como de costumbre, mientras su madre les leía algún libro de Bremer, de Scott, o de Edgeworth, les faltaba algo, y la dulce atmósfera de paz estaba enrarecida. Lo notaron aún más cuando llegó la hora de cantar, porque Beth sólo pudo tocar el piano, Jo permaneció muda como una piedra, y Amy no pudo continuar, quedando solas Meg y su madre, cuyas delicadas voces, a pesar de esforzarse por sonar alegres, no parecían armonizar tan bien como otras noches.

Al besar a Jo y darle las buenas noches, la señora March murmuró suavemente a su oído:

—Hija mía, no dejes que se ponga el sol en tu enojo. Perdonaos la una a la otra, ayudaos y mañana al levantaros como tal cosa, ¿verdad?

Jo deseó apoyar su cabeza en el pecho de su madre y llorar allí hasta mitigar su pena y su enfado, pero las lágrimas eran signo de debilidad y se sentía tan hondamente ofendida que, en realidad, no podía perdonar aún. Parpadeó para contener el llanto, negó con la cabeza y dijo con aspereza, para que la oyera Amy:

—Ha sido algo abominable y no merece ser perdonada.

Dicho esto se marchó a la cama, y aquella noche no hubo alegre charla ni íntimas confidencias entre las hermanas.

Amy se consideró agraviada al ver rechazadas sus proposiciones de paz y empezó a arrepentirse de haberse humillado, a sentirse más ofendida que nunca y a envanecerse de la superioridad de su virtud en forma exasperante. En cuanto a Jo, seguía como una nube tormentosa y nada le salió bien en todo el día.

La mañana era muy fría; a Jo la tarta de manzanas se le cayó de las manos y fue a parar a una alcantarilla; tía March tenía un ataque de nervios; Meg estaba pensativa; Beth triste, y Amy no dejaba de lanzar indirectas contra las personas que siempre hablaban de ser buenas y llegada la ocasión no trataban de serlo, ni aun cuando otras personas les daban virtuoso ejemplo de ello.

«Todo el mundo es tan odioso que voy a decir a Laurie que me acompañe a patinar. Él siempre está alegre y de buen humor y su compañía me hará bien», se dijo Jo, marchándose.

Amy oyó el ruido de los patines y levantó los ojos, exclamando impaciente:

—Nada, ya se fue. Prometió que me llevaría con ella esta vez, porque será el último hielo que tengamos, pero es inútil pedirle que me lleve, con el humor que gasta.

—No digas eso, tú fuiste muy mala y se le hace difícil perdonarte la destrucción de su precioso cuaderno. Creo, sin embargo, que ahora lo haría, y no dudo que así será si se lo pides en un buen momento —dijo Meg—. Ve detrás de ellos, no digas nada hasta que Jo se haya alegrado con Laurie, y entonces aprovecha para darle un beso o hacerle algún gesto cariñoso, y verás como de todo corazón vuelve a hacer amistades contigo.

—Probaré —dijo Amy, porque el consejo le gustaba, y después de arreglarse en un santiamén corrió detrás de Jo y de Laurie, que desaparecían en aquel momento trasponiendo la colina.

El río no estaba distante, pero antes de que Amy les alcanzase los dos amigos estaban ya preparados. Jo la vio venir y se volvió de espaldas; Laurie no la vio porque estaba patinando a lo largo de la orilla sondeando el hielo, pues había precedido a éste una corriente templada.

—Iré hasta la primera revuelta para ver si está bien, antes de que empecemos a correr —le oyó decir Amy al tiempo que se alejaba, semejando un joven ruso, con su abrigo y su gorra de pieles.

Jo oyó a Amy llegar sin aliento después de la carrera que había hecho, la oyó patear y soplarse los dedos al tratar de ponerse los patines, pero no se volvió, sino que siguió zigzagueando lentamente río abajo, y saboreando una amarga satisfacción con los apuros de su hermana. Había alimentado su enojo hasta que éste se apoderó por completo de ella, como ocurre con los malos pensamientos y deseos, si al punto no se arrojan fuera del corazón.

—¡Quédate cerca de la orilla; el centro no es de fiar! —exclamó Laurie.

Jo le oyó, pero no Amy, que seguía luchando con sus pies y no percibió ni una palabra. Jo le dirigió una mirada por encima del hombro y el diablillo que estaba alojado en su interior le dijo al oído: «¿Qué importa que haya oído o no? Que se las arregle como pueda.»

Laurie había desaparecido en la revuelta. Jo llegaba a ella en aquel momento y Amy, rezagada, iba hacia la parte más lisa del centro del río. Por un segundo Jo permaneció quieta, con una extraña sensación en el pecho; resolvió luego seguir adelante, pero algo la detuvo y la hizo volver a tiempo de ver a Amy levantar ambas manos y hundirse con un súbito chasquido de hielo, una salpicadura de agua y un grito que paralizó de terror el corazón de Jo.

Trató de llamar a Laurie, pero no tenía voz; quiso lanzarse hacia el sitio fatal, pero sus pies parecían no tener fuerza y, por un momento, sólo pudo estar allí inmóvil, mirando fijamente con cara de terror la gorrita azul que se veía sobre el agua oscura.

Algo pasó rápidamente a su lado y la voz de Laurie gritó:

—¡Un palo, pronto, pronto!

Nunca supo cómo lo hizo, pero durante los segundos que siguieron obedeció ciegamente a Laurie, que estaba muy sereno y echado sobre el hielo cuan largo era, sosteniendo a Amy con sus brazos, hasta que Jo sacó un palo de la empalizada y entre los dos izaron a la niña, más asustada que maltrecha.

—Ahora hay que llevarla a casa; cúbrela con nuestros abrigos mientras yo le quito estos malditos patines —bufó Laurie, envolviendo a Amy en su abrigo y bregando por desatar las correas de los patines, cosa que nunca le pareció más difícil.

Tiritando, chorreando y llorando, llevaron a Amy a casa, y después de contar lo ocurrido con gran excitación, Amy se quedó dormida, envuelta en mantas y delante de un buen fuego.

Jo apenas había hablado durante el jaleo: iba de un lado a otro, pálida, inquieta, con la ropa desaliñada, el traje desgarrado, y las manos cortadas y magulladas.

Cuando Amy estuvo dormida, la casa en calma y la señora March sentada junto al lecho de la niña, llamó a Jo y comenzó a vendarle las manos.

—¿Estás segura de que no corre peligro? —murmuró Jo, mirando con remordimiento la rubia cabeza que casi había desaparecido para siempre bajo el traicionero hielo.

—Absolutamente ninguno, hija mía; no tiene ninguna herida, y creo que no se ha enfriado, gracias a lo pronto que la abrigasteis y trajisteis a casa.

—Laurie lo hizo todo. Yo la dejé ir a aquel sitio peligroso. Mamá, si Amy muriese, yo tendría la culpa. —Jo cayó de rodillas junto a la cama y, llorando, contó todo lo ocurrido, acusándose amargamente de dureza de corazón, y expresando su agradecimiento por haberle sido evitado el tremendo castigo que hubiera podido recaer sobre ella—. Es mi genio, mi espantoso genio. Trato de dominarlo, y cuando creo haberlo conseguido, estalla más violento que nunca. ¿Qué haré, mamá, qué haré? —exclamó la pobre Jo, desesperada.

—Velar y rezar, hija mía; no cansarte nunca de luchar contra él y no pensar que sea imposible corregirlo —dijo la señora March, apoyando sobre sus hombros la cabeza de Jo y besando sus húmedas mejillas con tanta ternura que el llanto de la muchacha arreció.

—No sabes, no puedes imaginarte lo difícil que es, mamá. Cuando estoy enfadada me siento capaz de cualquier disparate; me pongo tan rabiosa que creo que gozaría haciendo daño a alguien y temo llegar a cometer un acto de esos que destruyen una vida y traen el odio de todo el mundo. ¡Oh, mamá, ayúdame, ayúdame!

—Lo haré, hija mía; no llores, pero recuerda este día para que jamás conozcas otro igual. Todos, hijita, tenemos nuestras tentaciones, algunas más grandes que la tuya, y con frecuencia el vencerlas es empresa de toda la vida. ¿Tú crees que tienes el peor carácter del mundo? Pues el mío es también así.

—¿El tuyo, mamá? ¡Si tú no te enfadas nunca...! —La sorpresa hizo que Jo olvidase su remordimiento.

—Durante cuarenta años he tratado de curarme de ese defecto, y sólo he conseguido dominarlo. Me siento enfadada casi todos los días, Jo, pero he aprendido a no demostrarlo, y espero aprender a no sentirlo, aunque me cueste otros cuarenta años el lograrlo.

La paciencia y la humildad que se reflejaban en aquel rostro querido fueron para Jo una lección más elocuente que una sabia reprimenda o un amargo reproche. Se sintió confortada por la prueba de simpatía y confianza que su madre le daba, y el saber que ésta tenía un defecto como el suyo y trataba de corregirse le hizo cobrar ánimos y fortaleció su resolución de superar aquel mismo mal.

—Dime, mamá, ¿estás enfadada cuando aprietas los labios y sales del cuarto en las ocasiones en que tía March riñe, o te fastidian otras personas?

—Sí. He aprendido a contener las palabras impremeditadas que me vienen a los labios, y cuando siento que contra mi voluntad van a escapárseme salgo un momento y me reprendo a mí misma, por mala y por débil —contestó la señora March con un suspiro y una sonrisa, mientras arreglaba la desordenada cabellera de Jo.

—¿Cómo aprendiste a callar? Eso es lo que más me cuesta, porque antes de saber lo que digo ya se me han escapado las palabras, y cuanto más hablo es peor, hasta llego a complacerme en herir los sentimientos de los demás y en decir cosas terribles. Dime, ¿qué haces tú, querida madre?

—Mi buena madre solía ayudarme.

—Como tú nos ayudas a nosotras... —la interrumpió Jo con un beso de agradecimiento.

—Pero la perdí cuando era poco mayor que tú, y durante años tuve que luchar sola, ya que tenía demasiado amor propio para confesar mi debilidad. Lo pasé mal, Jo, y derramé amargas lágrimas sobre mis fracasos, porque, pese a mis esfuerzos, no parecía adelantar nada. Entonces vino tu padre y fui tan feliz que hallé fácil ser buena, pero andando el tiempo, con cuatro niñas y poco dinero, comenzó de nuevo a mortificarme mi carácter, ya que no soy paciente por naturaleza y me atormentaba el que mis hijas careciesen de algo.

—¡Pobre mamá! ¿Quién te ayudó entonces?

—Tu padre, Jo. Él nunca pierde la paciencia, nunca duda ni se queja; espera siempre, y trabaja y confía con tal serenidad de ánimo que una se avergüenza de no imitarle. Me ayudó y me sostuvo, me demostró que siendo el ejemplo que mis hijas debían imitar, tenía yo que practicar todas las virtudes que desease para ellas. Pensando en vosotras, fue más fácil luchar. Una mirada de sorpresa o temor que me dirigieseis si me oíais hablar con impaciencia, me avergonzaba más que cuantas palabras hubieran podido decírseme, y el amor, el respeto y la confianza de mis hijas fue la más dulce compensación que pudieron lograr mis esfuerzos.

—¡Oh, mamá, me daré por satisfecha si algún día soy la mitad de buena que tú eres! —exclamó Jo.

—Espero que seas mucho mejor que yo, pero has de vigilar tu «enemigo interior», como lo llama tu padre, pues de lo contrario entristecerá tu vida, si es que no la echa a perder. Hoy has tenido un aviso, no lo olvides, y trata de dominar ese genio vivo antes de que pueda acarrearte mayor pesar del que hoy has tenido.

—Lo intentaré, mamá, pero tú tienes que ayudarme, recordármelo e impedir que me arrebate. Recuerdo haber visto algunas veces a papá llevarse un dedo a los labios y mirarte con cara de bondad, pero seria. ¿Te recordaba así que debías callar? —preguntó suavemente.

—Sí. Le pedí que me ayudase de ese modo y él no lo olvidaba nunca, evitándome con aquel gesto y aquella mirada el pronunciar palabras ásperas o impacientes.

Jo vio cómo a su madre se le llenaban los ojos de lágrimas y cómo sus labios temblaban al hablar. Temerosa de haber dicho demasiado, murmuró:

—¡Hice mal al observarte y en hablar de ello! No tuve intención de molestarte, pero es que resulta muy agradable decirte todo lo que siento, y sentirme tan segura y tan feliz aquí...

—Tú, querida Jo, puedes decírselo todo a tu madre, porque mi mayor orgullo y dicha consisten en saber que mis hijas confían en mí y saben que las quiero.

—Creí haberte disgustado.

—No, cariño; es que al hablar de tu padre recordé lo mucho que le echo de menos, lo mucho que le debo y la fidelidad con que he de velar por sus hijitas y trabajar por conservárselas sanas y hacerlas buenas.

—Sin embargo, tú le dijiste que se marchara, madre, y no lloraste cuando partió y no te quejas nunca, ni pareces necesitar ayuda —dijo Jo, pensativa.

—Di lo mejor que tenía a la patria que amo, y contuve mis lágrimas. ¿Por qué había de quejarme cuando ambos hemos cumplido nuestro deber, y seguramente por eso seremos más felices luego? Si parezco no necesitar ayuda, es porque tengo un amigo aún mejor que tu padre, para consolarme y sostenerme. Hija mía, los disgustos y las tentaciones de tu vida comienzan ahora y pueden ser muchos, pero podrás soportar aquéllos y vencer éstas, si aprendes a sentir la fuerza y la ternura de tu Padre Celestial, del mismo modo que sientes las de tu padre terrenal. Cuanto más le ames y confíes en Él, más cerca te sentirás de Él y menos te apoyarás en el poder y en la sabiduría humana. Su amor y su solicitud no se cansan ni cambian jamás, no pueden serte arrebatados, sino que llegarán a ser fuente de paz, de dicha y de fortaleza para toda tu vida. Cree esto de corazón y ve a Dios con todas tus preocupaciones, esperanzas, faltas y penas, tan confiadamente como vienes a mí.

Por toda respuesta, Jo la abrazó estrechamente y, en el silencio que siguió, formuló la oración más sincera que había rezado nunca, pues en aquella hora triste y, sin embargo, dichosa, había aprendido no sólo lo que es la amargura del remordimiento y la desesperación, sino también la dulzura de la abnegación y el dominio propio, y conducida por la mano de su madre se había acercado más al Amigo que acoge a todos los niños con amor más vigoroso que el de cualquier padre, y más tierno que el de cualquier madre.

Amy se movió y suspiró entre sueños y, como deseosa de reparar su falta, Jo levantó la cara, en la que se veía una expresión nueva.

—No quise perdonarla, y hoy, de no haber sido por Laurie, quizá no hubiera tenido ya tiempo. ¿Cómo pudo llegar a tanto mi maldad? —dijo Jo, al inclinarse sobre su hermana acariciando suavemente el húmedo cabello desparramado sobre la almohada.

Como si la hubiera oído, Amy abrió los ojos y tendió los brazos a su hermana, con una sonrisa que llegó al corazón de ésta.

Ni una ni otra dijeron una sola palabra, pero se abrazaron estrechamente a pesar de las mantas, y todo quedó olvidado y perdonado con un beso tierno y sincero en la mejilla.

9

MEG VA A LA FERIA DE LAS VANIDADES

—La verdad es que esos niños han cogido el sarampión con mucha oportunidad —dijo Meg un día de abril, mientras arreglaba el baúl en su cuarto ayudada por sus hermanas.

—Y qué amable Anita Moffat, al no olvidar su promesa. Vas a pasar quince días de diversión, espléndidos —replicó Jo, que parecía un molino doblando faldas con sus largos brazos.

—¡Y con un tiempo tan delicioso! ¡Me alegra que sea así! —añadió Beth, colocando cuidadosamente cintas para el cuello y para el pelo en su mejor caja, prestada para el gran acontecimiento.

—Ya quisiera ir yo también a divertirme y a lucir todas esas cosas bonitas —dijo Amy sujetando entre los labios unos alfileres, mientras rellenaba artísticamente el acerico de Meg.

—Yo quisiera que vinierais todas, pero como no podéis, ya os contaré al regreso mis aventuras. Es lo menos que puedo hacer, ya que habéis sido tan buenas conmigo, prestándome cosas y ayudándome en todo —dijo Meg, repasando con la mirada el sencillo equipaje, que se le antojaba a todas casi perfecto.

—¿Qué te dio mamá de la caja del tesoro? —preguntó Amy, que no había estado presente en la apertura de cierta arquilla de cedro en la que la señora March guardaba reliquias del pasado esplendor, para regalarlas a sus hijas cuando llegase el momento oportuno.

—Pues me dio un par de medias de seda violeta, pero ya no hay tiempo de acabar el vestido, así que habré de contentarme con el viejo de tarlatana.

—Quedará bien sobre mi falda nueva de muselina y la banda lo realzará mucho. Ojalá no hubiera roto mi pulsera de coral, porque te la habría dejado —decía Jo, que gustaba de dar y prestar, pero que generalmente tenía las cosas tan estropeadas que apenas servían para nada.

—En la caja del tesoro hay un aderezo antiguo de perlas que es encantador, pero mamá dice que las flores naturales son el mejor adorno para una joven, y Laurie me ha propuesto mandarme todas las que necesite —replicó Meg—. Bueno, vamos a ver; aquí está mi traje nuevo gris, para ir por la calle... Riza un poco la pluma del sombrero, Beth... Aquí el de popelina para los domingos y reuniones de confianza... resulta un poco pesado para primavera, ¿no os parece? ¡Uno de seda violeta hubiera quedado perfecto!

—No te preocupes; tienes el de tarlatana para las reuniones de importancia y precisamente el blanco te va muy bien; pareces un ángel —dijo Amy, meditando sobre aquella exigua colección de adornos que hacía sus delicias.

—No es escotado, ni arrastra bastante, pero tendrá que pasar así. Mi traje azul de casa ha quedado muy bien, vuelto y adornado de nuevo, que me hace el efecto de poseer uno nuevo. Mi saquito de seda no está ni pizca de moda, y mi gorrita no se parece a la de Sallie. En cuanto a la sombrilla, no quise decir nada, pero me ha decepcionado, porque encargué a mamá que me la comprase negra con puño blanco y se olvidó y me la trajo verde con puño amarillo. En fin, es resistente y está bien, así que no debo quejarme, pero sé que me dará vergüenza cuando la compare con la de Anita, que es de seda con puño dorado —suspiró Meg, examinando la sombrilla con gesto desaprobador.

—Cámbiala —aconsejó Jo.

—No; eso sería ofender a mamá, que tanto se ha afanado en comprarme cosas. La mía es una preocupación tonta, y no cederé en ella. Mis medias de seda y mis dos pares de guantes nuevos son mi consuelo. ¡Qué buena has sido al prestarme los tuyos, Jo! Me siento rica y casi elegante con dos pares nuevos y los viejos recién lavados para todo llevar. —Meg dirigió a su caja de guantes una mirada de satisfacción.

—Anita Moffat tiene lacitos azules y rosas en sus gorritas de dormir; ¿queréis ponerme algunos en las mías? —preguntó, al tiempo que entraba Beth trayendo unas muselinas recién salidas de las manos de Ana.

—Nada de eso; las gorras adornadas no van bien con los camisones lisos. La gente pobre no debe ataviarse —dijo Jo.

—¿Tendré alguna vez la suerte de poder usar ropa interior con encajes y gorras de noche con lazos? —preguntó Meg.

—El otro día dijiste que te considerarías completamente feliz con sólo poder ir a casa de Anita Moffat —observó Beth, con su habitual tranquilidad.

—Así es, soy muy feliz y no pienso quejarme de nada, pero parece que cuanto más tiene una más desea, ¿no es cierto? Eh, ya está todo guardado menos mi traje de baile, pero éste dejaré que lo doble mamá —dijo Meg, animándose al dirigir la mirada del baúl a medio llenar al vestido de tarlatana blanca, tantas veces ya planchado y arreglado, que ella, con aire importante, llamaba su «vestido de baile».

El día siguiente amaneció despejado y hermoso y Meg emprendió su viaje para disfrutar de dos semanas de novedad y diversión.

Muy a la fuerza había accedido la señora March a que su hija aceptara aquella invitación, pues temía que Margarita regresara más descontenta que alegre del paseo, pero tanto la instó la muchacha y tanto prometió Sallie cuidar de ella, y seducía tan fuertemente aquella diversión después de un invierno de incesante y tedioso trabajo, que la madre cedió y la hija marchó a tomarle por primera vez el gusto a la vida elegante.

Los Moffat eran gente de alcurnia, y la sencilla Meg se sintió algo intimidada por el lujo de la casa y la elegancia de sus habitantes, pero como se trataba de personas amables y buenas a pesar de la frívola vida que llevaban, tardaron poco en poner a su huésped a sus anchas, como se dice vulgarmente. Acaso Meg advirtió, sin comprender por qué, que la familia no se componía de personas muy cultas e inteligentes, y que todo aquel oropel no bastaba para ocultar su vulgaridad, pero era agradable vivir espléndidamente, pasear en un magnífico carruaje, ponerse cada día su mejor traje y no hacer más que divertirse. Todo eso encantaba a Meg, y no tardó en imitar los modales y la conversación de los que la rodeaban, darse aires y hacer coqueterías, emplear palabras afrancesadas, rizarse el pelo y hablar de modas. Cuando más admiraba las cosas bonitas que Anita Moffat poseía, más la envidiaba y suspiraba por ser rica. Al recordar su casa, se le aparecía humilde y triste, el trabajo le parecía más duro que nunca y se consideraba víctima de toda clase de privaciones y desgracias, a pesar de los guantes nuevos y las medias de seda.

No tenía, sin embargo, mucho tiempo para afligirse, porque las tres amigas estaban ocupadísimas en «pasarlo bien» y ocupaban todo el día en visitar tiendas, pasear, montar a caballo y hacer visitas, empleando las noches en el teatro, en la ópera, o en agradables reuniones en casa, pues Anita tenía muchas amistades y era una excelente anfitriona. Sus hermanas mayores eran unas señoritas muy guapas, y una estaba prometida para casarse, lo que Meg encontró muy romántico e interesante. El señor Moffat era un caballero gordo y jovial, que conocía al señor March; y la señora Moffat, también gruesa y jovial, tomó cariño a Meg, a la que todos querían, por lo que «nuestra Daisy», como la llamaban los Moffat, se vio en peligro de caer en la arrogancia.

El día de la reunión, Meg vio que el traje de popelina

no era adecuado, pues las otras chicas se estaban poniendo trajes vaporosos y enperifollándose. Sacó el vestido de tarlatana y en comparación con el de Sallie, que era nuevo, pareció más viejo y gastado que nunca.

Meg vio que las otras la miraban y se miraban entre sí, cosa que le hizo ruborizar, porque, a pesar de toda su bondad, era muy orgullosa. Nadie le dijo una palabra de ello; la que estaba prometida alabó la blancura de sus brazos, amabilidades todas en las que Meg sólo vio compasión ante su pobreza, con lo que se sintió amargada y triste, permaneciendo callada mientras las otras reían, charlaban y revoloteaban como ligeras mariposas.

Un criado llevó una caja de flores y, antes de que pudiera hablar, Anita la había destapado y se extasiaban todas al ver las bonitas rosas, que, entre helechos y verdes hojas, contenía.

—Claro que son para Belle, Jorge se las manda siempre, pero nunca las he visto tan preciosas como las de hoy —exclamó Anita, aspirando el aroma.

—El hombre dijo que eran para la señorita March. Y aquí viene un sobre —interrumpió el criado.

—¡Qué divertido! ¿De quién son? No sabíamos que tuvieras novio —dijeron las muchachas, rodeando a Meg con curiosidad y sorpresa.

—La carta es de mi madre y las flores son de Laurie —dijo Meg, satisfecha de que no la hubieran olvidado.

Se sintió de nuevo casi feliz, separó unos helechos y unas rosas para ella, y del resto hizo rápidamente unos ramilletes para sus amigas, ofreciéndolos tan amablemente que Clara, la hermana mayor, le dijo que era «la niña más mona que había visto en su vida», y todas las demás quedaron, al parecer, encantadas con su pequeña atención. Disipado el mal humor de Meg, cuando las otras fueron a que las viera la señora Moffat y se miró ella al espejo para colocarse los helechos en el pelo y adornar con las rosas el traje, que no le parecía ya tan viejo, vio reflejado un rostro risueño y unos ojos llenos de luz.

Aquella noche se divirtió mucho, porque bailó cuanto

quiso, todo el mundo se mostró atento con ella y escuchó tres galanterías: de alguien que, al oírla cantar, cosa a la que la había obligado Anita, dijo que tenía una voz extraordinariamente dulce; del mayor Lincoln, que preguntó quién era «aquella preciosa niña de ojos tan hermosos»; y del señor Moffat, que insistió en bailar con ella, porque lo hacía muy bien, no como otras, que perdían el compás. Así pues, Meg lo pasó muy bien, hasta que llegó a sus oídos un fragmento de conversación que la turbó.

Estaba sentada en el invernadero, esperando a su pareja de baile, que había ido a buscarle un helado, cuando, del otro lado del florido muro, una voz preguntó:

—¿Qué edad tiene?

—Diecisiete años —contestó otra voz—. Sallie dice que son amigas íntimas, y el viejo creo que chochea por ellas.

—Seguramente la señora March tendrá sus planes, y como aún es pronto, le saldrá bien el juego. La chica no piensa aún en ello.

—Dijo esa mentira de que la carta era de su madre, como si lo supiese, y cuando salieron las flores se sonrojó. ¡Pobrecilla! Resultaría atractiva si fuera mejor ataviada. ¿Crees que se ofendería si nos ofreciésemos a prestarle un traje para el jueves? —preguntó otra voz.

—Es orgullosa, pero no creo que le importase, porque no tiene más que ese vestido de tarlatana vieja. Puede estropeársele esta noche, y ése sería un buen pretexto para ofrecerle otro más decente.

—Ya veremos. Convidaré a ese joven Laurence, como atención hacia ella, y después nos divertiremos a su costa.

Apareció en esto la pareja de Meg, encontrándola muy sofocada y algo inquieta. Era orgullosa, y esto le sirvió para ocultar su disgusto, enojo y mortificación por lo que acababa de oír, ya que, aun siendo inocente y sencilla, no pudo dejar de comprender las murmuraciones de sus amigas.

Trató de olvidar, pero no pudo y siguió repitiéndose aquello de «la señora March tendrá sus planes» y lo de «esa mentira de la carta de su madre», y lo de «la vieja tarlatana», hasta llegar a sentir la necesidad de llorar y correr a su casa a contar su disgusto y pedir consejo. Como esto no era posible, intentó mostrarse contenta, y como estaba bastante excitada lo logró tan bien que nadie hubiera sospechado el esfuerzo que estaba haciendo.

Se alegró de que terminase la fiesta y, ya tranquila en su cama, pudo pensar e indignarse tanto que empezó a dolerle la cabeza y las lágrimas refrescaron sus encendidas mejillas. Aquellas imprudentes, aunque bien intencionadas palabras, habían abierto un mundo nuevo ante los ojos de Meg, y turbado un poco el viejo, en el que había vivido dichosa como una niña. Ahora veía estropeada su inocente amistad con Laurie, merced a las necias suposiciones que le atribuían planes interesados, y en cuanto a su condición, se había debilitado por efecto de la innecesaria compasión de las que juzgaban que un traje deslucido era una de las mayores calamidades que había bajo el cielo.

La pobre Meg pasó una noche intranquila y despertó con los ojos cargados de sueño, sintiéndose desgraciada y resentida con sus amigas, a la vez que avergonzada de sí misma por no hablar francamente y poner las cosas en claro.

Todo el mundo se levantó tarde aquella mañana y al mediodía todavía las chicas no habían tenido fuerzas para coger sus labores de estambre.

Algo llamó la atención de Meg en la actitud de sus amigas. Parecían tratarla con más respeto, tomar amable interés en cuanto decía y mirarla con curiosidad.

Todo esto la sorprendió y halagó, aunque no lo comprendió hasta que Belle, que estaba escribiendo, levantó la cabeza y dijo con aire sentimental:

—Querida Daisy, he enviado una invitación a tu amigo el señor Laurence para que venga el jueves. Nos gustaría conocerle y al mismo tiempo queremos complacerte.

Meg se sonrojó, pero quiso fastidiar a las muchachas y contestó muy seria:

—Sois muy amables; pero... me temo que no vendrá.

—¿Por qué no, encanto? —preguntó Belle.

—Es demasiado viejo.

—Pero, niña, ¿qué estás diciendo? ¿Cuántos años tiene, vamos a ver? —exclamó Clara.

—Creo que cerca de setenta —contestó Meg, contando puntos para ocultar el regocijo que se leía en sus ojos.

—Menuda bromista estás hecha. Nos referíamos al Laurence joven —exclamó Belle riendo.

—Laurie es un chico, nada más —Meg rió también al ver que las hermanas cambiaban una extraña mirada ante esa descripción de su presunto novio.

—De tu edad aproximadamente —dijo Nan.

—Más bien de la de mi hermana Jo; yo cumpliré diecisiete en agosto —contestó Meg con gesto de superioridad.

—Ha sido una gran amabilidad la suya al enviarte esas flores, ¿verdad? —dijo Anita, como si supiera mucho, cuando nada sabía.

—Sí, lo hace con frecuencia a todas nosotras, porque tiene la casa llena de ellas y nos gustan mucho. Mi madre y el señor Laurence son amigos, ¿sabéis? Así que nada más natural que el que nosotros, los niños, juguemos juntos.

Meg esperó que con esto no agregarían nada más; pero Clara comentó, dirigiéndose a Belle:

—Es evidente que Daisy no ha salido aún del cascarón.

—Sí. Vive en un estado pastoril de inocencia —repuso Belle, encogiéndose de hombros.

—Voy a salir a comprar algunas cosillas para mis chicas, ¿necesitáis algo, queridas? —preguntó la señora Moffat entrando en el cuarto hecha una tarasca, algo así como un elefante vestido de seda y encajes.

—Nada, gracias —replicó Sallie—. Tengo mi vestido rosa para el jueves y no necesito nada.

—Ni yo tampoco —empezó Meg, pero se interrumpió al recordar que necesitaba varias cosas y no podía comprarlas.

—¿Qué te vas a poner? —preguntó Sallie.

—Mi traje blanco, si es que puedo coserlo de modo presentable. Anoche se me estropeó —dijo Meg, tratando de hablar con naturalidad, pero sintiéndose incómoda.

—¿Por qué no mandas por otro a tu casa? —dijo Sallie, que no pecaba de observadora.

—Porque no lo tengo. —A Meg le costó decir esto, pero Sallie no lo advirtió y exclamó con amable sorpresa:

—¿Sólo tienes ése? ¡Qué raro!

Pero Belle, haciéndole un gesto con la cabeza, la interrumpió, diciendo bondadosamente:

—Nada raro en absoluto. ¿Para qué iba a tener una colección de trajes si aún no ha salido del cascarón? No te preocupes, Daisy, yo tengo uno de seda azul, muy mono, que se me ha quedado un poco corto, y te lo pondrás para complacerme, ¿verdad?

—Eres muy amable, Belle, pero te aseguro que no me importa llevar el blanco, que está bien para una niña como yo —dijo Meg.

—Bueno, pero déjame el gusto de vestirte yo ese día. Me encanta hacerlo, y hasta te dejaré hecha una pequeña belleza con un toque aquí y otro allí. No dejaré que nadie te vea hasta que estés del todo arreglada. Entonces apareceremos como la Cenicienta y su madrina cuando van al baile —dijo Belle con su persuasivo acento.

Meg no pudo rehusar un ofrecimiento hecho con tanta amabilidad, y además sintió deseos de ver si, en efecto, resultaría «una pequeña belleza» una vez arreglada y retocada. Aceptó olvidando sus sentimientos desagradables hacia las Moffat.

La noche del jueves, Belle se encerró con su doncella y entre las dos compusieron y acicalaron a Meg, rizándole el pelo, empolvándole el cuello y los brazos, y dándole en los labios coralina para que los tuviera más encarnados. Hortensia hubiera querido añadir un poco de color en las mejillas, pero Meg se rebeló. La embutieron en un vestido azul celeste, tan ajustado que apenas podía respirar, y tan escotado que la pudorosa Meg se sonrojó al verse en el espejo. Le pusieron luego un aderezo de filigrana de plata, pulseras, collar, broche y hasta pendientes, porque Hortensia se los ató a las orejas con una hebra de seda roja, que no se veía. Un manojo de rosas de té en el pecho y una mantilla reconciliaron a Meg con la exhibición de sus bonitos hombros, y un par de botas de seda de alto tacón vinieron a satisfacer su último deseo, rematando el tocado un pañuelo de encaje, un abanico de plumas, y un ramo con su correspondiente *porte-bouquet* de plata.

Belle la examinó con la satisfacción de la niña que tiene una muñeca vestida de nuevo.

—*Mademoiselle est charmante, très jolie, n'est-ce-pas?* —exclamó Hortensia, juntando las manos en afectado ademán de admiración.

—Vamos a que te vean —dijo Belle, dirigiéndose a la habitación donde esperaban las otras.

Mientras Meg la seguía, arrastrando la larga cola de crujiente seda, sintiendo que los pendientes le rozaban las mejillas y que los rizos se balanceaban sobre su frente, pensaba que ya había comenzado su diversión, porque el espejo le había dicho claramente que era «una pequeña belleza», y así lo repitieron sus amigas, entusiasmadas al verla. Durante unos minutos estuvo como el grajo de la fábula, pavoneándose con las prestadas plumas, mientras las demás charlaban como cotorras.

—Mientras yo me visto, alecciónala tú, Nan, en el manejo de la falda y de esos tacones franceses; de lo contrario se hará un lío. Coge tu mariposa de plata y levántate ese rizo largo de la izquierda, Clara, y no estropeéis la encantadora obra de mis manos —dijo Belle, marchándose muy apresurada y al parecer satisfecha de su éxito.

—Tengo miedo de bajar. Me encuentro rara, tiesa y medio desnuda —dijo Meg a Sallie, cuando sonó el timbre y la señora Moffat mandó decir a las señoritas que se presentasen enseguida.

—No pareces tú en absoluto, pero estás muy mona; eres completamente una francesa. Es que Belle tiene un gusto exquisito. Deja que cuelguen las flores, no te cuides tanto de ellas y, por Dios, no tropieces, ¿eh? —repuso Sallie, procurando no molestarse porque Meg estuviese más guapa que ella.

Teniendo presente aquel último aviso, Meg bajó felizmente la escalera y entró en los salones, donde se hallaban los Moffat con algunos invitados.

Pronto descubrió que los bonitos vestidos tienen un encanto que atrae a cierta clase de gente y asegura su consideración. Varias señoritas que antes ni se habían fijado en ella, se mostraron súbitamente afectuosas; varios muchachos que en la reunión anterior se limitaron a mirarla, pidieron ahora ser presentados y le dijeron toda clase de cosas tontas pero gratas de oír, y varias respetables señoras, que, sentadas en sofás criticaban el resto de la reunión, preguntaron con interés quién era aquella muchachita.

Meg oyó que la señora contestaba:

—Margarita March. Su padre es coronel del ejército... Una de nuestras principales familias pero reveses de fortuna... ¿sabe usted? Íntimas amigas de los Laurence; una chica agradabilísima en todos los sentidos. Mi Ned está loco por ella.

—¿De veras? —dijo la señora, dirigiendo otra vez sus impertinencias hacia Meg, que trató de fingir no haber oído y se extrañó de las mentiras de la señora Moffat.

La extraña sensación que experimentara antes de bajar perduraba, pero se decía que estaba representando el papel de señorita elegante, y no lo pasaba mal a pesar de que el ceñido vestido le daba dolor y la cola se le metía debajo de los pies, y temía que se le cayeran los pendientes y se perdieran o rompieran, lo que sería lamentable.

Estaba coqueteando con su abanico y riéndose de las insulsas bromas que le hacía un muchacho con pretensiones de agudeza, cuando súbitamente dejó de reír y pareció turbarse. Acababa de ver a Laurie, que la miraba fijamente con disimulada sorpresa y desaprobación, le pareció a ella, porque si bien saludó sonriente, algo en la mirada de sus nobles ojos la hizo sonrojarse y desear haber llevado su traje viejo. Para mayor confusión suya, vio a Belle darle un codazo a Anita y ambas mirarla y mirar a Laurie, el cual, afortunadamente, parecía más chiquillo y más tímido que nunca.

«Vaya unas tontas; meterse esas cosas en la cabeza. No les haré ni pizca de caso, ni cambiaré por ello lo más mínimo», pensó Meg, y cruzó el cuarto para dar la bienvenida a su amigo.

—Me alegro de que hayas venido; temía que no lo hicieses —dijo con aire de persona mayor.

—Jo quiso que viniera para contarle luego cómo estabas, y por eso estoy aquí —contestó Laurie, sin mirarla, aunque el tono maternal con que habló le hizo sonreír.

—¿Y qué le vas a decir? —preguntó Meg, con curiosidad por saber la opinión de Laurie pero sintiéndose violentada con él por primera vez.

—Pues le diré que no te conocí, porque estás tan cambiada y pareces tan mayor que casi me das miedo —dijo él, jugueteando nerviosamente con el botón de un guante.

—¡Qué tonto eres! Las chicas se divirtieron vistiéndome, y me ha gustado que lo hicieran. Qué ojos abriría Jo si me viese, ¿verdad? —dijo Meg, empeñada en hacerle decir si la encontraba favorecida o no.

—Ya lo creo —repuso Laurie.

—¿No te gusto así? —preguntó Meg.

—A mí, no —fue la franca respuesta.

—¿Y por qué? —Había ansiedad en la pregunta de Meg.

Laurie miró aquella cabeza rubia, aquellos hombros desnudos, aquel traje fantásticamente adornado, con una expresión que avergonzó a Meg más que la respuesta, en la que no hubo ni rastro de la cortesía habitual en Laurie:

—No me gustan las plumas y los perifollos.

Que un chico más joven que ella le dijera eso era demasiado.

—No he conocido a nadie más grosero que tú.

Sintiéndose ofendida, fue a buscar una ventana para refrescarse un poco, porque aquel vestido estrecho la sofocaba cada vez más. Estando allí vio pasar al mayor Lincoln y le oyó decir a su madre:

—Están volviendo tonta a esa niña. Quería que la vieses, pero la han estropeado por completo. Esta noche es una muñeca.

Meg suspiró.

—Ojalá no hubiera cedido y llevara mi viejo traje de tarlatana. Así no se habrían disgustado otras personas, ni me sentiría yo molesta y avergonzada de mí misma.

Apoyó la frente contra el cristal y estuvo allí medio oculta por las cortinas, sin importarle que estuviesen tocando su vals favorito, hasta que alguien se le acercó. Era Laurie, que, en actitud arrepentida, se inclinaba ante ella y le tendía la mano.

—Perdona mi rudeza de antes y ven a bailar conmigo.

—Temo que te resulte demasiado desagradable —dijo Meg, tratando de mostrarse ofendida pero fracasando por completo.

—De ninguna manera. Me resultará muy agradable. Ven; seré bueno. No me gusta tu traje, pero encuentro que estás... espléndida. —Inició un movimiento con las manos, como para indicar que no hallaba palabras con que expresar su admiración, y se dispuso a bailar.

Meg sonrió ya del todo ablandada y mientras esperaban para coger el compás musitó:

—Ten cuidado con mi cola, no vayas a tropezar con ella; es mi penitencia de esta noche y he sido tonta al ponérmela.

—Sujétala con un alfiler —dijo Laurie, mirando las botitas azules, que evidentemente merecieron su aprobación.

Comenzaron a bailar ligera y graciosamente, porque como habían practicado mucho en casa, lo hacían muy bien. Era agradable ver aquella juvenil pareja, dando vueltas y más vueltas y sintiéndose más amigos que nunca, después de su pequeña riña.

—Laurie, ¿quieres hacerme un favor? —dijo Meg, cuando se sentó sin aliento, lo que ocurrió muy pronto, aunque no quiso confesar la causa de ello.

—Desde luego —dijo con alegría Laurie, que la estaba abanicando.

—No menciones en casa mi traje de esta noche. No comprenderían la broma y mamá podría disgustarse.

«Entonces, ¿por qué lo has hecho?» replicaron los ojos de Laurie tan elocuentemente que Meg se apresuró a añadir:

—Se lo diré yo misma, y confesaré a mamá lo tonta que he sido, pero prefiero ser yo la que se lo cuente, ¿sabes? Así que, ¿no lo dirás?

—Te doy mi palabra. Pero si me preguntan, ¿qué contesto?

—Diles que estaba bien y divirtiéndome mucho.

—Diré lo primero, desde luego, pero lo segundo... No parece que lo estés pasando muy bien que digamos. —Laurie la miró con una expresión que la hizo contestar, bajito:

—No; ahora no. Sólo quise divertirme un poco, pero no me compensa, y estoy hartándome de este estilo de vida.

—Aquí viene Ned Moffat, ¿qué querrá? —dijo Laurie, frunciendo sus negras cejas, como si no le resultase agradable la presencia de su joven anfitrión.

—Lo tengo apuntado para tres bailes, supongo que vendrá a reclamármelos. ¡Qué lata! —dijo Meg, adoptando una actitud lánguida que divirtió a Laurie.

No volvió a hablar con Meg hasta que a la hora de la cena la vio bebiendo champán con Ned y con su amigo Fischer, quienes se estaban conduciendo como un par de locos, según se dijo Laurie, que se sentía investido de una especie de derecho fraternal para velar sobre las March y dar la batalla siempre que necesitasen un campeón.

—Si sigues bebiendo, mañana tendrás una jaqueca enpantosa. Yo no lo haría, Meg; a tu madre no le gusta, como sabes —murmuró inclinándose sobre el respaldo de la silla, mientras Ned volvió a llenarle el vaso y Fischer se inclinaba a recogerle el abanico del suelo.

—Esta noche no soy Meg, soy una muñeca que hace toda clase de locuras. Mañana dejaré a un lado mis plumas y perifollos y volveré a ser buena —contestó ella con una risita afectada.

—Pues ojalá fuera ya mañana —murmuró Laurie, alejándose descontento del cambio que advertía en Meg.

Meg, coqueteó, habló y rió como las demás muchachas. Después de la cena chapurreó alemán diciendo toda clase de disparates; al bailar estuvo a punto de hacer caer a su pareja con la dichosa cola y coqueteó con unos y otros en una forma que escandalizó a Laurie, hasta el punto de hacerle pensar en una reprimenda, pero no tuvo ocasión de hacerlo, porque Meg lo eludió constantemente, y hasta que fue a darle las buenas noche no pudo hablarle.

—¡Acuérdate! —dijo ella intentando sonreír, porque la jaqueca había empezado ya.

—*Silence a la mort* —replicó Laurie con melodramático ademán, al retirarse.

Esta breve escena había interesado a Anita, pero Meg estaba demasiado fatigada para hablar y se fue a la cama con la sensación de haber estado en una mascarada y no haberse divertido tanto como esperaba.

Sufrió un terrible dolor de cabeza todo el día siguiente y el sábado volvió a su casa, hastiada de sus quince días de diversión, y comprendió que había estado demasiado en el seno del lujo.

—Es bueno estar tranquila sin gente a todas horas. Aunque no sea espléndida, la casa de uno es un sitio siempre agradable —dijo Meg mirando en torno con expresión de descanso.

Era la tarde del domingo y estaban con ella su madre y Jo.

—Me alegra oírte decir eso, hija mía, porque temía que después de lo que acabas de ver, nuestra casa te pareciese pobre y triste —replicó su madre, que le había dirigido varias miradas inquietas aquel día, pues los ojos de las madres advierten pronto cualquier cambio en sus hijos.

Meg había relatado alegremente sus aventuras, repitiendo una y otra vez lo bien que lo habían pasado, pero algo parecía pesar aún sobre su corazón. Cuando las pequeñas se fueron a la cama, fue a sentarse pensativa junto al fuego, mirando fijamente las llamas y hablando apenas con aspecto de estar angustiada. Al dar el reloj las nueve y proponer Jo que se fueran a acostar, Meg dejó su silla, cogió el taburete de Beth y, apoyándose de codos en las rodillas de su madre, dijo:

—Mamita, quiero confesarme.

—Lo suponía. Adelante, hija mía.

—¿Me marcho? —preguntó discreta Jo.

—¿Por qué? ¿No sabes que siempre te lo cuento todo? Me avergonzaba hablar delante de las niñas, pero quiero que sepáis las cosas terribles que he hecho en casa de los Moffat.

—Estamos preparadas —dijo la señora March sonriente, pero un poco inquieta.

—Ya os he dicho que me vistieron con todo aparato, pero os falta saber que me empolvaron y rizaron hasta dejarme como un figurín. A Laurie no le pareció correcto, lo sé, aunque no me lo dijo, y un señor me llamó «muñeca». Sabía que eran tonterías, pero me halagaban, y decían que estaba hecha una belleza y no sé cuántos disparates por el estilo, y les dejé hacer de mí una fatua.

—¿Eso es todo? —preguntó Jo, mientras la señora March miraba en silencio a su bonita hija, que hablaba con los ojos bajos, sin encontrar palabras para censurar sus pequeños deslices.

—No; además bebí champán, y quise flirtear y estuve verdaderamente abominable —dijo Meg, acusándose sin compasión.

—Me parece que aún hay algo más, ¿no es así? —inquirió la señora March, acariciando las mejillas de su hija, que súbitamente se sonrojó al contestar:

—Sí; es una tontería muy grande, pero quiero decirlo, porque detesto que la gente diga y piense semejantes tonterías de Laurie y de nosotras.

Refirió entonces lo que había oído la noche del baile en casa de los Moffat, y Jo vio que su madre apretaba los labios, como si la disgustase el que metieran tales ideas en la inocente imaginación de Meg.

—Pues no he oído en mi vida cosa más absurda —exclamó Jo indignada—. ¿Por qué no se lo dijiste así a esas necias?

—No podía, era una situación muy embarazosa. No pude evitar el oír; y después, con la indignación y la vergüenza que sentía, me sentí confundida.

—Espera que yo vea a Anita Moffat, y ya te enseñaré cómo se arregla ese ridículo atajo de mentiras. Mira que decir que si se tienen «planes» y se es amable con Laurie es porque tiene dinero y puede llegar a casarse con nosotras... Lo que va a alborotar cuando le cuente lo que esas tontas dicen. —Jo se echó a reír como si, pensándolo mejor, la cosa resultase graciosa.

—Si se lo cuentas a Laurie, no te perdonaré nunca. Que no se lo diga, mamá, por favor —imploró Meg, visiblemente apurada.

—No; no repitáis nunca esos necios comentarios y olvidadlos cuanto antes —dijo la señora March—. Obré con ligereza al dejarte ir con personas que apenas conozco, atentas y amables desde luego, pero mundanas, mal educadas y llenas de ideas vulgares acerca de la gente joven. Lamento mucho el daño que esa estancia en casa de tu amiga haya podido causarte, Meg.

—No lo sientas, madre, porque no dejaré que me haga daño, olvidaré todo lo malo para recordar solamente lo bueno; porque he disfrutado mucho y te agradezco que me dejases ir. No me mostraré sentimental y descontenta; sé que soy muy tonta y estaré contigo hasta que sea capaz de manejarme bien sola. No obstante, es agradable verse alabada y admirada; no puedo negar que me gusta —dijo Meg, algo avergonzada de esta confesión.

—Eso es natural y no hay en ello mal alguno, si el gusto no degenera en pasión y le arrastra a una a cometer locuras impropias de una joven que se estime. Aprende a conocer y apreciar la alabanza que honra al que la recibe, y a despertar la admiración de las personas buenas, siendo modesta a la vez que bonita, Meg.

La niña reflexionó unos momentos, mientras Jo permanecía con las manos a la espalda, a la vez interesada y perpleja, porque era novedoso ver a Meg sonrojándose y oírla hablar de admiración, de novios y pretendientes y demás cosas por el estilo. A Jo le pareció que durante la pasada quincena, su hermana habíase hecho mayor de un modo alarmante e iba derivando hacia un mundo al que ella no podía seguirla.

—Madre, ¿tienes planes? —preguntó tímidamente Meg.

—Sí, hija mía, muchos. Todas las madres los tenemos, pero los míos sospecho que difieren algo de los que oíste en casa de los Moffat. Te diré de algunos de ellos, porque ha llegado el momento de que haga razonar esa romántica cabecita tuya y ese corazón tan sensible. Eres joven, Meg, pero no demasiado para comprenderme, y los labios maternos son los más indicados para hablar de estas cosas a niñas como tú. A Jo le llegará después su turno, quizá; de modo que oíd mis planes y ayudadme a realizarlos, si son buenos.

Jo fue a sentarse en un brazo del sillón que ocupaba su madre, tan seria como si se reuniesen para un asunto importante. Cogiendo en las suyas una mano de cada una y observando con atención los juveniles rostros, la señora March dijo con su habitual serenidad, no exenta de alegría:

—Quiero que mis hijas sean guapas, buenas y que destaquen en todo; que se las admire, se las quiera y se las respete; que tengan una dichosa juventud, que se casen bien y lleven vidas útiles y plancenteras, con la menor cantidad de quebraderos de cabeza que Dios juzgue conveniente. Ser elegida y amada por un hombre bueno es lo mejor, lo más dulce que puede ocurrir a una mujer, y abrigo esperanza de que mis hijas conocerán esa hermosa experiencia. Natural es pensar en ello, Meg; y está bien esperarlo y desearlo, y es prudente prepararse para que cuando llegue la hora feliz os sintáis dispuestas a cumplir los deberes que impone y dignas de la dicha que depara. Hijas mías, soy ambiciosa para vosotras, pero no para que causéis sensación en el mundo, casándoos con hombres ricos sólo porque sean ricos y tengan casas espléndidas, que no son hogares, porque falta el amor. El dinero es una cosa necesaria y preciosa, y noble si se emplea bien, pero no quiero que lo consideréis como lo principal por lo que hay que luchar. Antes quisiera veros casadas con hombres pobres, si sois felices, amadas y consideradas, que no reinas careciendo de paz y no viéndoos respetadas.

—Las que somos pobres no tenemos probabilidad de casarnos, según dice Belle, más que haciendo nosotras la mayor parte —suspiró Meg.

—Entonces nos quedaremos solteras —dijo Jo con firmeza.

—Bien dicho, Jo; más vale ser solteronas felices que no esposas desgraciadas, o muchachas atrevidas de esas que corren en busca de maridos —dijo la señora March—. No te apures, Meg, la pobreza rara vez aleja a un verdadero enamorado. Algunas de las señoras más honorables que conozco fueron muchachas pobres, pero tan dignas de amor que no las dejaron quedarse solteras. Dejad esas cosas al tiempo; haced feliz nuestra casa para que sepáis luego hacer felices las vuestras, si llegáis a tenerlas, y daos por contentas con ésta, si no la tenéis. Una cosa habréis de tener presente, hijas mías, y es que vuestra madre está siempre dispuesta a ser vuestra confidente, y papá vuestro amigo, y ambos a confiar en vosotras. Ya sea casadas o solteras, seréis el orgullo y el consuelo de nuestras vidas.

—Lo seremos, mamá, lo seremos —exclamaron ambas de todo corazón al darles la señora March las buenas noches.

∽ 10 ∽

EL PICKWICK CLUB Y LA OFICINA
DE CORREOS

Con la llegada de la primavera, se pusieron de moda otra serie de entretenimientos, y los días largos dieron lugar para trabajos y juegos de todas clases. Había que arreglar el jardín y cada hermana tenía un trozo de terreno para hacer de él lo que gustase; por lo que Ana solía decir que «conocería el jardincito de cada una, aunque los viera en la China», cosa no difícil, pues los gustos de las muchachas diferían como sus caracteres.

En el jardincito de Meg había rosas y heliotropos, mirtos y un pequeño naranjo. El de Jo no estaba nunca igual dos temporadas, porque no cesaba de hacer experimentos; este año iba a ser una plantación de girasoles, cuya semilla había luego de alimentar a *Tía Cloquea* y su familia de pollitos. Beth tenía en su jardín flores antiguas y llenas de fragancia: guisantes de olor y mimosas; espuelas de caballero, claveles, pensamientos y artemisas, junto con alpiste para el pájaro y hierba gatera para los gatitos. Amy tenía en el suyo un pequeño cenador, bastante claro, pero bonito, con sus madreselvas y campanillas, pendiendo sobre él en graciosas guirnaldas, esbeltos lirios blancos, delicados helechos y cuantas vistosas y pintorescas plantas consentían en florecer allí.

Los días hermosos se dedicaban a trabajos de jardinería, excursiones por el río y recolección de flores, y en los lluviosos tenían sus diversiones caseras, unas nuevas, otras viejas, todas más o menos originales.

Una de éstas era el P. C., porque, como estaban de moda las sociedades secretas, se juzgó oportuno formar una, y siendo todas admiradoras de Dickens, la llamaron el «Pickwick Club». Con raras interrupciones llevaban ya un año reuniéndose los sábados por la tarde en la buhardilla grande con el siguiente ceremonial: colocábanse tres sillas en hilera delante de una mesa, sobre la cual había una lámpara, cuatro distintivos blancos con un gran «P. C.» de diferente color cada uno, y el semanario titulado: «El Cartapacio Pickwick», en el que todas colaboraron, siendo Jo, entusiasta de plumas y tinta, el editor. A las siete subían las cuatro miembros a su club, se ataban los distintivos a la cabeza, y tomaban asiento con solemnidad. Meg, como mayor, era Samuel Pickwick; Jo, por su aspecto literario, Augusto Snodgrass; Beth, por gordita y sonrosada, Tracy Tupman, y Amy, que siempre se empeñaba en hacer lo que no podía, Nataniel Winkle. Leía Pickwick, como presidente, el periódico, lleno de cuentos originales, versos, noticias locales, divertidos anuncios y alusiones en las que bondadosamente se recordaban las unas a las otras sus faltas y omisiones. En una ocasión, el señor Pickwick se caló unas gafas sin cristales, golpeó sobre la mesa, carraspeó, y habiendo dirigido una severa mirada al señor Snodgrass, que se estaba balanceando en su silla, comenzó a leer:

EL CARTAPACIO PICKWICK

ODA CONMEMORATIVA

«Nos reunimos esta noche a celebrar,
con distintos y solemnes ritos,
el quincuagésimo segundo aniversario
de nuestro Pickwick Club.

Todos gozamos de buena salud;
ninguno ha desertado de nuestro grupo;
otra vez vemos los rostros conocidos
y estrechamos las manos amigas.

Reverentemente saludamos
a nuestro presidente, Pickwick,
mientras, con los lentes en la nariz
lee nuestro semanario.

Aunque esté constipado,
gozamos oyéndole leer y hablar.
De sus labios sólo brotan palabras sabias
pese a sus estornudos.

El viejo Snodgrass, de dos metros de altura,
planea allá arriba con gracia elefantina
mientras sonríe a la reunión,
con su rostro moreno y travieso.

La luz de la poesía brilla en su mirada,
lucha valientemente contra el destino;
lleva impresa en la frente su ambición
y una mancha de tinta en la nariz.

También está nuestro pacífico Tupman,
sonrosado, gordezuelo y suave,
que festeja los chistes de manera
que cae siempre de la silla.

No falta tampoco el pulcro Winkle
con el cabello en perfecto orden:
un modelo de corrección
aunque odia lavarse la cara.

El año ha pasado y aún estamos reunidos,
para gastarnos bromas, reír y leer,
siguiendo el camino literario
que conduce a la inmortalidad.

Viva largos años nuestro semanario,
siga nuestro club firme
y vengan los años a llenar de bienes
nuestro Pickwick Club.»

A. SNODGRASS.

UN CASAMIENTO CON ANTIFAZ

CUENTO VENECIANO

Acercábanse góndola tras góndola a la escalinata de mármol, y dejaban allí su preciosa carga que iba a engrosar el brillante festejo en las señoriales estancias del conde de Adelón. Caballeros y damas, elfos y pajes, monjes y campesinas, se mezclaban alegremente en el baile. Llenaban el aire dulces voces y ricas melodías, celebrándose así entre júbilo y música la mascarada.

—¿Ha visto Vuestra Alteza esta noche a la señora Viola? —preguntó un apuesto trovador a la reina de cuento de hadas, que flotaba sala abajo, apoyada en su brazo.

—Sí, ¿verdad que está encantadora, aunque muy triste? Su traje está bien elegido, además, porque dentro de una semana se casa con el conde Antonio, al que de veras odio apasionadamente.

—A fe mía que le envidio. Allá viene, ataviado como un desposado. Cuando se quite el antifaz negro que cubre sus facciones, veremos cómo mira a la hermosa doncella, cuyo corazón no logra ganar aunque su severo padre le conceda su mano —repuso el trovador.

—Se susurra que la señora Viola ama al joven artista inglés, que sigue sus pasos y que es rechazado por el viejo conde —dijo la señora al tiempo que se unían al baile.

Estaba la fiesta en todo su apogeo, cuando apareció un sacerdote y conduciendo la joven pareja a una alcoba, forrada de rojo terciopelo, la hizo arrodillar. Reinó instantáneamente un silencio absoluto, sólo interrumpido por el murmullo de las fuentes o el susurro de los naranjos, que dormían a la luz de la luna, y el conde de Adelón habló así:

—Señoras y señores, os ruego que perdonéis la estratagema por la cual os he reunido aquí para presenciar el casamiento de mi hija. Padre, realizad vuestro cometido.

Todos los ojos se volvieron hacia los desposados y cundió un sordo murmullo de sorpresa entre los presentes, porque ni el novio ni la novia se quitaron los antifaces. La curiosidad y el asombro se apoderaron de todos los corazones, pero el respeto contuvo las lenguas, hasta que terminó la ceremonia. Entonces los espectadores rodearon al conde, pidiendo una explicación.

—Gustoso lo haría si pudiese, pero sólo sé que fue un capricho de mi tímida Viola, al que accedí. Ahora, hijos míos, que termine la función. Descubríos y recibid mi bendición.

Pero ninguno de los dos doblaron la rodilla, porque el novio replicó con un acento que hizo estremecer a los circunstantes, quitándose el antifaz que ocultaba el rostro de Fernando Devereux, el artista enamorado, mientras sobre su pecho, en el que resplandecía la estrella de conde inglés, se apoyaba la encantadora Viola, radiante de dicha y de belleza.

—Señor, me dijisteis con desprecio que os pidiese a vuestra hija cuando pudiera ostentar nombre tan alto y fortuna tan vasta como el conde Antonio. Puedo hacer más; pues ni siquiera vuestra ambición puede rehusar al conde de Devereux y De Vere la mano de esta hermosa dama, ahora mi esposa, a cambio de su antiguo nombre y de su fortuna sin límites.

El viejo conde quedó como si le hubieran convertido en estatua de piedra. Volviéndose al estupefacto auditorio, añadió Fernando con alegre sonrisa de triunfo:

—A vosotros, nobles amigos, sólo puedo desearos que vuestro destino prospere como ha prosperado el mío, y que todos consigáis una esposa tan bella como la que yo he conseguido con este casamiento enmascarado.

S. PICKWICK.

HISTORIA DE UNA CALABAZA

Había una vez un hortelano que plantó una pequeña simiente en su jardín, y después de algún tiempo brotó y creció una enredadera que produjo muchas calabazas. Un día de octubre, cuando estuvieron maduras, cogió una y la llevó al mercado. La compró un especiero y la puso en su tienda. Aquel mismo día una niña, con traje azul y sombrero castaño, de cara redonda y nariz roma, fue y compró la calabaza para su madre. La llevó a casa, la cortó y coció en un puchero grande; aplastó parte de ella con sal y manteca para el almuerzo, y al resto añadió un cuartillo de leche, dos huevos, cuatro cucharadas de azúcar, nuez moscada, algunas almendras, lo puso en un plato hondo y lo metió en el horno hasta que estuvo doradito y sabroso. Y al día siguiente lo comió una familia apellidada March.

T. TUPMAN.

Señor Pickwick:

Muy señor mío:

Me dirijo a usted para hablarle acerca de un culpable, un hombre llamado Winkle que perturba en su club riéndose y algunas veces no quiere escribir su parte en este bonito periódico. Espero que le perdonará usted su mal proceder y le dejará enviar una fábula francesa porque no puede sacar nada de su cabeza, ya que tiene muchas lecciones que estudiar y poco talento; de aquí en adelante trataré de coger el tiempo por los pelos y de preparar algún trabajo que sea todo *commy la fo*, que quiere decir como debe ser; tengo prisa porque es ya casi la hora del colegio.

Suyo afmo.,

N. WINKLE.

(El anterior escrito es un viril y hermoso reconocimiento de pasados errores. No estaría mal que nuestro joven amigo estudiase puntuación.)

UN LAMENTABLE ACCIDENTE

El viernes pasado nos sobrecogió un violento golpe seguido de gritos de angustia que resonaban en el sótano. Corrimos allí todos a una y encontramos a nuestro amado presidente postrado en el suelo, por haber tropezado y caído cuando cogía leña para usos domésticos. Era verdaderamente desolador el cuadro que a nuestra vista se ofreció, porque en su caída el señor Pickwick metió la cabeza y los hombros en un balde lleno de agua, se tiró encima una barrica de lejía, y su ropa quedó rota por varias partes. Al ser sacado de su peligrosa situación, se vio que sólo tenía algunas magulladuras, y nos complacemos en añadir que se encuentra ya bien.

ED.

IRREPARABLE PÉRDIDA

Tenemos el penoso deber de dar cuenta de la súbita y misteriosa desaparición de nuestra queridísima amiga la señora *Boladenieve Pat Paw*. Esta encantadora e idolatrada gata era la favorita de un amplio círculo de entusiastas y admiradores, porque su belleza atraía todos los ojos, sus gracias y virtudes le ganaban los corazones y su pérdida ha sido profundamente sentida por toda la comunidad.

La última vez que fue vista estaba sentada a la puerta observando el carro del carnicero, y es de temer que algún villano, atraído por sus encantos, la robara cobardemente. Han pasado semanas, pero no se ha descubierto rastro de ella, por lo que abandonamos toda esperanza, atamos una cinta negra en su cesta, ponemos aparte su plato, y la lloramos como perdida para siempre.

UN LAMENTO

A LA MEMORIA DE *BOLADENIEVE*

Todos lloramos la pérdida de nuestra querida gatita, y lamentamos su terrible suerte.

Ya nunca más vendrá a tenderse junto al fuego ni jugará junto a la puerta.

La tumba donde su hijito descansa está a la sombra del viejo nogal.

Pero la suya no sabemos dónde puede estar.

Su cama está vacía, la pelota con que solía jugar está quieta.

Ya no oiremos más su ronroneo, ni los arañazos que daba a la puerta cuando quería entrar.

Hoy, otra gata corre detrás de los ratones, es una gata de cara sucia y fea.

Pero no sabe cazar como lo hacía ella, ni juega con la gracia que ella tenía.

Camina por los mismos lugares en que *Boladenieve* paseaba y jugaba.

Pero ésta sólo bufa a los perros que *Boladenieve* solía alejar con tanta delicadeza.

Es útil y mansa, hace todo lo que puede, pero no podemos verla con buenos ojos.

Nunca podrá ocupar tu puesto, querida *Boladenieve*, ni nunca la querremos como a ti.

ANUNCIOS

La señorita Oranty Blugage, notable conferenciante, disertará en Pickwick Hall, el próximo sábado por la tarde, sobre el tema «La mujer y su posición».

La Sociedad Alzapolvo se reunirá el próximo miércoles y formará en el último piso de la Casa Club. Todos los socios aparecerán uniformados y con escobas al hombro, a las nueve en punto.

En Casa Cocina se celebrará una reunión semanal para enseñar a las señoritas a guisar. Presidirá Ana Brown y se invita a todas a asistir.

Dentro de una semana se estrenará en el teatro Barnville una nueva obra que supera a cuanto se ha visto nunca en los escenarios de América. «El esclavo griego o Constantino el Vengador» es el título de este emocionante drama.

ALUSIONES

Si S. P. no usase tanto jabón cuando se lava las manos no se retrasaría siempre a la hora del desayuno.

T. T., haga el favor de no olvidarse de la servilleta de Amy.

Se ruega a A. S. que no silbe en la calle.

N. W. no debe enojarse porque su traje no tenga nueve alforjas.

NOTAS SEMANALES

Meg — Buena.
Jo — Mala.
Beth — Muy buena.
Amy — Regular.

Al dar el presidente fin a la lectura del periódico (que aseguro a mis lectores es en *bona fide* copia del que una vez escribieron ciertas *bona fide* chicas), se oyó un aplauso cerrado y entonces Snodgrass se levantó para hacer una proposición.

—Señor presidente y caballeros —comenzó, adoptando una actitud y un tono parlamentarios—: Deseo proponer la admisión de un nuevo miembro, absolutamente merecedor de esta honra; lo agradecería profundamente y contribuiría en alto grado a realzar el club, el mérito literario de nuestro periódico y a distraernos y alegrarnos a todos. Propongo que el señor Teodoro Laurence sea nombrado socio honorario del Pickwick Club. Vamos, aceptémosle.

El repentino cambio de tono de Jo hizo reír a las chicas, pero todas parecían inquietas y nadie dijo una palabra cuando Snodgrass se sentó.

—Lo someteremos a votación —resolvió el presidente—. Todos los que estén a favor de la moción se servirán de manifestarlo diciendo «sí».

Un «sí» en voz alta de parte de Snodgrass, que, para sorpresa de todos, corroboró Beth tímidamente.

—Los que se opongan que digan «no».

Meg y Amy eran contrarias y Winkle se levantó para decir con elegancia:

—No queremos aquí chicos; no hacen más que alborotar y saltar. Éste es un club de señoritas y deseamos estar solas y tranquilas.

—Temo que se ría de nuestro periódico y se burle después de nosotras —observó Pickwick, tirándose de un ricito de la frente como hacía siempre que estaba perpleja.

De nuevo se levantó Snodgrass para decir muy serio:

—Señor presidente, le doy mi palabra de caballero de que Laurie no hará tal cosa. Le gusta escribir y elevará el tono de las colaboraciones, cuidando de que no se pongan sentimentales, ¿comprende? Podemos hacer tan poco por él y él hace tanto por nosotros, que lo menos que puede esperar es que le ofrezcamos un puesto aquí y le demos la bienvenida.

Esta oportuna alusión a los beneficios recibidos hizo poner de pie a Tupman con actitud resuelta.

—Sí; debemos hacerlo, aunque nos dé miedo. Yo digo que puede venir y también su abuelo, si lo desea.

La inspirada explosión de Beth electrizó al club y Jo

dejó su asiento para darle un apretón de manos en señal de aprobación.

—Bueno, votad otra vez, y recuerde todo el mundo que se trata de nuestro Laurie para decir «¡Sí!» —exclamó excitado Snodgrass.

—¡Sí! ¡Sí! —corearon tres voces al unísono.

—¡Dios os bendiga! Y ahora, como lo mejor es «coger la ocasión por los pelos», según acertadamente observa Winkle, permitidme presentaros al nuevo miembro.

Al decir esto, Jo, para el desconcierto del resto de club, abrió la puerta de un armario y mostró a Laurie sentado sobre un saco de trapos, sofocado y ahogándose de risa contenida.

—¡Infame! ¡Traidor! ¿Cómo has podido hacer esto, Jo? —gritaron las tres muchachas, mientras Snodgrass sacaba a su amigo y, tras colocar una silla y sujetarle un distintivo, lo instaló convenientemente.

—La frescura de estos dos pillos es algo aterrador —comenzó Pickwick, tratándose de ponerse ceñuda y consiguiendo únicamente sonreír. Pero el nuevo socio supo estar a la altura de las circunstancias y, levantándose, saludó agradecido a la presidencia y dijo del modo más halagüeño:

—Señor presidente, señoras... quiero decir, señores. Permitidme que me presente como Sam Weller, humilde servidor del club.

—Bravo, bravo —gritó Jo, dando golpes con la tapa del viejo calentador sobre el que se apoyaba.

—Mi fiel amigo y noble patrocinador —prosiguió Laurie, haciendo un gesto con la mano—, que con tantos elogios me ha presentado, no merece censura por la vil estratagema de esta noche. La ideé yo y ella cedió tras muchas protestas.

—Vamos, no te eches toda la culpa. Ya sabes que te propuse lo del armario —interrumpió Snodgrass, que estaba disfrutando lo indecible con aquella broma.

—No os fijéis en lo que dice, señor presidente. Yo soy el culpable —dijo el nuevo miembro con un saludo muy «welleresco» dirigido a Pickwick—. Pero prometo por mi honor no volverlo a hacer, y consagrarme de aquí en adelante a los intereses de este club inmortal.

—¡Oídle, oídle! —gritó Jo, haciendo sonar la tapa del calentador como si fuera un timbal.

—Prosiga, prosiga —añadieron Winkle y Tupman, mientras el presidente se inclinaba benigno.

—Sólo quiero agregar que, como ligera muestra de gratitud por el honor que se me ha conferido, y como medio de promover relaciones amistosas entre las naciones vecinas, he instalado una oficina de correos en el seto del jardín: un bello y espacioso buzón con candados en las puertas y cuanto puede convenir al despacho de correos. Es la vieja jaula de pájaros. Le he tapado la puerta y abierto el techo, con lo que caben dentro toda clase de cosas y nos ahorra tiempo. Cartas, manuscritos, libros y paquetes pueden pasar por allí, y como cada nación tendrá una llave, resultará muy bien, según creo. Permitid que os presente la llave del club, y reiterando las gracias por el favor, ocuparé mi asiento.

Al depositar Weller sobre la mesa una llavecita y retirarse a su sitio, hubo grandes aplausos y el calentador sonó, agitado frenéticamente, tardando algún tiempo en ser restablecido el orden.

Siguió una larga discusión en la que cada uno dio lo mejor de sí, resultando un mitin muy animado y que no terminó hasta hora avanzada, con tres vivas al nuevo miembro.

Nadie se arrepintió de la admisión de Sam Weller, porque no podía haber socio más ejemplar, bien educado y jovial de lo que él fue. Su presencia añadió animación a las reuniones y su colaboración dio «tono» al periódico. En las primeras pronunció discursos que hacían morir de risa al auditorio, y en el segundo publicó trabajos patrióticos, clásicos, cómodos o dramáticos, pero nunca sentimentales. Jo los consideraba dignos de un Bacon, un Milton o un Shakespeare, y los tomó por modelo para perfeccionar los suyos.

En cuanto a la oficina de correos, la O. C., resultó una excelente institución y tuvo maravilloso florecimiento, pasando por ella casi tantas cosas raras como por una verdadera. Dramas y corbatas, versos y caramelos, simientes de jardín y largas cartas, música y pan de jengibre, chanclos, invitaciones, regaños y hasta cachorrillos. El anciano señor Laurence, divertido por las bromas, envió por la O. C. extraños paquetes, mensajes misteriosos y telegramas divertidos, y su jardinero, a quien tenían flechado los encantos de Ana, mandó una carta de declaración encomendada a Jo. ¡Cuánto rieron las chicas de esa carta, sin imaginar que aquella pequeña oficina de correos habría de contener, andando el tiempo, muchas cartas de amor!

⟲ 11 ⟳

EXPERIMENTO

—¡Primero de junio! Los King se marchan mañana a la playa y estoy libre... ¡Tres meses de vacaciones! ¡Cómo voy a disfrutar de ellas! —exclamó Meg a su regreso a casa un día muy caluroso, encontrándose con Jo tumbada en un sofá en un estado de agotamiento extraordinario, mientras Beth se quitaba las polvorientas botas, y Amy preparaba un refresco de limonada para toda la reunión.

—Tía March se fue hoy, de lo que podemos regocijarnos —dijo Jo—. Temía que me invitase a ir con ella, en cuyo caso no hubiera podido negarme; Plumfield es un sitio tan festivo como un cementerio, ¿sabes? Tuvimos un jaleo enorme hasta empaquetar a la señora y yo me moría de miedo cada vez que me hablaba, porque en mi prisa por verla marchar, me mostré desusadamente servicial y de excelente humor, por lo que temía que no quisiera separarse de mí. Hasta que se metió en el coche estuve temblando, y aún me dio un susto a última hora, porque al ponerse en marcha, asomó la cabeza diciendo: «Josefina... ¿no quieres...?» No oí más porque eché a correr cobardemente y huí, no sintiéndome segura hasta que hube dado la vuelta a la esquina.

—¡Pobre Jo! Venía como si la persiguieran osos —dijo Beth, tapando con solicitud los pies de su hermana.

—Tía March es un verdadero zafiro, ¿verdad? —observó Amy, probando la limonada.

—Zafiro es una piedra preciosa. Habrás querido decir vampiro, ¿verdad? Pero ¿qué más da? Hace demasiado calor para que nos fijemos en esos detalles —murmuró Jo.

—¿Qué vais a hacer durante vuestras vacaciones? —preguntó Amy, cambiando de tema con tacto.

—Yo estaré en la cama hasta tarde y no haré nada —replicó Meg desde las profundidades de la mecedora—. He estado madrugando todo el invierno y trabajando días enteros por otros, así que ahora voy a descansar y hacer lo que se me antoje.

—Pues a mí —dijo Jo— eso de no hacer nada no me va. Tengo ahí un montón de libros sin leer y los despacharé subiéndome al manzano viejo a leer y a tomar el sol, cuando no ande de...

—No digas de «juerga» —imploró Amy, vengándose de la lección anterior.

—Bueno, diré de «parranda» con Laurie, si te parece mejor.

—Y nosotras, Beth —propuso Amy—, vamos a dejar de estudiar una temporada; no haremos más que jugar y descansar el día entero, como las chicas.

—No tengo inconveniente, siempre que a mamá no le importe. Quiero aprender algunas canciones nuevas y mis niños necesitan equiparse de verano. No tienen materialmente qué ponerse.

—¿Podemos hacerlo así, mamá? —preguntó Meg, volviéndose hacia la señora March, que estaba sentada cosiendo en el que llamaban «rincón de mamá».

—Podéis hacer el experimento una semana y ver si os gusta. Creo que el sábado por la noche estaréis convencidas de que jugar todo el día y no trabajar es tan malo como trabajar sin descanso.

—¡Venga! Eso no es cierto. Estoy segura de que debe ser delicioso —dijo Meg con aire soñador.

«En cuanto a ti, Amy, hay algo de divertido en tus maneras, pero si no andas con cuidado te convertirás en una persona ridícula.»

Margarita o Meg, según su diminutivo familiar, tenía dieciséis años y era la mayor de las cuatro. En cuanto a Elizabeth o Beth, era una niña de trece años, tímida en sus maneras y en el hablar.

«No sé cómo puedes escribir y representar cosas tan magníficas, Jo», exclamó Beth.

«Felices pascuas, mamá…, muy felices, y mil gracias por los libros», exclamaron todas a coro.

«¿Pero qué has hecho? —gritó Meg, mirando desesperada el flequillo desigual que le caía sobre la frente–. ¡Me has estropeado el pelo…!»

Laurie le resultó muy simpático, y se fijó en él atentamente para poder describir a las chicas.

Jo le reconvenía a su tía March, que estaba coja y necesitaba de una persona que la cuidase.

Jo ambicionaba hacer algo grande; aún no sabía qué, pero dejaba al tiempo que se lo descubriera.

La señora March sonrió, y comenzó enseguida, pues llevaba muchos años contando cuentos a su auditorio y sabía los que le gustaba.

«¡Cielos! ¿Es su abuelo?»

«¿Y qué, si lo fuera? ¿No decía usted que no tenía miedo de nada?», repuso el muchacho con picardía.

Jo oyó a Amy llegar sin aliento después de la carrera que había hecho, la oyó patear y soplarse los dedos al tratar de ponerse los patines, pero no se volvió.

Nunca supo cómo lo hizo, pero durante los segundos que siguieron obedeció ciegamente a Laurie, que estaba muy sereno y echado sobre el hielo cuan largo era, sosteniendo a Amy con sus brazos.

«Tú, querida Jo, puedes decírselo todo a tu madre, porque mi mayor orgullo y dicha consisten en saber que mis hijas confían en mí y saben que las quiero.»

«No quise perdonarla, y hoy, de no haber sido por Laurie, quizá no hubiera tenido ya tiempo. ¿Cómo pudo llegar a tanto mi maldad?», dijo Jo.

Era triste ver aquella carita antes sonrosada, ahora tan cambiada e inexpresiva; aquellos labios ayer sonrientes, hoy mudos.

«Hace un año estábamos aquí gruñendo por lo aburrida que iba a ser nuestra Navidad. ¿Os acordáis?», preguntó Jo.

—Propongo que brindemos, como dice mi amiga y compañera Sairy Camp, por «diversión continua y nada de trabajo» —exclamó Jo, levantándose, vaso en ristre, al circular la limonada.

Bebieron todas alegremente y comenzaron el experimento, pasando el resto del día sentadas sin hacer nada.

A la mañana siguiente, Meg no se dejó ver hasta las diez. Su solitario desayuno no le supo bien y el cuarto estaba desarreglado y feo, porque Jo no había puesto flores en los jarrones, ni Beth había quitado el polvo, y los libros de Amy aparecían desparramados por todas partes. Sólo estaba agradable y ordenado «el rincón de mamá», y allá fue Meg a sentarse para leer y descansar o, lo que es lo mismo, bostezar y pensar en los trajes de verano tan bonitos que se compraría con su sueldo. Jo pasó la mañana en el río con Laurie y la tarde leyendo y sollozando sobre una novela triste, encaramada en lo alto del manzano. Beth empezó a sacar todo lo que contenía el armario grande, pero cansada a la mitad de la tarea, lo dejó todo revuelto y fue en busca de su música, regocijándose de no tener platos que fregar. Amy arregló su cenador, se puso su mejor traje blanco, alisó sus bucles y se sentó a dibujar bajo las madreselvas, esperando que alguien preguntase quién era aquella joven artista. Como no apareció nadie, se marchó a pasear, pero la sorprendió un chaparrón y volvió a casa calada.

A la hora del té cambiaron impresiones, conviniendo todas en que había sido un día delicioso, si bien inusualmente largo. Meg, que fue de compras por la tarde y se trajo una encantadora muselina azul, descubrió que no era lavable, contratiempo que la puso de mal humor. Jo se había tostado la nariz al sol en el bote, y tenía fuerte dolor de cabeza de tanto leer. Beth estaba fastidiada por el desorden de su armario y la dificultad de aprender tres o cuatro canciones a un tiempo, y Amy lamentaba haberse manchado su vestido blanco, porque al día siguiente daba una fiestecita Katy Brown, y ahora no tenía nada que ponerse.

Sin embargo, todo esto eran pequeñeces y aseguraron

a su madre que el experimento resultó magnífico. La señora March sonrió, no hizo comentario alguno y, ayudada por Ana, hizo las cosas que sus hijas dejaron abandonadas, poniendo la casa agradable y manteniendo suavemente en marcha la maquinaria doméstica.

Aquel sistema de «descanso y recreo» produjo un peculiar y molesto estado de cosas asombroso. Los días siguieron haciéndose más y más largos; el tiempo estaba muy variable y lo mismo el humor de ellas; hallábanse todas poseídas de inestables sensaciones y Satanás halló terreno abonado.

Para colmo de lujo, Meg dejó a un lado algunas de sus costuras y, pesándole luego el tiempo, se puso a arreglar y a estropear su ropa en sus tentativas de reformarla a lo Moffat. Jo leyó hasta correr riesgo de quedarse ciega y, harta de libros, se puso tan impaciente que hasta Laurie tuvo con ella una pelea, y tan desanimada que deseaba haberse marchado con tía March a Plumfield. Beth no iba mal, porque olvidaba con frecuencia que había de ser «todo juego y nada de trabajo», y volvía de cuando en cuando a sus antiguos hábitos, pero había algo en la atmósfera que la contagiaba y más de una vez su tranquilidad se alteró, llegando en una ocasión incluso a sacudir a la pobre *Juana* y a decirle que era un espantajo. En cuanto a Amy, lo pasó peor que ninguna, porque tenía pocos recursos, y cuando sus hermanas la dejaban que se divirtiese sola y cuidase de sí misma, pronto hallaba que su perfecta e importante personita le resultaba pesada carga. No le gustaban las muñecas, los cuentos de hadas eran para niñas, y no se podía estar dibujando a todas horas, ni los tés ni las excursiones campestres resultaban tan divertidos, a menos de estar bien organizados.

—Si una pudiera tener una bonita casa, llena de amigas simpáticas, o ir de viaje, el verano sería delicioso, pero estarse en casa con tres hermanas egoístas y un chico mayor es como para agotar la paciencia de un Job —comentó la displicente señorita, después de varios días dedicados a divertirse, impacientarse y aburrirse.

Ninguna quiso admitir que estaba cansada del experimento, pero el viernes por la noche cada cual reconoció para sí que se alegraba de ver casi terminada la semana. La señora March, que no carecía de buen humor, quiso, sin embargo, grabar la lección más profundamente y resolvió terminar la prueba de modo apropiado, para lo cual dio un día de permiso a Ana y dejó que sus hijas disfrutasen plenamente del sistema de descanso y juego.

Cuando se levantaron el sábado no había lumbre en la cocina, ni desayuno en el comedor, ni se veía a mamá por ninguna parte.

—¡Misericordia! ¿Qué ha ocurrido? —exclamó Jo, mirando en torno con angustia.

Meg corrió escaleras arriba y volvió a bajar, al parecer tranquilizada, pero un poco sorprendida y avergonzada.

—Mamá no está enferma, sólo muy cansada, y dice que se va a quedar todo el día en su cuarto y que nosotras nos las arreglemos. Es muy raro oírla decir eso, y no parece en absoluto ella, pero insiste en que ha tenido una semana de mucho trabajo; así que no debemos quejarnos, sino cuidarnos de todo.

—Eso es fácil y hasta agradable. Por mi parte estoy deseando tener algo que hacer... Bueno, alguna nueva diversión, ya me entendéis —añadió rápidamente Jo.

Para todas fue en realidad un aliciente el tener que ocuparse en algo y se pusieron con ardor a la tarea, si bien tardaron poco en comprender la verdad que encerraba el dicho de Ana de que «las faenas de una casa no son broma». En la despensa había provisiones en abundancia; y mientras Beth y Amy ponían la mesa, Meg y Jo trajeron el desayuno, asombrándose, cuando lo hacían, de que las criadas se quejasen siempre del trabajo que llevaban a cabo.

—Voy a subirle algo a mamá, aunque nos dijo que no nos preocupásemos de ella —dijo Meg, que presidía la mesa y se sentía investida de cierta superioridad detrás de la tetera.

Prepararon una bandeja y Meg la llevó arriba con el saludo de la cocinera. El té estaba muy amargo; la tortilla, quemada; y los bizcochos, salpicados de granos de sal, pero la señora March recibió el desayuno dando las gracias. Se echó a reír en cuanto Meg se hubo marchado.

—¡Pobrecillas! Me temo que van a pasarlo mal, pero esta experiencia les servirá —dijo sacando otras viandas más apetitosas de que se había provisto, y disponiendo del desayuno malo, de modo que no ofendiese a las que se lo habían servido. Pequeño engaño inocente, que ellas agradecieron.

Muchas fueron las quejas y grande el disgusto de la cocinera ante sus fracasos.

—Descuida, yo haré la comida y seré criada; tú haz de señora, ten las manos cuidadas, recibe a los invitados y da órdenes —dijo Jo, que sabía aún menos que Meg de asuntos culinarios.

Este amable ofrecimiento fue aceptado de buen grado, y Margarita se retiró a la sala, que puso en orden en dos minutos, metiendo la litera debajo del sofá y echando las persianas para ahorrarse el trabajo de quitar el polvo. Jo, entretanto, perfectamente segura de sí misma y deseosa de hacer las paces con Laurie después de la última pelea, puso en el correo una carta invitándole a almorzar.

—Sería más importante que, antes de convidar a nadie, vieras qué vas a hacer de comida —dijo Meg, cuando su hermana le comentó aquel acto de hospitalidad un tanto precipitado.

—¡Bah! Hay carne, fiambre y muchas patatas, y pondré espárragos y langosta para «dar gusto», como dice Ana. Traeré lechuga también y haré una ensalada, no sé cómo, pero el libro lo dice. De postre pondré *blac-manger* de fresas, y también café, si quieres que seamos elegantes.

—No prepares demasiados platos, Jo, que lo único que sabes preparar es pan de jengibre y confitura de cerezas. Me lavo las manos en esa cuestión, y puesto que has invitado a Laurie bajo tu responsabilidad, allá tú; cuidarás de él.

—No te pido que hagas más que recibirle amablemente y ayudarme en lo que puedas, aconsejándome si me veo en un apuro —dijo Jo, un poco ofendida.

—Lo haré, pero tampoco sé yo gran cosa de cocina si me sacas del pan y de unas cuantas menudencias. Será mejor que antes de encargar nada pidas permiso a mamá —repuso Meg.

—Claro que sí, mujer; ¿crees que estoy loca? —Jo salió del cuarto enfadada por las dudas que acerca de su capacidad culinaria se habían expresado.

—Trae lo que te parezca y no me molestéis. Voy a comer fuera y no puedo ocuparme de las cosas de la casa —dijo la señora March cuando Jo fue a consultarla—. Nunca me han gustado mucho los trabajos caseros y hoy me tomo vacación, para leer, escribir, ir de visita y divertirme.

El inusitado espectáculo que ofrecía la señora March, tan activa siempre, meciéndose cómodamente y leyendo por la mañana temprano, dio a Jo la sensación de que ocurría algún fenómeno poco habitual; en realidad apenas hubiese parecido más raro un terremoto, un eclipse o una erupción volcánica.

—Todo esto está desquiciado en cierto modo —se dijo, bajando la escalera—. Beth está llorando, señal segura de que algo anda mal. Si es Amy la que está fastidiándola, le daré una buena reprimenda.

Jo corrió a la sala, sintiéndose muy alterada, y halló a Beth sollozando sobre *Pip*, el canario, que yacía muerto en la jaula, con sus patitas patéticamente extendidas cual si implorase el alimento por falta del cual había dejado de existir.

—Ha sido por mi culpa... se me olvidó... no quedaba ni un grano, ni una gota. ¡Oh, *Pip, Pip*! ¿Cómo he podido ser tan cruel contigo? —repetía Beth llorando, mientras cogía el pajarito en sus manos y trataba de reanimarle.

Jo miró los ojos del pajarillo, le palpó el corazoncito y, hallándolo tieso y frío, sacudió la cabeza y ofreció como ataúd su caja de dominó.

—Mételo en el horno y quizá reviva con el calor —dijo Amy, dando esperanza.

—Ha muerto de inanición y no quiero cocerlo ahora

que está muerto. Le haré un sudario y lo enterraremos en el jardín. Nunca más tendré otro pájaro, nunca, *Pip* mío, porque soy demasiado mala y no lo merezco —murmuró Beth, sentada en el suelo con su favorito entre las manos.

—El entierro será esta tarde y asistiremos todas. No llores más, Beth; es una lástima, pero esta semana nada marcha bien, y *Pip* ha llevado la peor parte del experimento. Haz el sudario y ponlo en mi caja, y después del almuerzo celebraremos un bonito entierro —dijo Jo, empezando a darse cuenta de que se había comprometido a mucho.

Dejando que las otras consolaran a Beth, se marchó a la cocina, que estaba en el más lamentable desorden. Se puso un gran delantal y empezó a trabajar. Cuando tenía los platos dispuestos para fregarlos, descubrió que el fuego se había apagado.

—Pues menuda perspectiva —murmuró, abriendo de golpe la puerta del horno y escarbando vigorosamente las cenizas.

Después que hubo vuelto a encender el fogón, se dispuso a ir al mercado mientras se calentaba el agua. El paseo la animó y, convencida de que había hecho buenas compras, regresó a casa con una langosta muy joven, unos espárragos muy viejos y dos cajas de fresas ácidas.

Cuando terminó el fregado, llegó la hora de la comida y el fogón estaba al rojo. Ana había dejado una cazuela de pan para que levantarse, y Meg, después de trabajar temprano la masa, la puso en el hogar, olvidándose de ella por completo. Sally Gardiner estaba en la sala cuando se abrió la puerta de par en par y apareció una figura enharinada, sofocada y desgreñada, preguntando agriamente:

—Oye, ¿no está el pan bastante alto cuando sale por encima de la cazuela?

Sally se echó a reír, pero Meg asintió con la cabeza y enarcó las cejas, con lo que la aparición se desvaneció y el pan agrio fue puesto sin demora en el horno.

La señora March se había marchado, no sin inspeccionar aquí y allí para ver cómo iban las cosas, y después de dirigir unas palabras de consuelo a Beth, que estaba haciendo una mortaja para el querido pájaro difunto, colocado ya en la caja de dominó.

Cuando el sombrero gris de la madre desapareció tras la esquina, las cuatro hermanas se sintieron como desamparadas y momentos después se apoderó de ellas la desesperación, al presentarse la señorita Crocker, diciendo que venía a almorzar. Esta señora era una delgada solterona de tez amarillenta, nariz afilada y ojos inquisidores, que criticaba cuanto veía. A las chicas les resultaba antipática, pero estaban enseñadas a ser amables con ella, precisamente porque era vieja y pobre y tenía pocos amigos. Así que Meg trató de atenderla mientras la visita hacía preguntas, lo criticaba todo y contaba chismorreos de las personas que conocía.

No es posible describir los apuros que Jo pasó aquella mañana, ni los esfuerzos que realizó para salir adelante con la comida, que resultó un fracaso. Temiendo pedir más consejos, hizo sola lo que pudo y llegó a la conclusión de que para ser una buena cocinera se requiere algo más que energía y buena voluntad.

Después de cocer los espárragos por espacio de una hora, vio con disgusto que las cabezas se deshacían y los tallos seguían tan duros como antes. El pan se quemó, porque el aderezar la ensalada le ocupó todo el tiempo y no reparó en nada más hasta convencerse de que no podía dejarla comestible. La langosta era para ella un misterio escarlata, pero martilleó y golpeó hasta quitarle la cáscara, y la escasa cantidad de carne del crustáceo que quedó después de la operación fue disimulada bajo un boscaje de hojas de lechuga. Con las patatas tuvo que darse prisa para no hacer esperar a los espárragos, y al fin quedaron hechos. La crema quedó con grumos y las fresas no resultaron tan maduras como parecían.

«Bueno, que coman carne, pan y manteca, si tienen apetito. Es muy fastidioso pasar aquí toda la mañana para nada», pensó Jo, al tocar la campana que anunciaba la comida media hora más tarde que de costumbre.

Sofocada, rendida y desalentada, la pobre Jo se dispuso a presenciar la comida preparada para Laurie, acostumbrado a toda clase de refinamientos, y para la señorita Crocker, a cuyos ojillos curiosos no escapaba ninguna falta, y cuya charlatana lengua las expandiría luego a los cuatro vientos.

De buena gana se hubiera metido debajo de la mesa cuando uno tras otro fueron probando y dejando los platos. Amy disimulaba la risa. Meg se mostraba angustiada. La señorita Crocker fruncía los labios. Y Laurie hablaba y reía cuanto podía para dar una nota alegre a la patética escena.

Ahora bien, Jo tenía toda la esperanza puesta en la fruta, pues había azucarado bien las fresas y tenía un jarrito de sabrosa nata para comerla con ellas. Sus encendidas mejillas se refrescaron algo y exhaló un largo suspiro al aparecer los bonitos platitos de cristal. Todos miraron complacidos las pequeñas islas rosadas que flotaban en un mar de nata.

La señorita Crocker probó la primera, torció el gesto y se apresuró a beber agua. Jo, que no quiso servirse pensando que habría pocas fresas, miró a Laurie, que estaba comiendo con la vista fija en el plato y una ligera mueca en la boca. Amy, que era muy golosa, cogió una cucharada, se atragantó, ocultó la cara en la servilleta y se levantó precipitadamente de la mesa.

—¿Qué pasa? —exclamó Jo, temblando.

—Tiene sal en vez de azúcar, y la crema está agria —contestó Meg, con gesto de repugnancia.

Jo exhaló un gemido y se desplomó en una silla al recordar que había cogido de la mesa de la cocina un bote sin fijarse en su contenido, y no había tenido la precaución de poner la leche en la enfriadera. Estaba a punto de echarse a llorar, cuando sus ojos se encontraron con los de Laurie, que se empeñaban en aparecer alegres a pesar de la embarazosa situación y viendo de pronto el lado cómico. de las cosas, se echó a reír tanto que corrieron lágrimas por sus mejillas. Lo mismo hicieron los demás, incluso la

Croacker, como llamaban las chicas a la solterona, y el desdichado almuerzo acabó alegremente con pan y mantequilla, aceitunas y animación.

—No tengo fuerzas para recoger las cosas, así que realizaremos el entierro, si os parece —dijo Jo, cuando se levantaron de la mesa y la señorita Crocker se dispuso a marcharse, impaciente ya por contar lo ocurrido, en la mesa de otra amiga.

En atención a Beth, se pusieron todos serios. Laurie cavó una fosa bajo los helechos, y el pobre *Pip* fue depositado en ella con muchas lágrimas de su tierna amita, y cubierto luego con musgo, mientras se colocaba una guirnalda de violetas sobre la piedra, que ostentaba el siguiente epitafio, compuesto por Jo, mientras bregaba en la cocina:

> «Aquí yace *Pip* March
> que murió el 7 de junio
> amado y llorado por todos.
> Nunca será olvidado.»

Terminada la ceremonia, Beth se retiró a su cuarto, vencida por la emoción y por la langosta, pero no hubo lugar para descansar, porque las camas no estaban hechas. Afortunadamente consiguió mitigar su pena con mullir almohadas y poner las cosas en orden. Meg ayudó a Jo a recoger las cosas de la comida, con lo que tuvieron trabajo para media tarde y quedaron tan cansadas que convinieron en no cenar más que té y tostadas. Laurie se llevó a Amy a dar un paseo en coche, lo cual fue una obra de caridad, porque la nata agria parecía haber contagiado su carácter.

Cuando regresó la señora March, encontró a las tres chicas mayores trabajando como esclavas, y un vistazo a la cocina le bastó para juzgar el éxito de parte del experimento.

Sin dar tiempo a las amas de casa para descansar, vinieron varias visitas y hubo que correr para arreglarse y salir a recibirlas; luego el té, luego varios recados y unas costuras urgentes que se dejaron para última hora. Llegado el crepúsculo, fresco y sereno, fueron consagrándose una tras otra en el pórtico, donde florecían espléndidas las rosas de junio, y cada una suspiró o se quejó al sentarse, cansadas y aburridas.

—¡Qué día terrible! —comenzó Jo, que era la que siempre rompía el fuego.

—Se me ha hecho más corto que otros, pero ha sido de una incomodidad... —dijo Meg.

—No parecía que estábamos en casa —añadió Amy.

—Claro, como nos faltaban mamá y *Pip* —suspiró Beth, mirando con ojos llenos de lágrimas la jaula vacía.

—Mamá está aquí, hija, y mañana mismo tendrás otro pájaro, si lo quieres.

La señora March fue a sentarse entre sus hijas, al parecer no muy satisfecha de su día de vacaciones.

—¿Estáis contentas con vuestro experimento, niñas, o queréis proseguirlo otra semana? —preguntó, mientras Beth iba a sentarse en sus rodillas y las demás se volvían hacia ella, como se vuelven las flores hacia el sol.

—Yo no —dijo Jo.

—Ni yo —corearon las demás.

—¿Pensáis entonces que es mejor tener algunas obligaciones y vivir un poco para los demás?

—El estar holgazaneando y divirtiéndose a todas horas no resulta —observó Jo—. Yo estoy cansada de ello y quiero ponerme a trabajar en algo.

—Podrías aprender a guisar; es un arte muy útil que ninguna mujer debiera ignorar —dijo la señora March, riendo para sus adentros al recordar la comida servida por Jo, pues se había encontrado con la señorita Crocker, que había compartido los desastrosos condimentos de la niña y se lo había contado todo.

—Dime, mamá, ¿te marchaste a propósito dejándonos solas para ver cómo nos desempeñábamos? —preguntó Meg, que había tenido sospechas todo el día.

—Sí. Quería que vieseis cómo el bienestar de todas depende de que cada una se encargue fielmente de la parte que le corresponde; mientras Ana y yo hicimos nuestras tareas, ibais bien, aunque no creo que os sintieseis muy felices ni satisfechas, pero pensé en daros una pequeña lección, mostrándoos lo que ocurre cuando una piensa sólo en sí misma. ¿No os parece que es más agradable ayudarse las unas a las otras, tener deberes de cada día, que hacen grato el descanso cuando llega, y soportar molestias y procurar que la casa resulte cómoda y agradable?

—Sí, madre, sí —exclamaron las chicas.

—Entonces dejad que os aconseje: volved a asumir vuestras cargas, porque aunque a veces parezcan pesadas, nos convienen y se aligeran a medida que aprendemos a llevarlas. El trabajo es saludable, y lo hay en abundancia para todos; nos libra del aburrimiento y de no pocos males, es bueno para la salud y para el espíritu, y nos hace sentirnos independientes y poderosos mucho más que el dinero.

—Trabajaremos como abejas y con el mayor gusto; ya verás, mamá —dijo Jo—. Yo aprenderé a cocinar durante estas vacaciones, y la próxima comida que prepare será un éxito.

—Pues, en vez de dejártelas a ti, haré las nuevas camisas para papá. Puedo y quiero hacerlas aunque no me guste coser, y será algo más práctico que estar arreglando mis cosas —dijo Meg.

—Yo estudiaré mis lecciones todos los días y no desperdiciaré tanto tiempo con mi música y mis muñecas. Soy una niña estúpida y debiera estar estudiando, no jugando —resolvió Beth, mientras Amy siguió el ejemplo de sus hermanitas declarando.

—¡Pues yo también trabajaré!

—¡Muy bien! Estoy del todo satisfecha del experimento y me imagino que no tendremos que repetirlo. Sin embargo, no os paséis al otro extremo y os pongáis a trabajar como esclavas. Tened horas fijas para divertiros, haced cada día algo a la vez útil y agradable y demostrad que comprendéis el valor del tiempo, empleándolo bien. Así vuestra juventud será deliciosa, la vejez traerá consigo pocos pesares, y la vida, a pesar de la pobreza, os resultará un hermoso éxito.

—Todas lo tendremos presente, mamá.

Y así fue.

12

CAMPAMENTO LAURENCE

Beth era quien tenía a su cargo el correo, pues estaba casi siempre en casa y podía atenderlo debidamente, y disfrutaba de su diaria obligación de abrir la puertecita del buzón y repartir la correspondencia.

Cierto día de julio, entró en casa con las manos llenas y fue distribuyendo cartas y paquetes, como un cartero.

—Aquí tienes tu ramillete, mamá. Laurie no lo olvida nunca —dijo, colocando el ramo en el florero que había en «el rincón de mamá», y que el cariñoso muchacho cuidaba de llenar todos los días.

—Señorita Meg March, una carta y un guante —prosiguió Beth, entregando ambas cosas a su hermana, que estaba sentada al lado de su madre, cosiendo muñequeras.

—Anda, pues si me dejé un par —dijo Meg, mirando el guante de algodón gris—. ¿No se habrá caído el otro en el jardín?

—No; estoy segura de que sólo había uno en el buzón.

—Bueno, déjalo, ya aparecerá, la carta no es más que una traducción de esa canción alemana que yo quería. Debe de haberla hecho el señor Brooke, porque ésta no es letra de Laurie.

La señora March miró a Meg, que estaba muy bonita con su batita de mañana y los ricitos que encuadraban su frente, muy femenina sentada ante su costurerito, lleno de pequeños rollos blancos. Sin saber lo que su madre pensaba, Meg cosía y cantaba, y volaban sus dedos, mientras entretenía su imaginación en pensamientos tan puros, inocentes y lozanos como las flores que llevaba en su cintura. La señora March sonrió satisfecha.

—Dos cartas para el doctor Jo, un libro y un sombrero viejo muy raro, que tapaba por completo el buzón —dijo Beth riendo, al entrar en el despacho donde Jo estaba escribiendo.

—¡Pero qué chico ése! Porque dije el otro día que ojalá se llevaran sombreros más grandes, porque se me quema la cara cuando hace calor, me contestó: «Pues ¿a qué preocuparse de la moda? Ponte un sombrero grande y procura tu comodidad.» Y al decirle yo que así lo haría si lo tuviese, me manda éste para ponerme a prueba. Pues me lo pondré, claro está, y así nos reiremos y le demostraré que la moda me tiene sin cuidado.

Dicho esto, Jo colgó el anticuado sombrero de alas anchas en un busto de Platón y leyó sus cartas.

Una era de su madre y la hizo enrojecer de emoción y llenársele de lágrimas los ojos:

Querida hijita:

Te pongo estas líneas para decirte con cuánta satisfacción observo los esfuerzos que realizas para dominar tu genio. Nada dices de tus pruebas, fracasos o éxitos, y piensas, acaso, que nadie los ve, excepto el Amigo cuya ayuda imploras diariamente, si he de juzgar por lo usadas que están las cubiertas de tu libro guía. Yo también veo todo eso y creo en la sinceridad de tu resolución, puesto que comienza a dar fruto. Persiste, hija mía, con paciencia y buen ánimo, y cree que nadie simpatiza contigo más tiernamente que tu amante

MADRE.

—Esto sí me hace bien... esto sí vale más que todas las riquezas y todas las alabanzas del mundo. Sí, seguiré adelante, y sin cansarme, ya que tú me ayudas.

Jo apoyó la cabeza entre sus brazos y derramó unas lágrimas de alegría, porque había creído que nadie veía ni apreciaba sus esfuerzos por ser buena, y esa carta era, por lo inesperada y por venir de la persona cuya alabanza más apreciaba, doblemente preciosa y alentadora. Sintiéndose más fuerte que nunca, prendió la cartita de su madre en el interior del vestido, a guisa de recordatorio y de escudo, y procedió a abrir la otra carta.

Con grandes caracteres escribía Laurie:

Querida Jo:

Algunas chicas y chicos ingleses vienen a verme mañana y quiero que nos divirtamos. Si hace buen tiempo, pienso plantar mi tienda en Longmeadow, y que vayamos todos en bote a almorzar allí, a jugar al croquet y organizar entretenimientos. Son gente simpática y gustan de esas cosas. Vendrá Brooke para tenernos a raya a los chicos y Kate Vaughan cuidará de las chicas. Quiero que vengáis todas, y de ningún modo dejéis a Beth en casa, porque nadie la fastidiará. No os preocupéis de la comida, yo cuidaré de eso y de todo lo demás. No dejéis de venir.

Tuyo siempre,

LAURIE.

—¡Esto sí es bueno! —exclamó Jo, corriendo a dar la noticia a Meg.

—Podemos ir, ¿verdad, mamá? Seremos de gran ayuda a Laurie, porque yo puedo remar y Meg ocuparse del almuerzo, y las pequeñas de otras cosas.

—Espero que los Vaughan no serán personas encopetadas y presuntuosas. ¿Sabes algo de ellos, Jo? —preguntó Meg.

—Sólo que son cuatro. Kate es mayor que tú; Fred y Frank, gemelos, aproximadamente de mi edad; y la pequeña, Grace, de nueve o diez años. Laurie los conoció en el extranjero y los chicos le caen simpáticos. En cambio, por la manera que tuvo de hablarme de ella, no me parece que admire mucho a Kate.

—¡Me alegro de tener limpio mi vestido de percal francés! Es de lo más apropiado y favorece mucho —observó Meg complacida—. ¿Tienes algo decente, Jo?

—El traje de marinero rojo y gris. Además, como voy a remar y a moverme mucho, no quiero nada almidonado. ¿Verdad, Beth?

—Si no dejáis que ningún chico me hable...

—Ni uno solo.

—Me gusta complacer a Laurie, y el señor Brooke no me da miedo; es tan bueno... Pero no quiero jugar, ni cantar, ni decir nada. Trabajaré todo lo que pueda y no molestaré a nadie, y tú cuidarás de mí, Jo. Así pues, iré.

—¡Muy bien dicho; bravo por Beth! Tratas de vencer tu timidez y eso me gusta. El luchar con los propios defectos no es fácil, bien lo sé, y la anima a una oír de cuando en cuando una palabrita de aliento. Gracias, mamá. —Jo plantó en la pálida mejilla de su madre un beso, que fue para ésta más precioso que la frescura y el color de la juventud.

—Yo he recibido una caja de bombones de chocolate y la estampa que quería copiar —dijo Amy, mostrando su correo.

—Yo tengo una tarjeta del señor Laurence pidiéndome que vaya esta noche a tocar el piano, antes de que enciendan las luces —añadió Beth, cuya amistad con el anciano seguía prosperando.

Cuando el sol asomó al cuarto de las cuatro hermanas a la mañana siguiente muy temprano, para prometerles un hermoso día, alumbró una escena divertida. Cada una había hecho para la fiesta los preparativos que juzgó oportunos y necesarios. Meg tenía una hilera extra de ricitos de papel sobre la frente. Jo se había untado de crema la maltrecha cara. Beth se había llevado a la cama a la pobre *Juana*, para desquitarse de la próxima separación, y Amy fue la que dio la nota más risueña, prendiéndose a la nariz unas pinzas de ropa, para corregir en lo posible aquel defecto que la mortificaba.

Como si el divertido espectáculo hubiera regocijado al sol, irrumpió éste en el cuarto con tal fuerza que Jo despertó a sus hermanas con la carcajada que la imagen de Amy le provocó.

Sol y risa eran buenos auspicios para el día de fiesta que comenzaba, y pronto hubo en ambas casas movimiento y animación. Beth, que fue la primera en estar preparada, daba cuenta de lo que ocurría en la casa vecina y animaba a sus hermanas, dándoles desde la ventana frecuentes noticias.

—Allá va el hombre con la tienda. Veo a la señora Brooke preparando el almuerzo en grandes cestos. Ahora el señor Laurence mira al cielo y a la veleta. ¡Ojalá fuera él también! Ahí está Laurie, que parece un marinero... simpático chico. ¡Dios mío!, ahí viene un coche lleno de gente... una señora alta, una niña y dos chicos terribles. Uno es cojo... pobrecito... lleva muletas. Laurie no nos lo había dicho. Daos prisa, chicas, que se hace tarde. ¡Anda!, si aquél es Ned Moffat... Mira, Meg, ¿no es el que te saludó aquel día que íbamos de compras?

—En efecto, ¡Qué raro que haya venido! Le creía en las montañas. Ahí está Sallie. Me alegro de que haya regresado a tiempo. ¿Estoy bien, Jo? —dijo Meg, agitada.

—Pareces una auténtica margarita. Recógete el vestido y endereza el sombrero, porque así de lado resulta cursi y, además, se te volará al primer soplo de aire. Vamos ya.

—Por favor, Jo, no lleves ese mamarracho de sombrero. Es absurdo, y luces fatal —dijo Meg, al ver que Jo se ataba con una cinta encarnada el enorme sombrero que Laurie le había enviado en broma.

—Vaya si lo llevaré, es estupendo... ligero y amplio. Nos hará reír a todos y, con tal de estar cómoda, me tiene sin cuidado ir hecha un desastre.

Dicho esto, Jo abrió la marcha y las demás la siguieron,

todas alegres, con sus mejores trajecitos de verano, y mostrando bajo las alas de los somberos unos rostros radiantes.

Laurie corrió a su encuentro y con la mayor cordialidad las presentó a sus amigos. La sala de recepción era el jardín, y durante unos minutos fue teatro de animadas escenas. Meg se felicitó de que la señorita Kate, aunque ya de veinte años, fuera vestida con una sencillez que harían bien en imitar las muchachas americanas, y la halagó oír a Ned asegurarle que había ido por ella especialmente. Jo se explicó por qué Laurie hablaba con cierto gesto muy elocuente de Kate, pues esta señorita tenía un aire de «mírame y no me toques» que contrastaba con la libertad y sencillez de las otras chicas. Beth observó a los chicos y decidió que el cojo no era nada «terrible», sino amable y débil, por lo que resolvió mostrarse atenta con él. Amy halló a Grace una personita bien educada y alegre, y las dos, tras mirarse en silencio por unos minutos, se hicieron súbitamente muy amigas.

Habiendo sido enviados de antemano la tienda, el almuerzo y los utensilios del *croquet*, los excursionistas embarcaron pronto, y los dos botes salieron, dejando en la orilla al señor Laurence, que saludaba agitando su sombrero.

Laurie y Jo remaban en un bote, y el señor Brooke y Ned en el otro, mientras Fred Vaughan, el travieso e inquieto gemelo, hacía todo lo posible porque zozobrasen ambos, chapoteando de un lado a otro desde un barquichuelo en el que remaba a su vez.

El sombrero de Jo mereció un voto de aprobación, porque resultó de utilidad general. Rompió el hielo al principio causando la hilaridad de todos y producía cierta brisa refrigerada al servir de abanico las alas cuando Jo remaba, y según dijo ésta, de caer un chaparrón haría de paraguas para todos. Kate parecía un poco sorprendida del proceder de Jo, especialmente al oírla exclamar. «¡Cristóbal Colón!», cuando perdió su remo, y cuando Laurie, por haberla pisado al ocupar su sitio le dijo: «¿Te he hecho daño, camarada?»

Sin embargo, después de examinar a aquella extraña muchacha, varias veces, a través de sus impertinentes, Kate decidió que era «rara, pero bastante lista» y le sonrió desde lejos.

En el otro bote estaba Meg deliciosamente situada, frente a los remeros, que admiraban la bella perspectiva y manejaban con destreza y habilidad sus remos. El señor Brooke era un joven serio y callado, de hermosos ojos negros y voz agradable. A Meg le gustaba por lo tranquilo que era, considerándole una especie de enciclopedia andante en materia de conocimientos útiles. Nunca le hablaba mucho, pero sí la miraba bastante. Ned, como universitario que era ya, adoptaba los aires que los «nuevos hombrecitos» consideran obligatorio e imprescindible. No era muy sabio, pero sí de buen porte y, desde luego, excelente como director de una fiesta campestre. Sallie Gardiner, empeñada en conservar impecable su traje de piqué blanco, charlaba con el travieso Fred, que mantenía a Beth en un continuo susto a causa de sus travesuras.

No estaban lejos de Longmeadow, y cuando llegaron hallaron la tienda instalada en una deliciosa pradera verde, con tres robles en el centro y una ancha franja de césped para el *croquet.*

—¡Bienvenidos al campamento Laurence! —dijo el joven anfitrión cuando desembarcaron con exclamaciones de entusiasmo—. Brooke es el comandante en jefe; yo soy el comisario general; los otros chicos, oficiales; y ustedes, señoras, la compañía. La tienda se ha puesto para vuestra comodidad y aquel roble es vuestra sala; éste, el cuarto del rancho; y el tercero, la cocina de campaña. Ahora vamos a jugar una partida, antes de que haga más calor, y después comeremos.

Frank, Beth, Amy y Grace se sentaron para presenciar la partida que jugaban los otros ocho.

Brooke escogió a Meg, Kate y Fred; Laurie, a Sallie, Jo y Ned. Los ingleses jugaban bien, pero los americanos lo hacían mejor y defendieron cada palmo de terreno denodadamente. Jo y Fred tuvieron varias escaramuzas y una vez casi llegaron a reñir. Estaba Jo pasando el último aro y había fallado el golpe, cosa que la enfadó, cuando Fred, a quien tocaba la vez antes que a ella, dio el golpe, y su bola, pegando en la estaca, se detuvo una pulgada más allá del aro. No había nadie cerca, y corriendo a examinar la jugada, Fred pateó imperceptiblemente la pelota, que así quedó bien colocada.

—He pasado. Ahora, Jo, la voy a colocar a usted, y a entrar primero —gritó el caballerito, blandiendo su mazo para dar otro golpe.

—Le ha dado usted a la bola con el pie; lo he visto. Ahora me toca a mí —remachó Jo, enojada.

—Tiene usted mi palabra de que no la he movido; quizá haya rodado una pizca, pero está permitido, de modo que haga el favor de apartarse y déjeme llegar a la jaula.

—En América no engañamos, pero usted puede hacerlo si le parece —dijo Jo, enojada.

—Todo el mundo sabe que los *yankees* son algo astutos —repuso Fred, mandando muy lejos la bola de Jo.

Ésta abrió la boca para protestar, pero se contuvo a tiempo, enrojeció y permaneció un minuto martilleando un aro con todas sus fuerzas, mientras Fred tomaba *croquet* y se declaraba ganador con gran alborozo. Jo fue a buscar su bola y tardó bastante en encontrarla entre los arbustos, pero volvió, ya tranquila y serena, y esperó pacientemente su turno. Fueron precisos varios golpes para ganar de nuevo el sitio que había perdido, y cuando llegó a él, el otro equipo casi había ganado, pues la bola de Kate era la penúltima y estaba cerca de la jaula.

—¡Estamos perdidos! ¡Adiós, Kate! Jo me debe una, así que no tiene usted remedio —gritó Fred, excitado, al acercarse todos a ver el final.

—Los *yankees* tienen, entre sus astucias, la de ser generosos con sus enemigos —dijo Jo, con una mirada que hizo enrojecer al muchacho—; especialmente cuando los vencen —añadió, dejando la bola de Kate donde estaba y ganando el juego con un golpe sumamente diestro.

Laurie arrojó su sombrero al aire, pero recapacitando que no resultaba bien alegrarse de la derrota de sus huéspedes, se contuvo y dijo por lo bajo a su amiga:

—Has estado bien, Jo. Fred hizo trampas, lo vi. No podemos decírselo, pero te doy mi palabra de que no volverá a hacerlo.

Meg la llamó aparte so pretexto de sujetarle una trenza que tenía suelta, y le dijo con tono de aprobación:

—Fue muy irritante, pero me alegré de que supieras contenerte, Jo.

—No me hables, Meg, porque te aseguro que ahora mismo siento ganas de darle unos cachetes. Tuve que quedarme entre los cardos hasta que la cólera fue decreciendo lo suficiente para contener la lengua. Ahora hierve a fuego lento, así que espero que no se me pondrá delante —repuso Jo, mordiéndose los labios y dirigiendo una mirada asesina a Fred desde debajo de su ancho sombrero.

—Es hora de almorzar —dijo Brooke, consultando su reloj—. Comisario general, ¿quiere encender el fuego y traer agua mientras la señorita March, la señorita Moffat y yo extendemos la mesa? ¿Quién sabe hacer buen café?

—Jo —dijo Meg, satisfecha de recomendar a su hermana. Jo, presintiendo que sus últimas lecciones de cocina habían de hacerle honor, fue a presidir la cafetera, mientras las niñas reunían leña seca y los chicos encendían lumbre y traían agua de un manantial próximo.

Kate, entretanto, dibujaba, y Frank hablaba con Fred, que estaba haciendo esterillas de juncos trenzados para servir de platos.

Pronto el comandante en jefe y sus ayudantes tuvieron extendido el mantel, con un apetitoso ornato de comestibles y bebidas entre un decorado de hojas verdes. Jo anunció que el café estaba listo y todos se dispusieron a hacer honores al almuerzo, porque la juventud rara vez se muestra dispéptica, y el ejercicio despierta saludablemente el apetito.

Fue una comida alegre, porque todo resultaba sabroso y divertido, oyéndose frecuentes carcajadas que intranquilizaban a un venerable caballo que pacía cerca de allí. La mesa tenía un agradable desnivel que produjo muchos percances a los platos y tazas; cayeron bellotas en la leche; participaron del refresco, sin previa invitación, las hormigas, y algunas orugas se deslizaron del árbol para ver lo que ocurría. Tres chiquillos albinos los miraban por encima de la cerca y un perro ladraba más que airado desde la otra orilla del río.

—Aquí hay sal, si la prefieres —dijo Laurie al presentar a Jo un plato de fresas.

—Gracias, pero prefiero las arañas —contestó ella, pescando dos incautas muy pequeñitas que acababan de ahogarse en la crema—. ¿Cómo te atreves a recordarme aquel día espantoso, en una comida como la que hoy nos ofreces? —añadió Jo, mientras los dos reían y comían del mismo plato, porque escaseaba la vajilla.

—Yo lo pasé muy bien aquel día y no he de olvidarlo nunca. Lo de hoy no me acredita en absoluto, porque nada hice y sois tú y Meg y Brooke los que dispusisteis todo. ¿Qué haremos cuando no podamos comer más? —preguntó Laurie.

—Organizaremos juegos hasta que refresque. Yo traje el de *Autores,* y seguramente la señorita Kate sabe alguno nuevo y bonito. Ve a preguntárselo; es una invitada y deberías estar más con ella.

—Pero bueno, ¿no eres tú invitada también? Creí que Brooke simpatizaría con ella, pero veo que está hablando con Meg, y Kate se limita a mirarlos con esos ridículos impertinentes que gasta. Voy allá; no trates de predicar sobre finura porque no sabes hacerlo, Jo.

Kate sabía varios juegos, y como las chicas no querían y los chicos no podían comer más, se reunieron todos en «la sala» para jugar a «disparates».

—Una persona empieza a contar una historia cualquiera hasta llegar a un punto emocionante en que se interrumpe, debiendo seguir la persona inmediata, que hace lo mismo. Es muy divertido cuando se hace bien y suele tener mucha gracia. Haga el favor de comenzar, señor Brooke —dijo Kate con un aire de superioridad que sorprendió a Meg, acostumbrada a tratar al preceptor de Laurie con el mismo respeto que a otro caballero cualquiera.

El señor Brooke, sentado sobre la hierba a los pies de las dos señoritas, empezó la historia, fijos sus hermosos ojos negros en el río iluminado por el sol...

—Había una vez un noble señor que salió al mundo a probar fortuna, porque no tenía más que su espada y su escudo. Viajó mucho tiempo, casi veintiocho años, y lo pasó muy mal, hasta que llegó al palacio de un buen rey, ya anciano, que había ofrecido un premio al que domase y educase un bello caballo al que estimaba mucho. Convino en ello el caballero, y lo consiguió despacio, pero seguro, porque el animal era noble, y aunque bastante salvaje y caprichoso, pronto aprendió a querer a su nuevo amo. Todos los días, cuando daba sus lecciones al favorito del rey, el caballero cabalgaba por la ciudad, mirando a ver si encontraba el hermoso rostro de mujer que veía muchas veces en sueños, pero sin hallarlo nunca. Cierto día en que atravesaba una callejuela, vio en la ventana de una ruinosa casa señorial aquel bello rostro, por lo que quedó encantado, y al inquirir quién habitaba la vieja mansión, dijéronle que varias princesas se hallaban allí cautivas por arte de encantamiento, y pasaban el día hilando para reunir dinero con que comprar su libertad. El caballero hubiera deseado salvarlas, pero como era pobre, tuvo que conformarse con pasar por allí cada día, a ver si descubría de nuevo el dulce rostro, y anhelar verlo fuera, a la luz del sol. Por fin se decidió a entrar en la mansión y a preguntar cómo podía ayudarlas. Fue, llamó a la puerta, y al abrirse ésta, vio...

—... una bellísima dama que exclamó con entusiasmo: «¡Al fin! ¡Al fin!» —continuó Kate, que había leído novelas francesas y admiraba su estilo—. «Eres tú», gritó el conde Gustavo, cayendo a sus pies en un éxtasis de gozo. «¡Oh!, levantaos»; dijo ella, extendiendo una mano delicada—. «¡Nunca, mientras no me digáis cómo puedo rescataros!», juró el conde, aún de rodillas. «¡Ay de mí!, un destino cruel me condena a permanecer aquí hasta que mi tirano sea destruido.» «¿Dónde está ese villano?» «En el salón malva. Id, valeroso caballero, y salvadme.» «Obedezco, y volveré triunfante o muerto.» Dichas estas emocionantes palabras, el conde echó a correr y, abriendo de par en par el salón malva, iba a entrar en él, cuando recibió...

—... un golpe terrible en la cabeza, a resultas de un gran diccionario griego lanzado por un viejo vestido con una bata negra —dijo Ned—. Instantáneamente se repuso el caballero, arrojó al viejo por la ventana, y volvió a reunirse con la señora, victorioso aunque con un chichón en la frente. Halló la puerta cerrada con llave y, entonces, rasgando las cortinas, hizo con ellas una escala de cuerda y bajaba ya a mitad del camino cuando ésta se rompió y él cayó de cabeza en el foso que había a sesenta pies de profundidad. Como era un buen nadador, chapoteó alrededor del castillo hasta que llegó a una puertecilla guardada por dos robustos mozos. Golpeó una contra otra sus cabezas, como si fueran nueces, y luego, con un insignificante esfuerzo de sus prodigiosas energías, echó abajo la puerta, subió un par de escalones de piedra, cubiertos de polvo de un pie de espesor, de escuerzos tan grandes como puños y de arañas que causarían un ataque de nervios a Margarita March, y llegando al final de esos escalones, se ofreció a su vista un espectáculo que le dejó sin aliento y heló la sangre en sus venas...

—... una figura alta, toda de blanco, con un velo por la cara y en la descarnada mano una lámpara, avanzaba hacia él —prosiguió Meg—. Haciéndole una seña con la cabeza, se deslizó silenciosamente delante de él por un corredor oscuro y frío como un sepulcro. Veíase a ambos lados sombrías efigies con armaduras, reinaba un silencio de muerte, la lámpara ardía con azulada luz y la espectral figura volvía de vez en cuando la cara hacia él, mostrando a través del velo el resplandor de unos ojos espantosos. Llegaron hasta una puerta cubierta por una cortina, tras la cual sonaba una música deliciosa. El conde se abalanzó para entrar, pero el espectro lo detuvo y blandió amenazador ante sus ojos...

—... una caja de rapé —anunció Jo con un sepulcral acento que hizo desternillar de risa al auditorio—. «Gracias», dijo el conde, muy fino, tomando un polvito, y estornudando siete veces con tal violencia que se le cayó la cabeza. «¡Ja! ¡Ja!», rió el espectro, y después de atisbar por el ojo de la cerradura a las princesas, que estaban hilando, cogió a su víctima y la metió en una gran caja de hojalata, donde había otros once caballeros empaquetados, sin cabezas, como si fueran sardinas, los cuales se levantaron y empezaron a...

—... bailar al son de una gaita una danza marinera —interrumpió Fred al detenerse Jo para tomar aliento—, y a medida que bailaban, el viejo castillo se transformó en un barco que navegaba a velas desplegadas. «¡Arriba con el foque mayor, gobernad recio a la banda de sotavento, tripulad las baterías», rugía el capitán al presentarse a la vista un barco pirata portugués con su pabellón negro como la tinta, enarbolado en el palo mayor. «A ellos y a vencer, hijos míos», dijo el capitán, comenzando la encarnizada lucha. Por supuesto, vencieron los ingleses, como vencen siempre...

—No siempre —dijo Jo.

—... y después de hacer prisionero al capitán pirata, echaron a pique la goleta, cuyos puentes estaban llenos de muertos y por cuyos imbornales corría la sangre, porque la orden había sido: «¡Pasadlos a todos a cuchillo!» «¡Tú, Bosen, trae esa escopeta y despacha a este villano si no confiesa sus culpas!», dijo el capitán inglés. Pero el portugués cayó como muerto y lo tiraron al agua, mientras los alegres lobos de mar gritaban desesperados. El astuto corsario, después de sumergirse, nadó debajo del navío inglés, abrió en su fondo un gran boquete y el barco se fue a pique con toda la tripulación, hasta el fondo más profundo del mar, donde...

—Bueno, ¿y qué digo yo ahora? —exclamó Sallie al terminar Fred su batiburrillo, en el que había hecho una salsa de frases náuticas y de episodios de uno de sus libros predilectos—. Pues se fueron al fondo y allí les dio la bienvenida una amable sirena que se sintió desconsolada al encontrar una caja de caballeros decapitados, a los que, bondadosa, puso en salmuera, esperando llegar a descubrir el misterio que encerraban, ya que, como mujer, era curiosa. Andando el tiempo, bajó un buzo y la sirena le dijo: «Te regalo esta caja de perlas si puedes subirla», porque ella quería devolver la vida a los caballeros y no podía levantar aquella caja tan pesada. El buzo subió la caja, y quedó muy decepcionado al abrirla y ver que no contenía perlas. La dejó abandonada en un gran campo desierto, donde fue hallado por...

—... una niña que guardaba cien gansos muy gordos en aquel campo —dijo Amy cuando se agotó la inventiva de Sally—. La niña sintió lástima de los caballeros y preguntó a una vieja qué podía hacer por ellos. «Tus gansos te lo dirán; lo saben todo», dijo la vieja. La niña les preguntó qué podría ponerles en lugar de las cabezas y los gansos abrieron sus cien bocas para chillar...

—... «Calabazas» —prosiguió Laurie prontamente—. «¡Justo! Nada mejor», dijo la niña, y corrió a su jardín a coger doce calabazas. Se las puso a los caballeros, que revivieron y le dieron las gracias, siguiendo luego su camino muy contentos, sin darse cuenta del cambio, porque había por el mundo tantas cabezas iguales a las de ellos que nadie hizo caso. El caballero que nos interesa volvió en busca de su amada, y supo que las princesas estaban ya libres y se habían casado todas excepto una. Esto le dio esperanzas y, montando el corcel, que le seguía en la buena como en la mala fortuna, se dirigió al castillo para ver qué princesa quedaba. Atisbando por encima de la cerca, vio a la reina de sus amores cogiendo flores en el jardín. «¿Queréis darme una rosa?», dijo. «Entrad a buscarla; yo no puedo salir; no estaría bien», contestó ella, más dulce que la miel. El caballero intentó saltar la cerca, pero ésta se hizo cada vez más gruesa. Entonces fue pacientemente rompiendo ramita tras ramita hasta abrir un agujero por el cual miraba, diciendo implorante: «Dejadme entrar; dejadme entrar.» Pero la bella princesa no parecía comprenderle, porque seguía cogiendo rosas sin ayudarle. Si lo consiguió o no, os lo dirá Frank.

—No puedo; nunca juego a nada —dijo Frank, apurado ante el conflicto sentimental que había que resolver. Beth había desaparecido detrás de Jo, y Grace se había quedado dormida.

—¿Entonces hemos de dejar al pobre caballero atrapado en la empalizada? —preguntó Brooke, que seguía mirando el río y jugueteando con la rosa silvestre que llevaba en el ojal.

—Me figuro que la princesa le daría un ramillete, y después de un rato le abriría la puerta —dijo Laurie sonriendo, mientras tiraba bellotas a su preceptor.

—¡Qué cosas disparatadas hemos ideado! Podríamos hacer algo bonito, sin embargo. ¿Conocéis la Verdad? —preguntó Sally después que todos hubieron reído a placer, del cuento.

—Claro que sí —dijo Meg.

—Quiero decir, el juego.

—¿Cómo es? —preguntó Fred.

—Pues mirad; se ponen todas las manos juntas, se elige un número, se saca por turno y la persona que saca el número tiene que contestar la verdad a lo que le pregunten los demás. Es muy divertido.

—Vamos a probar —dijo Jo, que gustaba siempre de novedades.

Kate, Meg, Brooke y Ned dijeron que no querían jugar, pero Fred, Sallie, Jo y Laurie reunieron sus manos y las sacaron por turno.

Tocó el primero a Laurie.

—¿Cuáles son tus héroes? —preguntó Jo.

—El abuelo y Napoleón.

—¿Qué muchacha encuentras más hermosa? —preguntó Sally.

—Margarita.

—¿Cuál te gusta más? —dijo Fred.

—Jo, claro está.

—¡Qué preguntas más tontas hacéis! —dijo ella con un gesto desdeñoso, mientras las demás reían.

Luego le tocó turno a Jo.

—¿Cuál es su mayor defecto? —preguntó Fred, para poner a prueba en ella la virtud de que él mismo carecía.

—El mal genio.

—¿Qué es lo que más deseas? —dijo Laurie.

—Un par de cordones de botas —contestó Jo, adivinando su intención.

—Eso no es verdad; tienes que decir lo que más deseas.

—Poseer talento. Ojalá estuviese en tu mano complacerme, ¿verdad, Laurie? —sonrió ante la cara decepcionada del muchacho.

—¿Qué virtudes admiras más en un hombre? —preguntó Sally.

—El valor y la honradez.

—Ahora me toca a mí —dijo Fred, al salir su mano la última.

—Vamos a hacérsela pagar —dijo Laurie a Jo por lo bajo, y ésta, asintiendo, preguntó:

—¿No hizo usted trampa en el *croquet*?

—Pues... un poquitín.

—¿No sacó usted su historia de *El león del mar*? —preguntó Laurie.

—Algo.

—¿No encuentra usted la nación inglesa perfecta en todos conceptos? —inquirió Sallie.

—Me avergonzaría de mí mismo si así fuera.

—Es un verdadero John Bull. Ahora Sallie —dijo Laurie, mientras Jo hacía señas a Fred de que estaban hechas las paces—, te toca a ti y empezaré por mortificarte, preguntándote si no crees que eres un poco coqueta.

—¡Menuda impertinencia! Claro que no lo soy —exclamó Sallie, con un aire que probaba lo contrario.

—¿Qué detestas más? —preguntó Fred.

—Las arañas y el *pudding* de arroz.

—¿Qué te gusta más? —preguntó Jo.

—Bailar y los guantes franceses.

—Bueno, encuentro muy tonto este juego. Vamos a refrescar nuestra mente jugando un rato a *Autores* —propuso Jo.

Tomaron parte en éste Ned, Fred y las niñas; mientras tanto, los tres mayores charlaban sentados aparte. Kate volvió a sacar su dibujo y Margarita la observó mientras el señor Brooke seguía echado en el suelo con un libro que no leía.

—¡Qué bien lo hace usted! ¡Si yo supiera dibujar! —dijo Meg, con mezcla de admiración y pesar en su voz.

—¿Por qué no aprende? Seguramente tendrá usted gusto y disposición para ello —replicó amable la señorita Kate.

—No tengo tiempo.

—¿Su madre prefiere entonces que aprenda otras cosas? Así le ocurría a la mía, pero yo le mostré que tenía disposición para esto, tomando unas clases particulares, y enseguida me dejó seguir estudiando. Haga usted lo mismo con su institutriz.

—No la tengo.

—Es verdad. Ustedes las americanas van al colegio más que nosotras, y, según dice papá, los tienen muy buenos. Supongo que irá usted a uno privado.

—No voy a ninguno. Soy institutriz.

—¡Ah! ¿Sí? —dijo Kate, con el mismo tono con que hubiera podido decir: «¡Huy! ¡Qué horror!»

Algo en el acento de su voz y en la expresión de su cara hizo a Meg ruborizarse y desear no haber sido tan franca.

—Las muchachas americanas —dijo rápidamente Brooke— aman la independencia tanto como la amaron sus antecesores, y son admiradas y respetadas porque saben bastarse a sí mismas en todas las ocasiones.

—Ya lo creo; eso está muy bien, indudablemente. Nosotras también tenemos señoritas muy dignas y respetables, que hacen lo mismo y son empleadas en casas de nobleza, porque siendo hijas de caballeros están bien educadas y son muy distinguidas —dijo Kate con un tono protector que ofendió el orgullo de Meg y le hizo considerar su trabajo no sólo desagradable, sino degradante.

Siguió un silencio molesto que cortó Brooke, preguntando:

—¿Le agradó la canción alemana, señorita March?

—¡Ya lo creo! Es hermosa y estoy muy agradecida al que la tradujo —contestó Meg con el semblante iluminado, momentos antes tan cariacontecido.

—¿No lee usted el alemán? —preguntó Kate con aire sorprendido.

—No muy bien. Mi padre, que era quien me lo enseñaba, está ausente, y sola adelanto poco, ya que nadie me corrige la pronunciación.

—Pruebe un poco ahora; aquí tiene la *María Estuardo* de Schiller y un profesor que gusta de enseñar —dijo Brooke, poniendo su libro en el regazo de Meg, mientras le dirigía una sonrisa alentadora.

—Es tan difícil que me asusta probar —dijo Meg, agradecida, pero avergonzada de leer en presencia de aquella señorita tan sabia.

—Leeré un poco para animarla —dijo Kate, y leyó uno de los más bellos pasajes, de un modo perfectamente correcto y perfectamente inexpresivo.

Brooke no hizo ningún comentario, cuando al devolver el libro a Meg, ésta dijo inocentemente:

—Creí que estaba en verso.

—Parte de la obra lo está. Lea este pasaje.

Brooke abrió el libro por la lamentación de la pobre María, dibujándose en sus labios una extraña sonrisa.

Meg leyó despacio y con timidez, convirtiendo inconscientemente en poesía las duras palabras, con la suave entonación de su voz musical. De pronto, conmovida por la belleza de la triste escena, olvidando que alguien la escuchaba, Meg leyó como si estuviera sola, dando un ligero acento trágico a las palabras de la infortunada reina. De haber visto la expresión de los ojos de Brooke, se hubiera interrumpido, pero no le miró y así terminó sin tropiezo la lección.

—Muy bien, muy bien —exclamó Brooke, que parecía disfrutar mucho enseñando, cuando Meg calló, inconsciente de sus muchas equivocaciones.

La señorita Kate observó a través de sus impertinentes el cuadrito que tenía delante y, cerrando su carpeta de dibujo, dijo con condescendencia:

—Tiene usted un bonito acento, y con la práctica puede llegar a leer muy bien. Le aconsejo que aprenda, porque el saber alemán vale mucho. Voy a ver qué hace Grace. —Y se alejó de allí, diciéndose para sus adentros, mientras se encogía de hombros: «No he venido aquí para hacer de señora de compañía de una institutriz, por joven y bonita que sea. ¡Qué raras son estas *yankees*...!, me temo que Laurie se eche a perder entre ellas.»

—Había olvidado que los ingleses menosprecian a las institutrices y no las tratan como acostumbramos nosotros —dijo Meg, siguiendo con la vista a Kate.

—Los preceptores también lo pasamos allá bastante mal, como sé por experiencia. No hay país como América para nosotros los trabajadores, señorita March. —Estas palabras de Brooke parecían tan sinceras, que Meg se avergonzó de lamentarse de su dura suerte.

—Entonces me alegro de vivir aquí. No me gusta mi trabajo, pero, después de todo, me proporciona no pocas satisfacciones, así que no me quejaré. Lo único que quisiera es que me gustase enseñar, como le gusta a usted.

—Seguramente así sería, si tuviese usted a Laurie por discípulo. Voy a sentir mucho perderle el año que viene —dijo Brooke, empeñado en hacer agujeritos en el césped.

—Irá a la universidad, supongo —dijeron los labios de Meg, mientras sus ojos añadían: «¿Y qué será de usted?»

—Sí, ya es tiempo de que vaya, porque está bien preparado. Tan pronto como él se marche, me alistaré en el ejército. Hago falta.

—¡Cuánto me alegro! —exclamó Meg—. Creo que todo hombre joven debe desear ir a la guerra, aunque sea duro para las madres y las hermanas que quedan en casa —añadió con tristeza.

—Yo no tengo madre ni hermanas, y muy pocos amigos a quienes importe que viva o muera —dijo Brooke con acento amargo, mientras distraídamente metía la rosa marchita en el agujero que había hecho, y lo cubría como una pequeña tumba.

—A Laurie y a su abuelo les importaría muchísimo, y nosotras tendríamos un verdadero disgusto si le ocurriera a usted algún daño.

—Gracias; es muy agradable oír eso —comenzó Brooke, de nuevo animado; pero en ese momento hizo irrupción en la pradera Ned, montando en el caballo viejo, deseoso de exhibir sus habilidades ecuestres delante de las damas que le estaban contemplando, y ya no hubo más tranquilidad.

—¿No te gusta montar a caballo? —preguntó Grace a Amy, mientras descansaban las dos de una carrera alrededor del campo, guiadas por Ned.

—Me encanta. Mi hermana Meg solía montar cuando papá era rico, pero ahora no tenemos más caballo que *Manzano*.

—¿Y quién es *Manzano*? ¿Un burro, acaso? —interrogó, Grace.

—Pues verás. A Jo le encantan los caballos, como a mí, pero no tenemos más que una vieja silla de montar; y como en el jardín de casa hay un manzano con una rama baja, pues Jo fue y le plantó la silla, ató unas riendas en la parte que sube y lo bautizamos *Manzano*.

—¡Qué gracioso! —rió Grace—. Yo en casa tengo un poni y salgo de paseo casi todos los días por el parque, con Fred y Kate; es muy agradable porque también van mis amigas y el Row está lleno de señoras y caballeros.

—Hija, ¡qué maravilla! Espero viajar alguna vez al extranjero, pero preferiría ir a Roma antes que al Row —dijo Amy, que no sabía qué era el Row, ni estaba dispuesta a preguntarlo.

Frank, que estaba sentado detrás de las dos niñas, las oyó hablar y con un gesto de impaciencia empujó a un lado su muleta, mientras observaba a los otros chicos, entregados a toda clase de divertidos ejercicios gimnásticos. Beth, que estaba recogiendo las desparramadas cartas de *Autores,* le miró y dijo con su habitual timidez:

—Me parece que está usted fatigado. ¿Qué puedo hacer para entretenerle?

—Háblame, por favor. Es muy triste estar sentado aquí solo —contestó Frank que indudablemente estaba acostumbrado a que en su casa se ocupasen mucho de él.

El pronunciar una frase en latín no hubiera parecido a la tímida Beth más difícil que lo que Frank le pedía; pero no tenía dónde ir a esconderse, no estaba allí Jo para ayudarla, y el pobre muchacho la miraba con tanta tristeza en los ojos que, armándose de valor, resolvió hacer todo cuanto estuviese en su mano para complacerle.

—¿De qué le gusta hablar? —preguntó, cayéndosele la mitad de las cartas de las manos, al intentar atarlas.

—Pues de juegos, de cacerías, de cosas de mar —dijo Frank, que no había aprendido aún a acomodar sus entretenimientos a sus fuerzas.

«¡Dios mío! No sé nada de eso», pensó Beth, y olvidando en su apuro la desgracia del muchacho, dijo, esperando hacerle hablar:

—Yo nunca vi una cacería, pero usted supongo que sí.

—Antes iba a ellas, pero ya no podré cazar más, porque precisamente me lastimé la pierna al saltar una valla, de cinco barras, así que los caballos y los perros se han acabado para mí —dijo Frank, con un suspiro que hizo a Beth horrorizarse de su inocente falta de tacto.

—Vuestros ciervos son más bonitos que nuestros feos búfalos —dijo, pidiendo auxilio a las praderas y alegrándose de haber leído uno de los libros de chicos que encantaban a Jo.

Los búfalos resultaron, en efecto, un buen recurso, y en su afán por divertir al otro, Beth se olvidó de sí misma y no se dio cuenta de la sorpresa y alegría de su hermana Jo, cuando ésta la vio hablar con uno de aquellos «terribles» chicos, contra los que le había pedido protección.

—¡Pobrecilla! Se compadece y por eso le atiende y se

dedica a él —dijo Jo, sonriendo a su hermana desde el campo de *croquet.*

—Siempre he dicho que era una santa —añadió Meg, como si ya no hubiera duda en ello.

—Hace mucho tiempo que no oía a Frank reírse tanto —señaló Grace, mientras discutían sobre muñecas y hacían juegos de té con las cáscaras de bellota.

—Mi hermana Beth sabe ser muy «fastidiosa», cuando quiere —dijo Amy, complacida del éxito de Beth. Quería decir «fascinadora», pero como Grace no conocía el significado exacto de ninguna de las dos palabras, lo de fastidiosa le sonó bien.

La tarde concluyó con una improvisada función de circo, y una partida de *croquet.* Al ponerse el sol levantaron la tienda y llenaron los cestos, recogieron aros, estacas y mazos de *croquet,* cargaron los botes, y los alegres excursionistas regresaron río abajo, cantando a voz en grito.

Ned, sintiéndose romántico, gorjeó una serenata que tenía el siguiente melancólico estribillo:

> «Solo, solo, ¡ay de mí! ¡siempre solo!
> ¡Ah!, ¿por qué estamos separados,
> si los dos somos jóvenes
> y los dos tenemos corazón?»

Miró a Meg con cara tan expresiva que ella se echó a reír y le estropeó la canción.

—¿Cómo puede usted ser tan cruel conmigo? —murmuró él, aprovechando el murmullo de la charla general—. Se ha estado usted todo el día pegada a esa inglesa almidonada y ahora se ríe de mí.

—No era ésa mi intención, pero se puso usted tan raro que no pude evitarlo —repuso Meg, sin recoger la primera parte de su reproche, porque era cierto que había procurado evitarle, recordando la reunión en casa de los Moffat y lo que habló después.

Ned, ofendido, se volvió hacia Sallie en busca de consuelo, diciéndole:

—Esa chica no sabe en absoluto lo que es coquetear, ¿verdad?

—Ni pizca, pero es un encanto —repuso Sallie, defendiendo a su amiga.

En la pradera donde se habían reunido por la mañana, se separaron con cordiales saludos y adioses, pues los Vaughan marchaban a Canadá.

Al dirigirse las cuatro hermanas a su casa, atravesando el jardín, la señorita Kate se las quedó mirando y concluyó, esta vez con tono nada protector:

—La verdad es que, a pesar de sus impulsivos modales, las muchachas americanas resultan muy agradables cuando se las conoce.

—Estoy de acuerdo con usted —dijo Brooke.

~ 13 ~

CASTILLOS EN EL AIRE

Una calurosa tarde de septiembre, Laurie se mecía perezosamente en su hamaca pensando qué harían sus vecinas, pero sin ánimo de ir a averiguarlo.

Laurie estaba de mal humor, porque el día había transcurrido sin provecho para él y poco satisfactoriamente, por lo que deseó poder vivirlo de nuevo. El calor le tornaba indolente y de resultas se negó a estudiar, puso a prueba la paciencia de Brooke, disgustó a su abuelo tocando el piano casi toda la tarde, asustó a las criadas haciéndoles creer que uno de sus perros tenía la rabia, y después de reprender ásperamente al mozo de cuadra por un imaginario descuido con su caballo, fue a tumbarse en la hamaca, para indignarse ante la estupidez del mundo en general, hasta que la paz de aquel día encantador le tranquilizó. Fijos los ojos en la verde penumbra de la enramada que había sobre su cabeza, se dedicó a fantasear, y ya se veía surcando el océano en un viaje alrededor del mundo, cuando un ruido de voces le trajo a la orilla en un abrir y cerrar de ojos. Atisbó por entre las mallas de la hamaca y vio a las March salir en plan de expedición.

«¿Pero qué demonios van a hacer esas chicas ahora?», pensó Laurie, abriendo los soñolientos ojos para verlas mejor, porque el aspecto de sus vecinas resultaba raro. Llevaba cada una un gran sombrero de anchas alas, un saco de hilo crudo al hombro y un largo palo en la mano. Meg llevaba un almohadón, Jo un libro, Beth una cesta y Amy un cartapacio. Salieron todas por la puerta del jardín y comenzaron a subir la colina que había entre la casa y el río.

—¡Vaya una frescura! —se dijo Laurie—. Hacer una excursión y no decirme nada. Pues en el bote no pueden ir, porque no tienen la llave de la caseta. A lo mejor se les ha olvidado. Voy a llevársela y a ver de qué se trata.

Aunque poseía media docena de sombreros, tardó un rato en dar con uno; después buscó la llave por todas partes, para acabar recordando que la llevaba en el bolsillo; así que cuando abrió la verja para correr en busca de las chicas, ya no se las veía. Tomando el camino más corto se fue a la caseta donde se guardaba el bote y las esperó, pero como ninguna se presentara, subió a la colina para ver si las veía. Del centro mismo del bosque de pinos que cubría parte de la colina surgía un sonido más claro que el suave suspiro de los pinos o que el soñoliento chirrido de los grillos.

—¡Vaya escena! —pensó Laurie, atisbando por entre los arbustos, ya del todo espabilado y de buen humor.

Era, en efecto, una escena bonita la que formaban las cuatro hermanas sentadas en el pintoresco paraje, entre sol y sombra, acariciadas sus mejillas por la serena brisa que las refrescaba, y con todos los pequeños habitantes del bosque ocupados por allí alrededor con sus asuntos, como si aquellas personas no les fueran extrañas, sino amigas. Meg, sentada sobre su almohadón, cosía primorosamente con sus blancas manos y, con su traje encarnado, parecía fresca y bella como una rosa entre el verdor. Beth estaba eligiendo piñas que había allí en abundancia, y con las que luego se entretenía en hacer cosas muy monas. Amy dibujaba un grupo de helechos, y Jo hacía media a la vez que leía en voz alta.

El rostro de Laurie se oscureció al observar a sus amigas porque sentía que, al no haber sido invitado, debía marcharse. Sin embargo, seguía allí, porque la perspectiva de soledad en casa no le atraía y sí, en cambio, el reunirse con las muchachas. Tan quieto se estuvo, que una ardilla, afanada con su cosecha, bajó corriendo por un pino a su lado, y al verle chilló tan agudamente que Beth levantó los ojos, descubrió la cara absorta que las observaba desde detrás de los abedules, y le dirigió una sonrisa tranquilizadora.

—¿Os interrumpo? —preguntó Laurie, avanzando despacio.

Meg enarcó las cejas, pero Jo la desafió frunciendo el ceño y contestó:

—Claro que no. Te hubiéramos invitado, pero creímos que no te divertiría un juego de chicas como éste.

—Siempre me han gustado vuestros juegos; pero si Meg quiere que me marche, lo haré.

—Puedes quedarte, con tal de que hagas algo. Es contrario a las reglas el estar ocioso —replicó Meg, con tono serio, pero amable.

—Gracias. Haré lo que me mandéis, si me dejáis estar aquí un rato, porque allí abajo me siento como en el desierto del Sáhara. ¿Qué haré? ¿Coser, leer, dibujar, o todo a la vez? Estoy a vuestras órdenes. —Laurie se sentó con expresión sumisa y graciosa.

—Acaba con este cuento mientras yo hago mi labor —pidió Jo, pasándole el libro.

—Muy bien, señora —fue la mansa respuesta, y Laurie se puso a leer procurando hacerlo lo mejor posible, para así demostrar su agradecimiento por haber sido admitido en la Sociedad de la Abeja Industriosa.

La historia no era larga, y cuando la hubo terminado se aventuró a hacer algunas preguntas, como premio al mérito.

—Por favor, señora, ¿puedo saber si esta encantadora y altamente instructiva institución es nueva?

—¿Se lo diríais? —preguntó Meg a sus hermanas.

—Se va a reír —dijo Amy, recelosa.

—¡No importa! —dijo Jo.

—Yo creo que le gustará —añadió Beth.

—Claro que sí. Os doy mi palabra de honor de que no me reiré. Anda, Jo, dímelo sin miedo.

—¿Miedo yo de ti? ¡Qué idea! Pues mira, solíamos jugar a los Peregrinos, y lo hemos hecho muy en serio el invierno y el verano.

—Sí, lo sé —dijo Laurie.

—¿Quién te lo ha dicho? —preguntó Jo.

—¡Un pajarito!

—No; fui yo. Quise distraerle una noche que no estabais vosotras y le veía un poco triste, y le gustó mucho; así que no me riñas, Jo —dijo Beth, dulcemente.

—Eres incapaz de guardar un secreto. Bueno, ahora no hay nada que explicar.

—Pero sigue, Jo —pidió Laurie al ver que la muchacha se sumía en su labor con aire de contrariedad.

—¿No te habló de este nuevo plan nuestro? Pues hemos procurado no desperdiciar nuestras vacaciones y así cada cual se impuso una tarea. Las vacaciones están ya casi por terminarse, las labores hechas y nosotras más contentas que si hubiéramos estado perdiendo el tiempo.

—Lo creo —dijo Laurie, pensando en sus ociosos días.

—Como a mamá le gusta que estemos lo más posible al aire libre, traemos aquí las labores y lo pasamos muy bien. Por diversión metemos nuestras cosas en esos sacos y traemos sombreros viejos y unos grandes bastones, para subir a la colina y jugar a que somos peregrinos, como lo hacíamos años atrás. A esa colina la llamamos Montaña de los Deleites, porque desde ella podemos mirar a lo lejos y ver el país en que esperamos vivir alguna vez.

Jo señaló el horizonte y Laurie se levantó para ver lo que se divisaba, porque a través de un claro del bosque se alcanzaban a distinguir, más allá del ancho río azul, de las praderas del otro margen y de los suburbios de la gran ciudad, las verdes colinas que se elevaban hasta encontrar el cielo. El sol estaba bajo y el cielo brillaba con el esplendor de un crepúsculo otoñal. En las cumbres de la montaña, nubes oro y púrpura; y elevándose en la luz rosada, unos picos de plateada blancura, que brillaban como destellos de alguna ciudad celestial.

—¡Qué hermoso paisaje! —dijo conmovido Laurie, dispuesto siempre para ver y sentir la belleza.

—Con frecuencia está así y nos gusta observarlo porque el espectáculo no es nunca el mismo, si bien siempre es espléndido —dijo Amy, que hubiera deseado poderlo pintar.

—Jo hablaba del sitio a que hemos de ir a vivir algún día, pero se refiere a una casa de campo, con cerdos y graneros. Sería agradable, pero yo quisiera que la hermosa ciudad celestial fuese real y que alguna vez pudiéramos visitarla —dijo Beth, pensativa.

—Hay una ciudad aún más hermosa que ésa, a la que iremos con el tiempo, cuando seamos bastante buenos —contestó Meg con su dulce voz.

—Pero la espera resulta tan larga, y tan difícil el merecerla... Yo quisiera volar como esas golondrinas y llegar a esa espléndida puerta.

—Llegarás a ella tarde o temprano, Beth, no lo dudes —dijo Jo—. Yo soy la que tendré que luchar y trabajar, y esforzarme y esperar, y acaso no llegue, después de todo eso.

—Si te sirve de consuelo, me tendrás a mí de compañero, porque tendré que viajar bastante hasta llegar a la vista de la ciudad celestial. Si llego tarde, ya dirás por mí una palabrita, ¿verdad, Beth?

Algo en la cara del muchacho turbó a su amiguita, pero contestó alegremente, fijos sus tranquilos ojos en las nubes:

—Cuando realmente se quiere ir allá y se procura en serio durante toda la vida, creo que se entrará fácilmente, porque no hay cerraduras ni guardas en esas puertas. Yo siempre me imagino lo que ocurre en el cuadro en que los ángeles extienden sus manos para dar la bienvenida al pobre cristiano cuando éste sube el río.

—¿Verdad que sería gracioso que todos los castillos en

el aire que hacemos resultasen reales y que pudiéramos vivir en ellos? —dijo Jo.

—Yo he fabricado tantos que me sería difícil elegir uno —dijo Laurie, tumbándose en el suelo y tirando piñas a la ardilla que le había delatado.

—Tendrías que escoger el que más te gustase; ¿cuál sería? —preguntó Meg.

—Si lo digo, ¿me diréis vosotras cuáles son los vuestros? ¿Queréis ser buenas chicas?

—Sí, sí. Adelante, Laurie.

—Pues yo, después de recorrer tanto mundo como deseo, quisiera instalarme en Alemania y allí hartarme de música, ser un pianista famoso y que el universo entero me oyera. No acordarme nunca del dinero ni de los negocios, sino sólo de divertirme y de vivir para lo que me gustase. Ése es mi castillo predilecto. ¿Y el tuyo, Meg?

A Margarita se le hacía un poco difícil decir cuál era el suyo. Agitando un helecho delante de su cara, como para dispensar imaginarios mosquitos, dijo lentamente:

—A mí me gustaría tener una casa preciosa, llena de objetos de lujo, con buena mesa, bonitos vestidos, muebles muy buenos, y dirigirla a mi antojo, con muchos criados, para no necesitar trabajar, gente amable y dinero a manos llenas. Yo sería el ama indiscutible de esa casa. ¡Disfrutaría mucho, porque no estaría ociosa, sino que haría mucho bien y todos me querrían!

—¿Y no querrías tener un amo en tu castillo? —preguntó con malicia Laurie.

—He dicho «gente agradable», ¿sabes? —Meg se puso a atarse un zapato, con lo cual su cara quedó oculta a las miradas de las demás.

—¿Por qué no admites que te gustaría tener un marido guapo, joven, listo y bueno, y unos niños angelicales? Bien sabes que sin eso, tu castillo no estaría completo —dijo la traviesa Jo, que aún no acariciaba tiernas ilusiones y no hacía caso de ningún romanticismo, excepto el de los libros.

—Tú, en cambio, en el tuyo sólo tendrías caballos, tinteros y novelas —contestó Meg, con petulancia.

—Desde luego... Tendría una cuadra llena de caballos árabes, varias bibliotecas atestadas de libros, y, para escribir, un tintero mágico, que hiciera que mis obras fuesen tan famosas como la música de Laurie. Yo, antes de ir a mi castillo, quiero hacer algo espléndido, algo heroico o maravilloso, que no se olvide después de mi muerte. No sé qué, pero estoy esperando que se me ocurra y pienso asombraros a todos algún día. Creo que escribiré libros, y llegaré a ser famosa y a hacerme rica. Ése es mi sueño favorito.

—El mío es el de quedarme en casa tranquila con papá y mamá y ayudar al cuidado de la familia —dijo Beth, mansamente.

—¿No deseas ninguna otra cosa? —preguntó Laurie.

—Desde que tengo mi piano, nada. Sólo que todos tengamos salud y estemos reunidos; nada más.

—Yo deseo muchas cosas, pero la primera es ser una artista e ir a Roma y pintar bellos cuadros y ser la mejor pintora del mundo —fue el modestísimo deseo de Amy.

—Pues somos una pandilla de ambiciosos, ¿verdad? Cada uno de nosotros, exceptuando a Beth, quiere ser rico, famoso y destacar en todo. Me pregunto si alguno llegará a realizar su deseo —dijo Laurie, llevándose un tallo de hierba a los dientes.

—Yo tengo la llave de mi castillo, pero falta saber si puedo o no abrir su puerta —observó Jo enigmáticamente.

—También yo tengo la llave del mío, pero no se me permite probarla. ¡Maldito colegio! —murmuró Laurie, con un suspiro impaciente.

—Aquí está la mía —dijo Amy, y agitó su lápiz.

—Yo no la tengo —dijo Meg.

—Sí la tienes —replicó Laurie.

—¿Dónde?

—En tu cara.

—¡Qué tontería! Eso no sirve para nada.

—¿Que no? Ya me dirás más adelante si no te proporciona algo que merece la pena —replicó el muchacho riendo al pensar en un secretito encantador del que se creía dueño.

Meg se sonrojó, pero no preguntó nada y se puso a mirar hacia el río, con la misma expresión que adoptara Brooke cuando contó la historia del caballero andante.

—Si todos vivimos dentro de diez años, nos reuniremos y veremos quiénes de nosotros hemos logrado nuestros deseos, o cuánto más cerca estamos de realizarlos —dijo Jo, siempre dispuesta a hacer planes.

—¡Dios mío, qué vieja seré ya, con veintisiete años! —exclamó Meg, que se consideraba mayor por haber cumplido los diecisiete.

—Tú y yo tendremos veintiséis, Laurie. Beth veinticuatro, y Amy veintidós. ¡Qué venerable reunión! —dijo Jo.

—Espero haber hecho para entonces algo de lo que pueda enorgullecerme, pero soy tan perezoso que temo seguir perdiendo el tiempo, Jo.

—Tú lo que necesitas es un motivo para moverte, como dice mamá, y opina que en cuanto lo tengas trabajarás estupendamente.

—¿De veras lo cree así? Por Dios que he de hacerlo, si se me presenta la ocasión —repuso Laurie, sentándose con repentina energía—. Debiera darme por satisfecho con complacer al abuelo, y así trato de hacerlo, pero no puedo, ¿sabes?, no puedo. Él quiere que sea un mercader de ultramar, como él, y todas esas tonterías que traen sus viejos barcos, y me tiene sin cuidado que se vayan todos a pique. Me conformo con ir al colegio cuatro años, pero él en cambio está empeñado en que siga sus pasos, y no hay remedio, como no corte por lo sano y me marche a hacer lo que se me antoje, como mi madre. Si hubiera alguien que se cuidase del viejo, así lo haría mañana mismo.

Laurie hablaba excitadamente, y parecía dispuesto a realizar su amenaza, porque iba creciendo muy deprisa y a pesar de su indolencia sentía odio a toda sujeción y un juvenil deseo de conocer mundo por sí solo.

—Te aconsejo que te embarques en uno de tus navíos y que no vuelvas a casa hasta haber hecho lo que quieras —dijo Jo, cuya imaginación se exaltaba al pensar en esa hazaña, y cuya simpatía estaba excitada por lo que ella calificaba de injusticias hacia Laurie.

—Eso no está bien, Jo; no debieras hablar de ese modo, ni Laurie seguir tu mal consejo, sino hacer lo que le aconseje su abuelo, nada más —dijo Meg con su acento maternal—. Pórtate en el colegio lo mejor que puedas, y cuando vea que tratas de complacerle, seguro que no se mostrará duro ni injusto contigo. Como dices, no tiene a nadie que le acompañe, y si tú llegases a abandonarle sin su permiso, no te lo perdonaría nunca. No te impacientes ni te desanimes, cumple con tu deber y te verás recompensado por ello, siendo respetado y querido, como así también le ocurre al bueno de Brooke.

—¿Qué sabes tú de él? —preguntó Laurie, agradeciendo el buen consejo pero protestando del sermón y deseoso de cambiar de conversación.

—Sólo lo que nos ha contado tu abuelo: cómo cuidó de su madre hasta que murió y no quiso aceptar una buena colocación en el extranjero por no dejarla, y cómo sostiene ahora a una pobre vieja que cuidó a su madre, y no se queja, y es de lo más generoso, paciente y bueno.

—Lo es, en efecto, el pobrecillo —dijo Laurie al hacer Meg una pausa en su discurso—. Es típico del abuelo descubrir todo lo que con Brooke se relaciona sin que él lo sepa, y contar a otros sus buenas acciones para granjearle simpatías. Brooke no sabía por qué tu madre era tan atenta con él. Brooke la encontró encantadora, y durante días no hizo más que hablar de todas vosotras con entusiasmo. Si alguna vez realizo mi deseo, ya verás lo que hago por Brooke.

—Empieza por hacer algo ahora, no amargándole la vida —dijo Meg.

—¿Cómo sabe usted que se la amargo, señorita?

—Por la cara que lleva cuando se marcha. Si te has portado bien se le ve satisfecho y alegre.

—Vaya. De modo que llevas cuenta de mi buena o mala conducta, por la cara de Brooke, ¿eh? Le veo saludar y sonreír cuando pasa delante de tu ventana, pero ignoraba que tuvieseis montado un telégrafo.

—No hay tal cosa. Vamos, no te enfades, ni vayas a contarle lo que te he dicho, ¿eh? Fue sólo para demostrarte que me intereso por tus estudios, pero lo que aquí se dice es en el seno de la mayor confianza, como sabes —exclamó Meg, alarmada de las consecuencias que sus palabras pudieran tener.

—Yo no acostumbro a ir con chismes —replicó Laurie, con lo que Jo llamaba «su alta magnanimidad», refiriéndose a determinada expresión adoptada por él en ocasiones—. Pero, si Brooke va a ser un barómetro, tengo que cuidar de que señale siempre buen tiempo...

—Por favor, no te enfades. No tuve intención de sermonear, ni de chismorrear, pero pensé que Jo estaba alentando en ti un sentimiento del que te arrepentirías más adelante. Como eres tan bueno con nosotras, te consideramos como hermano y te decimos lo que pensamos. Perdóname; mi intención fue buena. —Meg le tendió la mano con gesto a la vez afectuoso y tímido.

Arrepentido de su momentáneo arrebato, Laurie estrechó la amable manita y dijo con franqueza:

—Yo soy el que pido perdón. Estoy desquiciado y me enfado por cualquier cosa, pero no te fijes en eso: me gusta que me señales mis defectos, y te lo agradezco.

Y como para demostrar que no estaba ofendido, Laurie se comportó lo más agradable posible, devanó algodón para Meg, recitó versos para Jo, sacudió piñas para Beth y ayudó a Amy en su trabajo, probando así que era una persona apta para pertenecer a la Sociedad de la Abeja Industriosa.

En medio de una animada discusión sobre los hábitos domésticos de las tortugas (una de estas simpáticas criaturas había subido por la orilla dando un paseo), el débil sonido de una campana vino a advertirles que Ana había preparado ya el té y que tenían el tiempo justo para llegar a la hora de cenar.

—¿Puedo volver otro día? —preguntó Laurie.

—Si eres bueno, sí —dijo Meg, sonriendo.

—Trataré de serlo.

—Entonces puedes venir y yo te enseñaré a hacer calceta como los escoceses; precisamente hay ahora gran demanda de calcetines —añadió Jo, agitando el suyo como una bandera de estambre azul, cuando se separaron en la puerta.

Aquella noche, mientras Beth tocaba el piano para que la oyera el señor Laurence, Laurie la escuchaba también, de pie tras la cortina, sintiendo que la sencilla música del pequeño David le tranquilizaba y observando al anciano que, sentado con la cabeza apoyada en la mano, recordaba, sin duda tiernamente, a la niña que tanto había amado.

Laurie recordaba también la conversación de aquella tarde y se dijo, resuelto a hacer alegremente su sacrificio: «Renunciaré a mi castillo, y me quedaré con el abuelo mientras me necesite, porque no tiene a nadie más que a mí.»

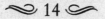

14

SECRETOS

Jo estaba ocupadísima en la buhardilla, porque los días de octubre empezaban a refrescar y acortaban las tardes. Durante dos o tres horas el sol iluminó la alta ventana. Jo, sentada en el viejo sofá, escribía afanosamente con sus papeles desparramados sobre un baúl, mientras *Garabato*, su ratón favorito, paseaba por las tablas del suelo, acompañado de su hijo mayor, un apuesto ratonzuelo que a todas luces estaba muy ufano de sus bigotes.

Absorta en su trabajo, siguió escribiendo hasta llenar la última cuartilla, la firmó y luego tiró la pluma, exclamando:

—¡Uf! Lo he hecho lo mejor posible. Si esto no resulta, habré de esperar hasta poder hacer algo que valga más.

Recostándose en el sofá leyó todo el manuscrito, haciendo enmiendas aquí y allá, y añadiendo signos de admiración que parecían globitos; luego lo ató con una vistosa cinta encarnada y se quedó mirándolo con expresión seria y pensativa que demostraba el gran interés puesto en su trabajo. El pupitre de Jo era una vieja cocina de latón en la que guardaba sus papeles y algunos libros, a salvo de *Garabato*, el cual, por ser también algo literato, gustaba de convertir en biblioteca circulante los libros que hallaba a su paso, comiéndose sus páginas. De aquel receptáculo de latón sacó Jo otro manuscrito y, metiéndose los dos en el bolsillo, bajó las escaleras, dejando a sus amigos mordisquear sus plumas y catar su tinta.

Tras ponerse el sombrero y la chaqueta lo más silenciosamente posible, se dirigió a la ventana de atrás, saltó a la hierba y fue hacia la carretera dando un rodeo. Una vez allí, se compuso un poco, subió a un autobús y se encaminó a la ciudad, al parecer contenta y con aire misterioso.

De haber estado observando alguien, hubiera encontrado sus movimientos decididamente extraños, porque al bajar del autobús se dirigió a buen paso hacia determinado número de cierta calle muy transitada. Habiendo hallado, no sin dificultad, el sitio que buscaba, entró en el porche, subió la sucia escalera y después de quedarse un minuto inmóvil, bajó súbitamente a la calle y se alejó tan deprisa como había venido. Varias veces repitió esta maniobra, para diversión de un joven de ojos negros que estaba en la acera de enfrente. Al volver por tercera vez, Jo se irguió resuelta, se coló el sombrero hasta los ojos y subió por las escaleras como dispuesta a que le sacasen todas las muelas.

Tras verla entrar en lo que parecía la consulta de un dentista, el joven se puso al abrigo, cogió su sombrero y bajó a apostarse en el portal de enfrente, diciéndose con una sonrisa y un estremecimiento: «Es propio de ella lo de venir sola, pero puede necesitar de alguien que la ayude a volver a casa.»

A los diez minutos de haber subido, bajaba Jo corriendo, con expresión sofocada y el aspecto de la persona que ha pasado un gran apuro. Al ver al muchacho no pareció alegrarse, e iba a pasar de largo sólo con una inclinación de cabeza, pero él la siguió:

—¿Qué? ¿Lo has pasado muy mal? —preguntó.

—No mucho.

—¿Acabaste pronto?

—Sí, por fortuna.

—¿Por qué has venido sola?

—Porque no quería que nadie se enterase.

—Eres la chica más divertida que conozco. ¿Cuántas piezas te han sacado?

—Quiero que me saquen dos, pero tengo que esperar una semana.

Jo miró a su amigo y se echó a reír como si algo le hiciera mucha gracia.

—¿De qué te ríes? Algo estás tramando, Jo —dijo Laurie.

—Pues tú también. ¿Qué hacías precisamente aquí? ¿Estabas en la sala de billar?

—Perdone, señorita, pero estaba en un gimnasio, tomando lección de esgrima.

—Me alegro.

—¿Por qué?

—Pues porque así me enseñarás, y cuando representemos *Hamlet* tú puedes ser Laertes y la escena del duelo seguramente quedará muy bien.

Laurie soltó una carcajada y algunos transeúntes sonrieron al oírle.

—Representemos o no *Hamlet,* yo te enseñaré; es muy divertido.

—Me alegro que vayas a un gimnasio y no a esas salas de billar que suelen frecuentar ciertos chicos. Espero que no irás nunca, ¿verdad?

—Lo intentaré. Pero eso no es malo, Jo. Tengo billar en casa, pero no resulta divertido a menos que se alterne con buenos jugadores, y como soy muy aficionado, vengo algunas veces a echar unas partidas con Ned Moffat, o con cualquier otro amigo.

—¡Pues lo siento! Te irás aficionando cada vez más y desperdiciarás tiempo y dinero, imitando a esos chicos. Yo esperaba que seguirías siendo formal para satisfacción de tus amigas —dijo Jo, meneando la cabeza.

—¡Pero bueno! ¿No puede un hombre disfrutar de una inocente diversión de vez en cuando, sin dejar por eso de ser formal? —preguntó Laurie.

—Depende de cómo se divierta. Ned y su pandilla no

me gustan y preferiría que te alejaras de ellos. Mamá no quiere que venga a casa, aunque él lo pretende; si tú te vuelves como él, no querrá tampoco que estés con nosotras tanto como ahora... Perdería toda la confianza...

—¿De veras lo crees? —preguntó Laurie.

—¡Claro que sí! No soporta a los muchachos mundanos, y antes nos encerraría a todas en cajitas para guantes, que dejarnos alternar con ellos.

—Pues mira, no necesitará utilizar esas cajitas, porque yo no soy, ni pienso ser, un chico mundano, pero a veces me gusta correr una juerguecita inofensiva.

—Hombre, claro que de eso nadie dice nada; pero no te aficiones demasiado a divertirte, si no quieres que se acaben los buenos ratos que pasamos juntos.

—Seré un santo de pies a cabeza.

—No soporto los santos; sé como ahora, un chico sencillo, honrado y formal, y no te dejaremos nunca. No sé lo que haría si te portases como el hijo del señor King. Tenía bastante dinero, pero lo despilfarró, se dio a la bebida, jugó y se escapó después de haber falsificado la firma de su padre. Algo horrible.

—¿Me consideras capaz de tales cosas? Muchas gracias.

—No, desde luego que no. Pero oigo a la gente hablar de cómo tienta el dinero y a veces me gustaría que fueras pobre, porque entonces no me preocuparías.

—¿Te intereso, Jo?

—Un poco, cuando te veo de mal humor o descontento, como te pones a veces. Tienes una voluntad muy fuerte, y si entrases por el camino del mal temo que sería muy difícil detenerte.

Laurie caminó en silencio unos minutos y Jo le observaba, pesarosa de haber hablado, porque los ojos del muchacho expresaban irritación, aunque sus labios sonrieran.

—¿Es que vas a ir sermoneándome hasta casa? —preguntó.

—No; ¿por qué?

—Porque si es así, cojo un autobús. Si no lo es, me

gustaría pasear contigo y decirte algo muy interesante.

—No habrá más sermones. Vamos, cuéntame.

—Muy bien; pero es un secreto, y si yo te lo digo, tú has de decirme el tuyo.

—No tengo ninguno... —comenzó Jo, pero se detuvo al recordar que sí lo tenía.

—No digas que no... Te es imposible ocultar nada; así que confiésalo, o no te digo el mío —exclamó Laurie.

—¿Es agradable tu secreto?

—¡Que si es...! Se relaciona con personas que conoces y es muy divertido... Hace tiempo que quiero decírtelo, pero, anda... empieza tú.

—No dirás nada en casa, ¿verdad?

—Ni una palabra.

—¿Y no me harás rabiar?

—Nunca hago rabiar a nadie.

—Está bien. No sé cómo te las arreglas, pero eres un engatusador de primera.

—Gracias. Vamos, dime tu secreto.

—Pues acabo de dejar dos cuentos al editor de un periódico, y dentro de una semana me contestará si los acepta o no —murmuró Jo.

—¿Que tú...? ¡Pensé que habías ido al dentista! ¡Hurra por la nueva gran autora americana! —exclamó Laurie, lanzando al aire su sombrero y volviéndolo a coger con gran revuelo de dos patos, cuatro gatos, cinco gallinas y media docena de niños irlandeses que por allí corrían; estaban ya fuera de la ciudad.

—Calla. A lo mejor no resulta nada, pero no podía descansar hasta intentarlo, y no he dicho nada de ello, porque no quiero que en casa se lleven un desengaño.

—¡Qué dices! Pero si tus cuentos, Jo, son obras de Shakespeare, comparados con las tonterías que se publican todos los días. ¡Lo divertido que va a ser verlos impresos, y qué orgullosos vamos a estar de nuestra escritora!

Los ojos de Jo brillaron, porque siempre es agradable que se crea en uno, y la alabanza de un amigo resulta más dulce que una docena de buenas críticas en los periódicos.

—¿Cuál es tu secreto? Mira, Laurie, que si no me lo dices, me decepcionarás —dijo tratando de amortiguar las brillantes esperanzas que aquellas palabras de aliento habían avivado.

—A lo mejor me meto en un lío por decírtelo, pero no he prometido callarlo, así que allá va. Escucha; sé dónde está el guante de Meg.

—¿Y eso es todo? —dijo Jo, mientras Laurie le hacía un misterioso gesto de connivencia.

—Es bastante por ahora, como convendrás conmigo en cuanto te diga dónde está.

—Pues dilo.

Laurie se inclinó y dijo tres palabras al oído de Jo, las cuales produjeron un divertido efecto: se detuvo en seco y lo miró, al parecer sorprendida y disgustada. Después siguió andando y durante un rato caminaron en silencio. De pronto dijo bruscamente:

—¿Cómo lo sabes?

—Lo vi.

—¿Dónde?

—En el bolsillo.

—¿Todo este tiempo?

—Sí; ¿no te parece romántico?

—Más bien me parece horrible.

—¿No te gusta?

—Claro que no. Es ridículo. No se consentirá. ¡Vaya por Dios! ¿Qué dirá Meg?

—No has de decírselo a nadie.

—No lo prometí.

—Pero se descontaba que así sería, y yo confié en ti.

—Bueno, no diré nada por ahora, pero estoy contrariada y quisiera que no me lo hubieras dicho.

—Pensé que te complacería saberlo.

—¿Complacerme el que alguien intente llevarse a Meg? No, gracias.

—No te parecerá tan mal cuando alguien intente llevársete a ti.

—Quisiera saber quién se atrevería a ello —repuso Jo.

—Y yo también —asintió Laurie entre risas.

—No sirvo para guardar secretos. Desde que me lo has dicho me siento fastidiada, molesta —dijo Jo.

—Bajemos corriento esta cuesta y te sentirás mejor —sugirió Laurie.

No había nadie a la vista y la suave pendiente descendía tan tentadora delante de ella, que, sin poder contenerse, Jo echó a correr, dejando detrás de ella el sombrero y la peineta y desparramando a su paso todas las horquillas. Laurie llegó el primero a la meta y quedó satisfecho del éxito de su tratamiento, porque su amiga venía sin aliento, con el pelo suelto, los ojos brillantes, las mejillas encendidas y en su cara ni rastro de descontento.

—Quisiera ser un caballo para correr kilómetros en este espléndido aire sin fatigarme. Magnífica idea la tuya, pero mira en qué estado estoy. Anda y recoge mis cosas, como el querubín que eres —dijo Jo dejándose caer al pie de un arce, que alfombraba de hojas encarnadas la verde ladera.

Laurie fue a recoger lo que Jo había perdido y ésta se puso a hacerse las trenzas, esperando que no pasara nadie hasta que estuviese arreglada. Sin embargo, alguien pasó y este alguien fue Meg, que venía muy compuesta y atildada de hacer algunas de sus visitas.

—Pero ¿qué haces aquí? —preguntó con justificada sorpresa, al ver a su hermana.

—Coger hojas —contestó Jo, poniéndose a elegir algunas del puñado que acababa de recoger del suelo.

—Y horquillas —añadió Laurie, echando media docena de éstas en el regazo de Jo—. Crecen en este camino, ¿sabes, Meg?, y también peinetas y sombreros de paja.

—Has estado corriendo, Jo, no lo niegues. ¿Cómo pudiste hacerlo? ¿Cuándo acabarás de una vez con esos retozos impropios de tu edad? —le reprochó Meg, mientras se arreglaba los puños y se atusaba el pelo, con el cual el viento se había tomado algunas libertades.

—Nunca, hasta que sea vieja y no pueda moverme más que con un bastón. No intentes hacerme crecer antes de tiempo, Meg; bastante duro es ya verte cambiar a ti de repente. Déjame ser niña todo el tiempo que pueda.

Jo se inclinó sobre las hojas para ocultar el temblor de sus labios; porque desde cierto tiempo atrás había comprendido que Meg se transformaba rápidamente en mujer, y el secreto de Laurie le hacía temer la separación que sin duda había de llegar algún día y que ahora parecía muy próxima.

Para que Meg no advirtiera la turbación de Jo, Laurie la distrajo preguntándole:

—¿De dónde vienes tan guapa?

—De casa de los Gardiner, donde Sallie me ha estado contando de la boda de Belle Moffat. Ha sido espléndida y han ido a pasar el invierno a París. Qué delicia, ¿verdad?

—¿La envidias, Meg? —dijo Laurie.

—Me temo que sí.

—Me alegro —murmuró Jo, atándose el sombrero con dos o tres tirones de la cinta.

—¿Por qué? —preguntó Meg, sorprendida.

—Porque si tanto te gustan las riquezas, no pensarás casarte con un hombre sin dinero —dijo Jo, mirando con el ceño fruncido a Laurie, que en muda advertencia le decía que tuviera cuidado con lo que hablaba.

—Yo nunca «pensaré en casarme» con nadie —observó Meg echando a andar con dignidad, mientras los otros la seguían riendo, cuchicheando y comportándose «como chiquillos» según se decía Meg, no sin sentirse tentada de agregarse a ellos, si no hubiera llevado puesto su mejor vestido.

Durante las dos semanas que siguieron, Jo se condujo de un modo tan raro que sus hermanas estaban asombradas. Corría a la puerta siempre que llamaba el cartero, se mostraba áspera y desatenta con el señor Brooke siempre que le veía; se quedaba algunos ratos mirando a Meg con cara de pena y a veces le daba un empujón y la besaba luego de un modo misterioso. Laurie y ella se hacían señas y hablaban de «las alas del águila» y de otras cosas ininteligibles. Las chicas pensaron que estaban chiflados.

El segundo sábado, después que Jo hubiera salido a abrir al cartero, Meg se escandalizó al ver desde la ventana cómo Laurie le perseguía por el jardín, alcanzándola en el cenador de Amy. Meg lo que allí ocurrió no pudo verlo, pero se oyeron sonoras risas, murmullos de voces y ruidos de periódicos y otros papeles.

—¿Qué vamos a hacer con esa chica? Está visto que no quiere conducirse como una señorita —suspiró Meg con desaprobación.

—Ni espero que lo quiera nunca. Es tan graciosa y tan feliz así... —dijo Beth, sin delatar el ligero resentimiento que tenía con Jo, al verla hacer sus confidencias a otra persona que no a ella.

—Es un fastidio; nunca lograremos que sea *commy la fo* —añadió Amy, que estaba sentada haciéndose unos vuelillos nuevos con los rizos recogidos de modo muy gracioso y favorecedor, dos cosas agradables que la hacían sentirse elegante y distinguida.

A los pocos minutos entró Jo y, sentándose en el sofá, fingió leer el periódico como cualquier día.

—¿Tienes ahí algo interesante? —preguntó Meg.

—Sólo un cuento que no parece gran cosa —repuso Jo, cuidando de que no se viera el título de la publicación.

—Mejor será que lo leas alto; así nos entretienes y no haces ninguna travesura —dijo Amy con acento de persona mayor.

—¿Cómo se llama? —preguntó Beth, extrañada de que Jo ocultara la cara detrás de la hoja.

—«Los pintores rivales».

—Eso suena bien. Léelo —dijo Meg.

Jo carraspeó y, tomando aliento, comenzó a leer deprisa. Las chicas escucharon con interés, porque el cuento era romántico y algo patético, y la mayor parte de los personajes morían al final.

—Me gusta eso del magnífico cuadro —fue la observación aprobadora de Amy cuando Jo hubo terminado.

—Yo prefiero la parte de amor. Viola y Ángelo son dos de nuestros nombres favoritos, ¿no os parece raro?

—dijo Meg enjugándose los ojos, porque la «parte de amor» era trágica.

—¿Quién lo ha escrito? —preguntó Beth, que había entrevisto la cara de Jo.

Ésta se levantó de repente, apartó el periódico y descubriendo su rostro excitado, contestó en voz alta:

—¡Vuestra hermana!

—¿Tú? —exclamó Meg, dejando caer la labor.

—Está muy bien hecho —dijo Amy.

—¡Lo sabía, lo sabía! ¡Qué orgullosa me siento, Jo! —Beth corrió a abrazar a su hermana.

¡Qué contentas y qué entusiasmadas se sintieron todas! Meg no pudo creerlo hasta que vio impreso el nombre de «Josefina March» en el papel. Amy actuó graciosamente de crítico literario del cuento y ofreció ideas para una continuación, que por desgracia no podía escribirse porque el héroe y la heroína habían muerto. Beth se puso tan excitada que corrió por el cuarto, cantando llena de gozo. Ana entró diciendo «¿Pero es posible? ¡Yo nunca lo hubiera creído!» En cuanto a la señora March, no cabía en sí de satisfacción. Y Jo reía con los ojos llenos de lágrimas mientras declaraba que ahora ya podía decirse que «las alas del águila» se habían desplegado triunfantes sobre la casa de los March.

Entretanto, el cuento pasaba de mano en mano.

—Dinos cuándo lo escribiste. ¿Cuánto te han pagado por él? ¿Qué dirá papá? ¡Lo que se va a reír Laurie! —gritaba la familia toda a la vez, mientras se apiñaban alrededor de Jo, porque esa buena gente, sencilla y afectuosa, hacía gran fiesta de cualquier alegría por pequeña que fuese.

—Callaos un momento, y os lo contaré todo —dijo Jo, que se preguntaba si Miss Burney se sentiría más orgullosa de su «Evelina» que ella de sus «Pintores rivales».

Después de haberlo contado todo, Jo añadió:

—Y cuando fui a buscar la contestación, el hombre me dijo que le gustaban los dos, pero que no pagaba a los noveles, limitándose a publicar sus trabajos y hablar de ellos en su periódico, lo cual era un buen sistema para hacerse conocer y perfeccionar el estilo. Le dejé, pues, mis dos cuentos y hoy han publicado éste. Laurie me cogió con ello y se empeñó en verlo. No me pude negar, lo leyó, y me dice que hará que el próximo me lo paguen, con lo que estoy contentísima, porque con el tiempo podré sostenerme y ayudar a las chicas.

Jo se quedó sin aliento y, ocultando la cara tras el periódico, humedeció su cuentecito con algunas lágrimas, porque el ser independiente y merecer la alabanza de los que ella amaba eran los deseos más ardientes de su corazón, y ése parecía ya el primer paso dado hacia el feliz término.

15

UN TELEGRAMA

—El mes más desagradable es noviembre —aseguró Margarita, de pie ante la ventana, una tarde muy sombría, mirando el jardín mordido ya por el hielo.

—Por eso nací yo en él —observó Jo, pensativa.

—Si algo muy agradable ocurriera ahora, lo encontraríamos el mes más simpático —dijo Beth, que lo veía todo, incluso noviembre, a través de un prisma de esperanza.

—Probablemente, pero en esta familia nunca ocurre nada muy agradable —dijo Meg, desalentada—. Día tras día trabajando, sin variación ninguna y con bien poco esparcimiento. Lo mismo que si estuviéramos cumpliendo una condena.

—¡Válgame Dios, qué humor tienes! —dijo Jo—. No me extraña que así sea, querida; porque ves a otras chicas que lo pasan admirablemente, mientras tú trabajas y trabajas un año tras otro. Ojalá pudiera arreglarte las cosas como se las arreglo a mis heroínas. Con lo guapa y lo buena que eres, yo haría que algún pariente rico te dejase una fortuna inesperada; entonces saldrías al mundo como una heredera, viajarías al extranjero y volverías de allí hecha una señora llena de esplendor y elegancia.

—Hoy en día la gente no hereda fortunas de ese modo,

sino que los hombres tienen que trabajar y las mujeres casarse por dinero. Es un mundo terriblemente injusto —dijo Meg amargamente.

—Jo y yo vamos a hacer fortuna para todas. Ya nos diréis dentro de diez años si no es así —dijo Amy, que estaba sentada en un rincón haciendo «tortas de barro», como llamaba Ana a sus pequeños modelos de pájaros, frutas y caras de arcilla.

—No puedo esperar tanto, y te diré que no tengo mucha fe en la tinta ni en el barro, si bien agradezco vuestra intención.

Meg lanzó un suspiro y volvió a mirar al jardín, Jo exhaló una especie de gruñido y se apoyó de codos en la mesa en actitud de desesperación, pero Amy siguió trabajando sin alterarse y Beth, sentada junto a la otra ventana, dijo sonriente:

—Dos cosas agradables van a ocurrir ahora mismo. Mamá viene por la calle y Laurie atraviesa el jardín corriendo, como si tuviera algo que comunicarnos.

Entraron ambos; la señora March con su pregunta habitual:

—¿Hay carta de papá, niñas?

Y Laurie para decir con su acento persuasivo:

—¿No queréis venir a dar un paseo en coche? Las matemáticas me han dejado mareado, y voy a despejarme un poco dando una vuelta rápida. El día está tristón, pero no malo, y voy a llevar a Brooke a su casa, de modo que dentro habrá alegría, ya que fuera no. Anda, Jo, ¿os venís Beth y tú?

—Ya lo creo.

—Lo agradezco, pero tengo que hacer —dijo Meg, y sacó su cesta de labor, porque había convenido con su madre que era mejor que ella, al menos, no saliera muy a menudo en coche con Laurie.

—¿Le puedo ser útil en algo, señora? —preguntó Laurie, inclinado sobre el respaldo de la silla de la señora March, y hablando con el cariñoso acento que siempre empleaba al dirigirse a ella.

—Si eres tan amable y quieres detenerte en el correo, para ver si tengo carta. Es nuestro día de recibirla y papá es tan puntual como el sol, pero su carta no ha llegado. Sin duda algún retraso...

La interrumpió un agudo timbrazo. Un minuto después, entraba Ana con un telegrama.

Al oír la palabra telegrama, la señora March lo cogió violentamente, leyó las dos líneas que contenía y volvió a caer en la silla, pálida como si aquel telegrama le hubiera disparado una bala en el corazón. Laurie corrió escaleras abajo a buscar agua, mientras Meg y Ana la sostenían y Jo leía en alta y emocionada voz: «Señora March: Su marido en estado muy grave. Venga enseguida. S. Hale. Blan Hospital. Washington.»

¡Qué silencioso estaba el cuarto, mientras escuchaban, sin aliento; cómo se oscurecía el día, y qué súbitamente pareció cambiar el mundo entero mientras las muchachas se reunían en torno a su madre, con la sensación de que iba a serles arrebatada la felicidad y el apoyo de sus vidas!

La señora March se rehizo inmediatamente, volvió a leer el telegrama y abrió los brazos a sus hijas, diciendo con un acento que no olvidaron nunca:

—Marcharé enseguida, pero puede que sea demasiado tarde. ¡Hijas mías, ayudadme a soportar este golpe!

Por unos momentos, sólo se oyeron sollozos en el cuarto, mezclados con palabras de consuelo, tiernas promesas de ayuda y suspiros de esperanza, que ahogaban las lágrimas.

La pobre Ana fue la primera que reaccionó y, con involuntaria sabiduría, dio a las demás buen ejemplo, porque para ella, el trabajo era la panacea en todas las aflicciones.

—El Señor nos protegerá. No quiero perder más tiempo llorando, sino ir a prepararle las cosas, señora —dijo de corazón y, enjugándose las lágrimas con el delantal, dio a su ama un fuerte apretón de mano con la suya rugosa y áspera, y se marchó a trabajar como pudieran hacerlo tres mujeres.

—Tiene razón; no es momento de llorar. Calmaos, niñas, y dejadme pensar.

Las pobrecillas trataron de tranquilizarse, mientras su madre, pálida pero serena, se sobreponía para tomar las determinaciones precisas.

—¿Dónde está Laurie? —preguntó cuando hubo decidido lo que primeramente debía hacer.

—Aquí, aquí estoy... y deseando poder ser útil en algo —exclamó el muchacho, saliendo a toda prisa del cuarto contiguo, al que se había retirado, comprendiendo que ni aun él, a pesar de su amistad, debía presenciar aquellos primeros momentos de dolor, sagrados para todos.

—Pon un telegrama diciendo que tomaré el primer tren de la mañana.

—¿Qué más? Los caballos están listos, puedo ir adonde sea, hacer lo que usted quiera —dijo Laurie, que parecía dispuesto a volar al fin del mundo.

—Deja una carta en casa de tía March. Jo, dame pluma y papel. —Jo obedeció. Sabía que se necesitaba dinero para el triste viaje y que había que pedirlo prestado, y ella se sentía capaz de cualquier cosa para aumentar un poco la cantidad que había de llevarse al padre.

—Ve, hijo mío, pero no corras, porque no es necesario.

La advertencia de la señora March cayó indudablemente en el vacío, porque a los cinco minutos pasaba Laurie por delante de la ventana, montando su mejor caballo y galopando como alma que lleva el diablo.

—Jo, corre a decir a la señora King que no me aguarde, y de camino trae estas cosas. Se van a necesitar y tengo que ir preparada para actuar de enfermera. Las despensas de los hospitales no siempre son buenas. Beth, ve a pedir al señor Laurence un par de botellas de vino añejo. Tratándose de papá no me avergüenza y quiero que tenga de todo lo mejor. Amy, di a Ana que baje el baúl negro, y tú, Meg, ven a ayudarme a encontrar mis cosas, porque estoy medio atontada.

No era extraño que la pobre señora lo estuviese, porque tenía que escribir, pensar y dirigir, todo al mismo tiempo. Todo el mundo se dispersó como hojas que desparrama el viento, y la apacible y dichosa familia quedó súbitamente trastornada, cual si aquel telegrama hubiera sido un maleficio.

El señor Laurence se apresuró a venir con Beth y trajo cuantos consuelos pudieron ocurrírsele al buen señor para el enfermo, junto con amigables promesas de protección para las muchachas, durante la ausencia de la madre, cosa que tranquilizó a ésta. Lo ofreció todo: desde su propia bata hasta sí mismo como acompañante, pero esto último era imposible y la señora March no quiso ni oír hablar de que el anciano fuera a emprender aquel viaje, si bien cuando el señor Laurence se ofreció, se advirtió en ella una expresión de alivio, porque la ansiedad es mala compañera de viaje. El señor Laurence vio aquella expresión, frunció sus espesas cejas, se frotó las manos y se marchó bruscamente, diciendo a los presentes que volvería enseguida.

Nadie tuvo tiempo de volver a pensar en él, hasta que Meg, que atravesaba la antesala con un par de chanclos en la mano y una taza de té en la otra, se encontró frente a frente con el señor Brooke.

—¡Siento mucho lo que ha ocurrido, Margarita! —dijo con su habitual acento amable y tranquilo, que resultó agradable al perturbado espíritu de la muchacha—. He venido para ofrecerme a acompañar a su señora madre. El señor Laurence me ha dado unos encargos en Washington y será para mí un placer el poder ser de alguna utilidad a la señora March.

Cayeron los chanclos al suelo y a punto estuvo de seguirlos el té, al tender Meg la mano al señor Brooke, con tal expresión de gratitud que éste se hubiera considerado más que pagado, aunque hubiera tenido que realizar un sacrificio mucho mayor que el muy relativo que le esperaba.

—¡Qué buenos son ustedes! Mamá aceptará seguramente, y será para nosotros un alivio saber que hay una persona que la cuide... Muchas, muchísimas gracias.

—Meg, conmovida, se olvidó por completo de todo, hasta que algo en los negros ojos de Brooke vino a recordarle que se enfriaba el té, y entonces le condujo a la sala, donde dijo que llamaría a su madre.

Todo estaba ya arreglado cuando volvió Laurie portando una carta de tía March, en la que incluía la cantidad deseada y escribía unas líneas para repetir lo que ya había dicho con frecuencia antes: que era un absurdo el que March fuera a la guerra y que de ello no saldría nada bueno, «por lo que esperaba que para otra vez seguirían su consejo».

La señora March arrojó la carta al fuego, guardó los billetes en el portamonedas y prosiguió sus preparativos con los labios muy apretados, gesto que Jo hubiera comprendido de haber estado allí.

Transcurrió la tarde y se hicieron todos los recados. Meg y su madre estaban terminando unas costuras necesarias, mientras Beth y Amy preparaban el té y Ana acababa el planchado con lo que ella llamaba «un golpe y un estirón», pero Jo aún no había regresado.

Empezaron a inquietarse, y Laurie salió en su busca, pero no la encontró. Poco después, Jo entró en casa, con una expresión rara, mezcla de diversión, temor, satisfacción y pesar, e interesó a la familia casi tanto como los billetes que puso delante de su madre, diciendo con voz ligeramente insegura:

—Eso ayudará a que papá esté bien atendido y puedas traerlo a casa.

—Pero, hija, ¿de dónde has sacado este dinero? ¿Veinticinco dólares? Espero que no hayas hecho ninguna locura...

—No, ese dinero lo he ganado honradamente. Ni lo he pedido ni lo he robado, y no creo que me censures porque haya vendido lo que me pertenecía.

Al decir esto, Jo se quitó el sombrero y se elevó un clamor general al ver que llevaba rasurada su hermosa y abundante cabellera.

—¡Tu pelo! ¡Tu hermosísimo pelo! Pero, Jo, ¿cómo

has hecho esto? ¡Tu única belleza...! Hija mía, no había necesidad de eso... Si no pareces mi Jo... aunque por ello te quiero más que nunca.

Mientras todos lanzaban exclamaciones y Beth acariciaba tiernamente la cabeza de su hermana Jo, ésta, adoptando un aire indiferente que no engañó a nadie, dijo, tocándose los mechones cortados, como si le gustase:

—No veo que con ello peligre la nación, así que no gimotees. Con esto mortificaré mi voluntad, cosa que me conviene, porque me estaba poniendo muy tonta con mi peluca, y para el cerebro conviene también que me hayan quitado ese estropajo. Siento la cabeza deliciosamente fresca y ligera, y el peluquero me ha dicho que pronto tendré una melena rizada, lo cual resultará muy de chico, además de cómodo y favorecedor. Estoy satisfecha. Así que haz el favor de coger el dinero y vamos a cenar.

—Pero, cuéntame, Jo. No puedo censurarte, porque sé de cuán buena gana has sacrificado por tu padre lo que llamas tu vanidad. Pero no era necesario, hija mía, y temo que te pese lo hecho —dijo la señora March.

—Nunca me pesará —afirmó Jo, sintiéndose aliviada de un peso al ver que su ocurrencia no era enteramente condenada.

—¿Qué te decidió a ello? —preguntó Amy, que antes que pensar en cortar sus rizos hubiera preferido cortarse la cabeza.

—Pues mira; yo quería hacer algo por papá —replicó Jo, cuando se sentaron alrededor de la mesa, porque la gente joven y de buena salud puede comer aun teniendo penas—. Detesto tanto como mamá el pedir dinero prestado, y sabía que tía March gruñiría, porque lo hace siempre, aunque se le pidan unas monedas. Meg había dado todo su sueldo del trimestre para la renta de la casa, y yo había dedicado el mío a comprar un poco de ropa, así que me sentí egoísta y decidí conseguir dinero de donde fuera, aunque tuviese que vender mi nariz.

—Pues no tenías que acusarte de nada, hija mía, porque estabas sin ropa de invierno y nada más natural que de tus propias ganancias te la comprases, por cierto de la más sencilla —dijo la señora March, acompañando estas palabras con una mirada que llegó al corazón de Jo.

—No tenía intención de vender mi pelo; yo iba andando al azar, pensando en lo que podría hacer, cuando vi en el escaparate de una peluquería trenzas de pelo con su precio; una de pelo negro, no tan abundante como la mía, costaba cuarenta dólares. Al instante pensé que yo poseía una cosa con la que podía conseguir dinero y, sin pararme a reflexionar, entré y pregunté si compraban pelo y cuánto me darían por el mío.

—No sé cómo te atreviste —dijo Beth con tono de espanto.

—¡Bah! El peluquero era un hombrecillo que parecía vivir sólo para ponerse aceite en el pelo. Al principio se me quedó mirando un poco sorprendido, como el que no está acostumbrado a que se presenten muchachas en su tienda para ofrecerle su pelo. Dijo que no le interesaba el mío, que no era del color de moda, y que no pagaba mucho por él, pues lo que lo encarecía era el trabajo que requería luego, etcétera, etcétera. Se iba haciendo tarde y yo tenía miedo de que si no lo hacía enseguida, no lo haría nunca, y ya sabéis que cuando se me mete una cosa en la cabeza... Así pues, le rogué que aceptase mi pelo y le dije por qué tenía tanta prisa. Quizá fue una tontería decírselo, pero él cambió de idea, porque yo me había puesto un poco excitada, y conté mi historia a mi manera, y su mujer, que me oyó, dijo amablemente: «Anda, Tomás, cómpralo y haz ese favor a la señorita. Yo haría otro tanto por nuestro Jimmy si llegase el caso.»

—¿Quién es Jimmy? —preguntó Amy, que gustaba de que le explicasen las cosas a medida que se las contaban.

—Su hijo, que está en el servicio militar, según me dijo. Con estas historias, una hace amigos enseguida, aun entre extraños, ¿verdad? La mujer estuvo hablando todo el tiempo, mientras el hombre cortaba, y eso me distrajo.

—¿Pero no te pareció horrible el primer corte? —preguntó Meg con un escalofrío.

—Miré por última vez mi cabello, mientras el peluquero preparaba los utensilios, y nada más. Yo no doy importancia a pequeñeces como ésa, aunque confieso que sentí algo cuando vi mi querido pelo sobre la mesa, y toqué la áspera pelusa que me quedaba en la cabeza. Me pareció como si me hubiesen amputado un brazo o una pierna. La mujer, que me vio mirarlo, cogió un rizo largo y me lo dio como recuerdo. Te lo daré a ti mamá, sólo para que recuerdes glorias pasadas, porque, por lo demás el pelo corto es tan cómodo que no creo que me lo deje crecer otra vez.

La señora March cogió con cuidado el dorado rizo y lo puso en su escritorio con otro más corto, canoso, que allí guardaba.

—Gracias, querida —se limitó a decir, pero algo en su rostro hizo que las chicas cambiasen de conversación y se pusieran a hablar animadamente de la amabilidad de Brooke, de que era probable que hiciera buen tiempo al día siguiente, y de lo admirablemente que iban a pasarlo todas allí cuando su padre volviese a casa a convalecer.

Nadie tenía ganas de irse a la cama, cuando a las diez la señora March, terminada su última tarea, dijo «Venid, niñas», Beth fue al piano y toco el himno predilecto del padre, que todas empezaron a cantar con calor, para ir callándose una tras otra, hasta que quedó sola Beth, cantando a viva voz, porque para ella la música era siempre un dulce consuelo.

—Id a la cama y no habléis, porque mañana tenemos que levantarnos temprano y necesitaremos de todo el sueño que podamos conciliar. Buenas noches, hijas mías —dijo la señora March cuando acabó el himno, porque ninguna de las muchachas quiso empezar otro.

Besaron a su madre tiernamente y se fueron a acostar, tan en silencio como si estuviese allí el querido ausente. Beth y Amy se quedaron dormidas muy pronto, a pesar de su gran perturbación, pero Meg permaneció despierta, dando vueltas a los pensamientos más serios que en su breve vida había conocido. Jo estaba inmóvil y su hermana la creyó dormida, hasta que un sollozo ahogado le hizo exclamar:

—Jo..., ¿qué ocurre? ¿Lloras por papá?

—No; ahora no.

—Entonces, ¿por qué?

—Mi... ¡mi pelo! —exclamó la pobre Jo, tratando de ocultar su emoción en la almohada.

Meg se puso a consolar y acariciar con ternura a la afligida heroína.

—No me arrepiento de ello —protestó Jo, con voz entrecortada—. Lo volvería a hacer mañana mismo, si pudiese. Es sólo mi parte egoísta y presumida la que me hace llorar tontamente. No se lo digas a nadie; ya pasó. Creí que estabas dormida, y por eso me permití llorar un poco por mi única belleza desaparecida. ¿Cómo es que estabas despierta?

—No puedo dormir. ¡Estoy muy inquieta! —contestó Meg.

—Piensa en algo que te agrade y verás cómo viene el sueño.

—Ya he probado, y me espabilé más.

—¿En qué pensaste?

—En cosas hermosas... especialmente en ojos —contestó Meg, sonriéndose a sí misma en la oscuridad.

—¿De qué color te gustan más?

—Negros... y eso que, algunas veces los azules son encantadores.

Jo se echó a reír a través de sus lágrimas, y Meg le ordenó que se callase, prometiéndole luego, cariñosa, que le rizaría el pelo. Finalmente se quedó dormida y soñó que vivía en el castillo de su ideal.

Los relojes daban las doce y estaban los cuartos silenciosos y oscuros, cuando una figura de mujer se deslizó suavemente de cama en cama, subiendo aquí un embozo, arreglando allí una almohada, y deteniéndose para contemplar con ternura y largamente cada rostro dormido, besarlos con los labios que bendecían mudos y rezar las fervorosas plegarias que sólo saben elevar las madres.

Al levantar la cortina para contemplar la noche oscura, súbitamente la luna rasgó las nubes y brilló ante sus ojos como cara benigna y resplandeciente, que parecía murmurar en el silencio nocturno: «¡Ánimo, pobre alma! ¡Siempre hay luz detrás de las nubes!»

∽ 16 ∾

CARTAS

Al amanecer de aquel día helado y gris, las hermanas encendieron su lámpara y leyeron su capítulo, con un afán nunca sentido hasta entonces, porque ahora que había llegado la sombra de una verdadera pena, sus libritos estaban llenos de consuelo y servían de gran ayuda.

Mientras se vestían, convinieron en despedir a su madre llenas de esperanzas y de ánimo, para que no vinieran las lágrimas y las quejas de sus hijas a agravar la tristeza del angustioso viaje que iba a emprender.

Todo parecía extraño cuando bajaron... tan oscuro y silencioso fuera, tan lleno de luz y movimiento dentro. El desayuno a aquella hora temprana resultó raro, incluso la cara familiar de Ana, mientras se afanaba en su cocina, llevando aún el gorro de dormir. En el zaguán estaba preparado el baúl grande, el abrigo y el sombrero de su madre reposaban sobre el sofá, y ella estaba sentada a la mesa, intentando comer, pero tan pálida y cansada a causa del insomnio y la ansiedad, que las chicas hallaron difícil cumplir lo que habían resuelto. A Meg se le llenaban los ojos de lágrimas a pesar de sus esfuerzos por contenerse. Jo se vio obligada más de una vez a ocultar la cara, y las pequeñas tenían una expresión grave y preocupada, cual si el dolor fuera para ellas una experiencia nueva.

Nadie habló mucho, pero al tiempo que se acercaba el momento de la marcha y que estaban sentadas esperando el coche, la señora March dijo a sus hijas, que no cesaban de atenderla (la una doblándole el chal, la otra estirando las cintas de su capota, aquélla poniéndole los zuecos, y la otra cerrando el saco de viaje):

—Hijas mías, os dejo al cuidado de Ana y bajo la protección del señor Laurence. Ana es la fidelidad misma y nuestro bondadoso vecino os guardará como si fuerais suyas. No temo por vosotras, pero sí me preocupa el que sepáis sobrellevar esta prueba. Cuando yo me haya ido, no os aflijáis ni os apuréis; tampoco penséis que para consolaros debéis estar ociosas, tratando de olvidar. Seguid con vuestros trabajos de costumbre, porque el trabajo es un bendito solaz. Confiad, manteneos activas y, ocurra lo que ocurra, recordad que nunca quedaréis huérfanas de padre.

—Sí, mamá.

—Tú, querida Meg, sé prudente, vigila a tus hermanas, consulta a Ana y, en caso de duda, acude al señor Laurence. Tú, Jo, ten paciencia, no te abatas ni hagas nada precipitadamente, escríbeme a menudo y muéstrate siempre dispuesta a ayudar y a alegrar a todos. Tú, Beth, consuélate con tu piano y sé fiel en el cumplimiento de los pequeños deberes domésticos; y tú, Amy, ayuda cuanto puedas, sé obediente y permanece contenta y tranquila en casa.

—Lo haremos, mamá; lo haremos así.

El ruido de un coche que se acercaba las hizo estremecer a todas. Aquél fue el momento más difícil, pero las muchachas lo soportaron bien. Ninguna lloró, ninguna se tuvo que salir del cuarto, ni soltó nadie una queja, aunque tenían los corazones oprimidos de angustia cuando enviaron al padre sus recuerdos más tiernos, y temieron que fuera ya demasiado tarde.

Besaron a su madre, se agruparon junto a ella con ternura y trataron de decirle adiós alegremente con las manos.

Laurie y su abuelo acudieron a despedirla y el señor Brooke parecía tan animoso y amable, que las chicas le bautizaron como *Juan Gran Corazón*.

—Adiós, hijitas mías: Dios os bendiga y os guarde a todas —murmuró la señora March al besar las caritas amadas y subir al coche.

Al arrancar éste, salió el sol, y volviéndose la viajera hacia atrás, lo vio brillar sobre el grupo que había a la puerta de su casa, como un presagio venturoso. Ellas lo vieron también y sonrieron agitando los pañuelos. Lo último que vio la señora March, al torcer el coche en la esquina, fueron las cuatro caras sonrientes de sus hijas y, detrás de ellas, como cuerpo de guardia, al viejo señor Laurence, la fiel Ana y el incondicional Laurie.

—¡Qué bueno es todo el mundo para con nosotras! —dijo, volviéndose para hallar nueva prueba de ello en la respetuosa simpatía que expresaba el rostro de su acompañante. Todo ello fue un gran consuelo para su dolor.

—No veo cómo podría ser de otro modo —contestó Brooke, sonriendo de modo tan contagioso que la señora March no pudo dejar de imitarle, y de este modo comenzó el letargo del viaje bajo los buenos auspicios del sol, sonrisas y palabras alentadoras.

—Me parece que ha habido un terremoto —dijo Jo, cuando sus vecinos se fueron a desayunar, dejándolas reponerse a solas de la emoción de la despedida.

—Lo que parece es que la casa está vacía —dijo Meg, llena de abatimiento.

Beth fue a decir algo, pero sólo pudo señalar un montón de medias cuidadosamente zurcidas que había sobre la mesa de su madre que demostraba cómo en las prisas de última hora había trabajado para ellas. Era un pequeño detalle, pero las conmovió, y a pesar de sus valientes resoluciones todas se echaron a llorar amargamente.

Ana les dejó desahogar sus sentimientos, y cuando el chaparrón de lágrimas fue descendiendo, acudió armada de una cafetera y dijo:

—Ahora, señoritas de mi alma, recuerden lo que su madre les dijo y no se angustien. Van a tomar una taza de café y después nos pondremos a trabajar, como unas valientes.

El café sabía muy bien, porque aquella mañana Ana se esforzó en hacerlo más exquisito que nunca. Ninguna pudo resistirse a sus persuasivas sonrisas, ni a la tentadora fragancia que la cafetera exhalaba; así que, acercándose a la mesa, cambiaron sus pañuelos por las servilletas y a los diez minutos se sentían ya reconfortadas.

—«Confiad y manteneos activas», éste es nuestro lema. ¡A ver cuál lo recuerda mejor! Yo pienso seguir yendo como de costumbre a casa de tía March ¡Cuánto me va a sermonear! —dijo Jo, ya de buen humor.

—Yo iré a casa de los King, aunque preferiría quedarme y atender las cosas de aquí —dijo Meg, disgustada por haber llorado tanto.

—No hace falta; Beth y yo podemos atender perfectamente la casa —repuso Amy con aire de importancia.

—Ana nos dirá lo que hemos de hacer, y lo tendremos todo ordenado cuando volváis —añadió Beth, cogiendo su estropajo y su barreño de los platos.

—Encuentro muy interesante vuestra solicitud —observó Amy, masticando con aire pensativo un terrón de azúcar y meditando como una sesuda señorita.

Las otras no pudieron por menos que echarse a reír, y esto sentó bien.

Cuando Meg y Jo salieron camino de su trabajo, miraron con pena la ventana a la que diariamente se asomaba su madre para decirles adiós. No estaba allí el rostro querido, pero Beth, recordando este detalle familiar, se asomó a la ventana para sonreírles y decirles adiós.

—Eso es muy propio de Beth —dijo Jo, agitando al aire su sombrero, con expresión agradecida—. Adiós, Meg; espero que los King no te fastidien mucho. No te inquietes pensando en papá, monina —añadió cuando se separaron.

—También yo espero que tía March no gruña demasiado. Te queda muy bien el pelo así; resulta una cabeza de chico muy graciosa —contestó Meg, haciendo lo posible por no sonreír ante aquella cabeza rizada, cómicamente pequeña para la estatura de su hermana.

—Ése es mi único consuelo —dijo Jo, saludando a «lo Laurie» y alejándose, no sin experientar la sensación de una oveja esquilada en un día de invierno.

Las noticias que recibieron de su padre consolaron a las muchachas, porque, si bien enfermo de gravedad, la presencia de la mejor y más tierna enfermera le había hecho ya mucho bien. Brooke enviaba un boletín diario y, en su calidad de cabeza de familia, Meg insistía en leer los despachos, cada vez más alentadores a medida que transcurría la semana.

Al principio todos escribían, y una u otra de las hermanas iba a echar al buzón gruesos sobres, dándose cierta importancia con su correspondencia de Washington.

Como una de esas remesas contenía las características de todas las demás la leeremos:

Mi queridísima madre:

Es imposible decirte lo felices que nos hizo tu última carta, porque la noticia era tan buena, que no pudimos por menor de reír y llorar al leerla. ¡Qué amable es el señor Brooke y qué suerte que el asunto del señor Laurence lo retenga tanto tiempo cerca de vosotros, ya que tan útil os resulta a papá y a ti! Las niñas se portan como ángeles. Jo me ayuda en la costura e insiste en hacer toda clase de trabajos difíciles, tanto que temo que pueda excederse, si no supiera que sus «paroxismos morales» no suelen durar mucho. Beth es tan puntual como el reloj en el cumplimiento de sus obligaciones, y nunca olvida lo que le dijiste. Está muy apenada con lo de papá, pero se reconforta cuando se sienta al piano. Amy me obedece en todo y me ocupo de ella. Se peina sola y le estoy enseñando a hacer ojales y a zurcirse las medias. Pone la mejor voluntad en aprender y sé que cuando vuelvas te complacerán sus progresos. El señor Laurence vela sobre nosotras, según Jo, como «una maternal gallina vieja», y Laurie, como siempre, muy cariñoso y servicial. Él y Jo son los encargados de alegrarnos, porque a veces estamos muy tristes y nos sentimos huérfanas. Ana es una santa; no riñe en absoluto y me llama siempre «señorita Margarita», lo cual está muy bien. Todas estamos en buen estado de salud y muy ocupadas, pero anhelo día y noche tenerte aquí otra vez. A papá todo mi cariño y para ti lo mismo, de tu

MEG.

Esta carta, bonitamente escrita en papel perfumado, contrastaba con las siguientes, escritas apresuradamente en papel fino y adornadas de borrones y toda clase de letras floreadas y rizadas:

Querida mamaíta:

¡Tres hurras a papá! Brooke ha sido un as al telegrafiarnos enseguida para que supiésemos la mejoría. Yo, cuando llegó la carta, corrí a la buhardilla y traté de dar gracias a Dios por lo bueno que es con nosotras, pero sólo pude llorar y decir: «¡Estoy contenta! ¡Estoy contenta! ¡Estoy contenta!» ¿No será eso tan bueno como una oración? Porque en mi corazón sentía ganas de orar en agradecimiento. Lo estamos pasando muy bien, y ahora ya puedo disfrutar de ello, porque todo el mundo es tan bueno que parece que vivimos en un nido de tórtolas. Te reirías si vieras a Meg presidiendo la mesa y tratando de mostrarse maternal. Cada día está más guapa. Las niñas son unos arcángeles y yo... bueno, yo soy Jo, y nunca seré otra cosa. ¡Ah! Tengo que contarte que casi he reñido con Laurie. Me desahogué a propósito de una tontería y él se ofendió. Yo tenía razón, pero no pensaba volver mientras no le pidiese perdón. Duró todo el día. Yo comprendía que estaba siendo mala y te echaba de menos. Laurie y yo somos los dos tan orgullosos que se nos hace difícil el pedir perdón, pero creí que él vendría a pedirlo porque la razón estaba de mi parte. No fue así, sin embargo, y ya por la noche recordé lo que tú me dijiste el día que Amy se cayó al río; leí mi librito, me sentí mejor y resuelta a no dejar que el sol se pusiera sobre mi enojo. Corrí a decirle a Laurie que me arrepentía de lo dicho. Le encontré en la puerta, pues él venía a lo mismo y los dos nos echamos a reír, nos pedimos mutuamente perdón y volvimos a sentirnos tranquilos, ya desahogadas nuestras conciencias.

Ayer, cuando estaba ayudando a Ana a lavar, compuse un «poema», y como sé que a papá le gustan mis tonterías, lo envío para que le distraiga. Dale el abrazo más lleno de cariño que se haya dado nunca y bésalo tú doce veces en nombre de tu

JO (la de la cabeza rapada).

Querida madre:
Sólo tengo un sitio para enviarte mi cariño y unos pensamiento disecados, de la planta que he conservado en casa para que papá la vea. Leo todas las mañanas, procuro ser buena todo el día, y para dormirme me canto una de las canciones de papá, pero no *Tierra de los leales*, porque me hace llorar. Todos son muy buenos, y estamos lo mejor que podemos estar sin ti. Amy quiere escribirte en lo que queda de papel, así que tengo que despedirme. No olvidé cubrir los tenedores y todos los días doy cuerda al reloj y ventilo los cuartos.

Un beso a papá en la mejilla que él dice que es mía, y tú ven pronto a reunirte con tu pequeña

BETH.

Ma chère Mamma:

Estamos todas bien, yo estudio mis lecciones siempre y nunca corroboro a las chicas (dice Meg que lo que quiero decir es que no las contradigo, así que pongo las dos palabras y tú elige la apropiada). Meg es muy buena conmigo y todas las noches me deja tomar compota con el té, y Jo dice que eso me conviene porque me hará el carácter más dulce. Laurie no me tiene el respeto que debiera, dados mis trece años, me llama «gallina» y me hace rabiar hablándome en francés muy deprisa, cuando yo digo *merci* o *bon jour,* como hace Hattie King. Las mangas de mi traje azul estaban muy usadas, y Meg las ha sustituido por unas nuevas, pero resultan más azules que el vestido. Me fastidió, pero no me impacienté; llevo bien mis contrariedades, pero quisiera que Ana me almidonase más los delantales y comer todos los días pan integral. ¿Podría ser? Meg dice que tengo mala puntuación y que tampoco deletreo bien, y eso me mortifica, pero tengo tantas cosas que hacer que no puedo remediarlo. *Adieu,* y a papá cariño a montones.

Tu hija que tanto te quiere,

AMY CURTIS MARCH.

Querida señora:

Le escribo unas líneas para decirle que todo va bien. Las niñas son listas y hacen de todo. La señorita Meg va a resultar una buena ama de casa; tiene disposición y aprende el manejo de las cosas al vuelo. Jo las gana a todas en actividad, pero no se para a pensar y una nunca sabe qué va a resultar. El lunes lavó una tina de ropa, pero la almidonó antes de tiempo y puso en añil un traje encarnado, que era para morirse de risa. Beth es la criatura más buena del mundo y me ayuda mucho, porque es muy manitas y obediente. Todo lo quiere aprender, y hace la compra muy bien, para su edad; también las cuentas, ayudada por mí, las hace bien. Hasta ahora no tenemos problemas de dinero; no dejo a las niñas tomar café más que una vez a la semana, como usted me dijo, y les doy de comer cosas sanas y sencillas. Amy ha mejorado en lo de impacientarse y querer ponerse los mejores trajes y tomar cosas dulces. El señorito Laurie, tan travieso como siempre, nos pone la casa patas arriba pero como anima a las niñas les dejo que hagan lo que quieran. El señor mayor mandó no sé qué cosas y es un poco pesado, pero con buena intención, y yo no soy quién para decir nada. Ya está el pan cocido, así que por esta vez nada más. Mis respetos al señor y espero que ya se encuentre recuperado.

Su servidora,

ANA MULLET.

Enfermera jefe del cuartel número 2:

Sin novedad en Rappahamock. Tropas en excelente estado. Cuerpo de Guardia a las órdenes del coronel Teddy siempre en su puesto. Comandante en jefe general Laurence pasa revista diaria. El capitán Mullet mantiene el orden en el campamento y el mayor León hace por la noche servicio de guardia. Al llegar buenas noticias de Washington se hizo una salva de veinticuatro cañonazos y hubo revista en el cuartel general. Comandante en jefe envía sus mejores deseos y saludos, a los que se une de corazón el

CORONEL TEDDY.

Querida señora:

Las niñas están bien; Beth y mi chico se comunican diariamente noticias. Ana es una criada modelo y guarda celosamente a la bonita Meg. Me alegro de que se sostenga el buen tiempo; por favor utilice a Brooke y acuda a mí si necesita fondos a causa de que los gastos excedan sus cálculos. Que su marido no carezca de nada. Doy gracias a Dios por su mejoría.

Su sincero amigo y servidor,

JAIME LAURENCE.

∞ 17 ∞

POCOS FIELES

Hubo tal abundancia de virtud en la vieja casa durante la semana que siguió a la partida de la señora March, que hubiera bastado para proveer de ella al vecindario. Era realmente algo insólito, porque todas parecían ángeles abnegados.

Sin embargo, aliviadas ya las chicas de la ansiedad que sentían con respecto a su padre, fueron insensiblemente distendiendo sus costumbres cotidianas. No olvidaron su lema, pero se hizo más fácil lo de confiar que el de mantenerse en actividad, y después de los tremendos esfuerzos pasados, pensaron que necesitaban tomarse algún día de fiesta y se tomaron varios.

Jo cogió un constipado muy fuerte por descuido en taparse su rasurada cabeza, y recibió orden de quedarse en casa, porque a tía March no le gustaba oír leer a personas acatarradas. Contenta con ello, Jo, después de trajinar desde el sótano a la buhardilla, se retiró al sofá para cuidarse el resfriado, y se dedicó a leer.

Amy halló que el trabajo de la casa y el arte no armonizaban bien y volvió a sus tortas de arcilla. Meg fue diariamente a casa de sus discípulos y cosió, o pensó que cosía en casa, pero gastaba mucho tiempo en escribir a su madre largas cartas o en leer y releer los despachos de Washington. Beth seguía fiel a sus deberes con sólo ligeras reincidencias en la ociosidad o la aflicción. Cumplía cada día sus pequeñas obligaciones y también muchas de las de sus hermanas, porque éstas eran olvidadizas y la casa parecía un reloj al que le faltaba el péndulo.

Cuando Beth sentía su corazón oprimido por la nostalgia de su madre o por la inquietud acerca del padre, se metía en cierto gabinete, ocultaba su rostro en los pliegues de cierta bata vieja querida, y lloraba y rezaba un rato a solas. Nadie sabía qué era lo que le alegraba después de un acceso de tristeza, pero todo el mundo sentía lo dulce y servicial que era Beth, e instintivamente acudían a ella en demanda de consuelo, consejo o compañía cuando era menester.

Sin saber que esta experiencia era una prueba para el carácter, pasada la primera excitación todas sintieron que habían hecho bien, aunque el aprenderlo les costó muchas inquietudes y grave pesar.

—Meg, ¿te importaría ir a ver a los Hummel? Ya sabes que mamá nos dijo que no los olvidásemos —indicó Beth, a los diez días de la marcha de su madre.

—Estoy demasiado cansada para ir esta tarde —replicó Meg, meciéndose cómodamente mientras cosía.

—¿Puedes ir tú, Jo? —preguntó Beth.

—Hace un día muy malo y con mi constipado...

—Entiendo. Puedes salir con Laurie, pero no puedes ir a casa de los Hummel —dijo Meg.

—Creí que ya estabas recuperada...

—He ido todos estos días, pero el pequeño está enfermo y no sé qué hacerle. La señora Hummel sale a trabajar y Lotchen tiene cuidado de él, pero cada vez parece que está peor y creo que Ana o tú deberíais ir.

Beth hablaba tan seria que Meg prometió ir al día siguiente.

—Pide a Ana una golosina y llévasela a los niños, Beth; te sentará muy bien tomar el aire —dijo Jo, añadiendo luego como para disculparse—: Yo iría pero quiero acabar lo que estoy escribiendo.

—Me duele la cabeza y estoy cansada, por eso pensé que podría ir alguna de vosotras —dijo Beth.

—Amy estará aquí dentro de un momento y podrá ir —sugirió Meg.

—Bueno. Descansaré un poco y la esperaré.

Beth se echó en el sofá y las otras volvieron a sus tareas.

Transcurrió una hora. Amy todavía no había llegado. Meg fue a su cuarto a probarse un vestido nuevo. Jo estaba absorta en su novela y Ana profundamente dormida delante del fogón, cuando Beth, sigilosamente se puso su capuchón, llenó su cesta de restos de comida y de alguna chuchería para los niños pobres y salió al aire frío con expresión pesarosa y una mirada triste en sus pacientes ojos. Cuando volvió era ya tarde y nadie la vio subir al cuarto de su madre y encerrarse allí. Media hora después, Jo subió a buscar una cosa al gabinete de su madre y encontró a Beth sentada, muy seria, los ojos enrojecidos y con un frasco de alcanfor en la mano.

—¡Cristóbal Colón! ¿Qué te ocurre? —exclamó Jo, al tiempo que Beth extendía la mano como para detenerla y preguntaba:

—Tú has tenido la escarlatina, ¿verdad?

—Sí, hace años; cuando la tuvo Meg, ¿por qué?

—Pues verás... ¡Ay, Jo!, el niño se ha muerto.

—¿Qué niño?

—El de la señora Hummel; se me murió en los brazos, antes de que ella volviera a casa —dijo Beth, con un sollozo.

—¡Pobrecita mía! ¡Qué cosa tan horrible! Debí de haber ido yo —dijo Jo, cogiendo a su hermana entre sus brazos y sentándose en el sillón de la madre con aire de remordimiento.

—No fue nada horrible, Jo; pero sí triste... Yo vi que el niño estaba peor, pero Lotchen me dijo que su madre había ido a buscar un médico y entonces cogí al pequeñín para que Lotty descansara. Parecía dormido, pero de pronto gimió, tembló y se quedó muy quieto. Traté de calentarle los pies y Lotty le dio un poco de leche, pero no se movió, y comprendí que estaba muerto.

—No llores, sé fuerte. ¿Qué hiciste entonces?

—Me quedé sentada y seguí con el niño en brazos hasta que llegó la señora Hummel con el médico. Éste dijo que el niño había muerto y examinó a Heinrich y a Minna, que tienen dolor de garganta. «Es escarlatina, señora. Debía usted haberme llamado antes», dijo muy enfadado. La señora Hummel le contestó que era pobre y que había tratado de curar al pequeñín ella sola, pero que ahora ya era demasiado tarde y sólo podía pedirle que asistiese a los otros y confiar en la caridad para pagarle. Él sonrió entonces y se mostró más amable, pero era todo muy triste y yo me eché a llorar con ellos, hasta que de repente el médico se volvió hacia mí y me dijo que viniese a casa y tomase belladona, porque si no me contagiaría de escarlatina.

—¡No será así! —exclamó Jo, estrechando a Beth entre sus brazos y con mirada asustada—. Si enfermaras, no me lo perdonaría nunca. ¿Qué haremos?

—No te asustes; creo que no me dará muy fuerte. He estado mirando el libro de mamá y dice que empieza con dolor de cabeza y de garganta y unas sensaciones raras como las que tengo. Así que tomé belladona, y me encuentro mejor —dijo Beth, apoyando sus manos frías sobre su ardiente frente y tratando de demostrar que estaba bien.

—¡Si al menos estuviera mamá en casa! —exclamó Jo, cogiendo el libro y pensando con angustia en lo distante que quedaba Washington. Leyó una página, miró a Beth, le tocó la frente, le miró la garganta y luego dijo—: Has estado con el niño todos los días desde hace más de una semana, y entre los otros que van a tener también la escarlatina; así que me temo que no te escapes de pasarla, Beth. Voy a llamar a Ana, que sabe mucho de enfermedades y podrá aconsejarnos.

—Que no venga Amy; no la ha pasado y me disgustaría contagiársela. ¿Meg y tú podéis pasarla otra vez? —preguntó Beth con preocupación.

—Supongo que no, y me da igual. Después de todo me estaría bien empleado cogerla, por haber sido egoísta y dejarte ir sola mientras yo me quedaba escribiendo tonterías —murmuró Jo, yendo en busca de Ana para consultarle.

La buena mujer despertó al instante y se puso a la altura de las circunstancias, asegurando a Jo que no había por qué alarmarse; la escarlatina la tenía todo el mundo y nadie se moría de ella si se trataba bien, todo lo cual escuchó Jo con atención, sintiéndose tranquilizada cuando subieron a llamar a Meg.

—Veréis lo que vamos a hacer —dijo Ana, cuando hubo examinado a Beth—. Llamaremos al doctor Bangs para que te vea y nos diga qué ha de hacerse; después mandaremos a Amy a casa de tía March para quitarla de en medio y evitar que se contagie, y una de las mayores puede estar en casa y distraer a Beth un día o dos.

—Yo me quedaré, naturalmente; soy la mayor —empezó Meg, que parecía inquieta y pesarosa.

—No, seré yo, ya que ha enfermado por mi culpa. Prometí a mamá que haría los recados, y no lo he cumplido —dijo Jo.

—¿Cuál de las dos quieres que se quede? —preguntó Ana a Beth—. No hace falta más que una.

—Jo —contestó Beth, apoyando la cabeza en el hombro de su hermana, con una expresión de satisfacción que dejó resuelto el asunto.

—Yo iré a decirle a Amy lo que ocurre —dijo Meg, un poquito molesta pero aliviada de un peso, porque no le gustaba cuidar enfermos, y en cambio a Jo sí.

Amy se rebeló repentinamente y declaró indignada que prefería pasar la escarlatina antes que ir a casa de tía March. Meg intentó en vano hacerla cambiar de parecer. Amy repetía que no iba, y, desesperada, fue a preguntar a Ana qué se hacía.

Antes de que volviera, Laurie entró en la sala y encontró a Amy sollozando, con la cabeza hundida en los almohadones del sofá. Ella le contó su historia esperando verse consolada, pero Laurie se limitó a meterse las manos en los bolsillos y a pasear por el cuarto con las cejas fruncidas, como absorto en profundos pensamientos.

Un rato después fue a sentarse al lado de Amy y le dijo con su acento más convincente:

—Vamos, sé razonable y haz lo que te dicen. No llores; escucha qué plan más divertido tengo. Tú vas a casa de tu tía, y yo me presento allí todos los días para sacarte a dar paseos en coche, o a pie. ¿No es eso mejor que estar aquí sola y triste?

—No quiero que me manden fuera de casa como si estorbase —protestó Amy, ofendida.

—Pero si es por tu bien. No querrás contagiarte, ¿verdad?

—Claro que no; pero caeré porque he estado con Beth todo el tiempo...

—Por esa razón debes marcharte enseguida, para librarte del contagio. El cambio de aires y el cuidado harán que no cojas la escarlatina, o que, si la coges, sea benigna. Te aconsejo que te marches ahora mismo, que esa dichosa enfermedad no es ninguna broma.

—Pero la vida en casa de tía March es aburrida y ella está siempre de mal humor... —dijo Amy.

—No te aburrirás si te visito todos los días, para decirte cómo sigue Beth y sacarte a pasear. La vieja me tiene simpatía y la conquistaré lo más que pueda para que nos deje hacer lo que queramos.

—¿Me llevarás en el faetón con *Puck*?

—Por mi honor de caballero, así lo haré.

—¿E irás todos los días?

—Ya verás que sí.

—¿Y me traerás a casa en cuanto Beth esté bien?

—En el mismísimo momento.

—¿Y voy a ir de veras al teatro?

—A doce teatros, si cabe.

—Entonces iré.

—¡Muy bien! Llama a Meg y díselo —dijo Laurie, con una palmadita de aprobación en el hombro de Amy, que fastidió a ésta más que el ceder.

Meg y Jo llegaron corriendo para ver el milagro que acababa de obrarse, y Amy, sintiéndose buena y abnegada, prometió marcharse si el médico decía que Beth podía enfermar.

—¿Cómo se encuentra la pobrecilla? —preguntó Laurie.

Tenía por Beth especial predilección, y estaba más inquieto de lo que quería demostrar.

—Se ha echado en la cama de mamá y se encuentra mejor. La muerte del niño la alteró mucho, pero creo que no tiene más que un enfriamiento. Ana dice lo mismo, pero la veo preocupada y eso me inquieta —contestó Meg.

—¡Qué vida ésta! —dijo Jo, mesándose su escaso cabello con gesto nervioso—. Apenas hemos salido de un disgusto cuando viene otro. Parece que cuando no está mamá, no hay de donde agarrarse; yo, por mi parte, estoy con el agua al cuello.

—Bueno, no te pongas melodramática, porque no te favorece. Déjate el pelo en paz y dime si se ha de telegrafiar a tu madre, o hacer algo —preguntó Laurie, que aún no había superado la pérdida de la única belleza de su amiga.

—Eso es lo que me preocupa —dijo Meg—. Creo que si Beth pilla la escarlatina debemos comunicárselo a mamá, pero Ana opina que no se le diga, pues, como no puede dejar a papá, sólo conseguiríamos aumentar su inquietud. Por otra parte, como Beth no ha de estar enferma muchos días y Ana sabe lo que hay que hacer en estos casos y mamá dijo que la consultásemos, pienso que será mejor callarnos, aunque no me parezca del todo bien.

—Hum... no sé. Consultad al abuelo después de que haya venido el médico.

—Así lo haremos. Ve, Jo, en busca del doctor Bangs —ordenó Meg—. Nada podemos decidir hasta saber su opinión.

—Espera, Jo. Yo soy el chico de los recados de este establecimiento —dijo Laurie, cogiendo su gorra.

—Pero tendrás cosas que hacer —objetó Meg.

—No; ya estudié mis lecciones.

—¿Estudias en vacaciones? —preguntó Jo.

—Siguiendo el buen ejemplo de mis vecinas —fue la respuesta de Laurie, y salió corriendo del cuarto.

—Tengo grandes esperanzas puestas en mi chico —observó Jo, mirando cómo se alejaba desde la ventana con una sonrisa aprobadora.

—Sí, está bien para lo que es... un niño —fue la respuesta, por cierto poco halagüeña, de Meg, a quien no interesaba el asunto.

El doctor Bangs dijo que Beth tenía síntomas de fiebre escarlatina, pero que creía iba a ser benigna, si bien frunció el entrecejo al enterarse de la tragedia de los Hummel. Ordenó que Amy se marchara enseguida y ésta, provista de algunas cosas personales, se puso en camino con gran revuelo, escoltada por Jo y por el servicial Laurie.

Tía March los recibió.

—¿Qué necesitáis ahora? —preguntó, mirando a los recién llegados por encima de sus gafas, mientras el loro, desde el respaldo de la butaca, graznaba: «¡Largo! Aquí no se admiten chicos.»

Laurie se retiró hacia la ventana y Jo contó su historia.

—No me esperaba otra cosa, desde el momento que os dejan andar con esa pobre gente. Amy puede quedarse y ayudar en algo de la casa, si no coge la enfermedad, que seguramente cogerá... tiene mal aspecto. No llores, niña; me fastidia oír gimotear.

Amy estaba en efecto a punto de llorar, pero Laurie, arteramente, tiró de la cola del loro, lo cual hizo a *Polly* proferir un graznido de asombro y exclamar: «¡Por vida de mis botas!», de un modo tan cómico que Amy en vez de llorar se echó a reír.

—¿Qué noticias tenéis de vuestra madre? —preguntó la vieja con aspereza.

—Papá está mucho mejor —contestó Jo, procurando contener la ira.

—Ya. Pues no durará mucho la mejoría, se me figu-

ra, porque March tiene poca fibra —fue la alentadora respuesta.

«¡Ja, ja!, no digas nunca suerte, toma un polvito de
rapé, adiós, adiós», —chilló *Polly*, bailando en su percha
porque Laurie le acosaba por la retaguardia.

—Calla, bicho irrespetuoso... y tú, Jo, harías mejor en
marcharte enseguida; no está bien que andes por ahí ya de
noche con un chico zanquilargo como...

«¡Calla, loro irrespetuoso!», chilló *Polly*, arrojándose
al suelo y corriendo a picar al «zanquilargo», que al oír
aquellas palabras se estaba ahogando de risa.

«No creo poder soportarlo, pero lo intentaré», pensó
Amy, cuando quedó sola con tía March.

«¡Fuera de aquí chico!», cloqueó *Polly*, y Amy elevó
los ojos al techo.

∾ 18 ∾

DÍAS SOMBRÍOS

Beth tuvo la escarlatina y mucho más grave de lo que nadie, salvo Ana y el médico, esperaban. Las chicas no sabían nada de enfermedades y al señor Laurence no se le permitía verla, de modo que Ana lo disponía todo a su manera y el doctor Bangs hacía cuanto podía, pero dejando mucho a cargo de la excelente enfermera.

Meg se quedó en casa para evitar que pudieran contagiarse los King; estaba muy inquieta y se sentía un poco culpable cuando escribía a Washington sin mencionar la enfermedad de Beth. No le parecía bien aquello de engañar a su madre, pero la habían mandado que obedeciese a Ana y ésta no quería ni oír hablar de que se dijera nada a la señora y se la angustiara por una pequeñez así. Jo se consagró de día y de noche a Beth, tarea nada difícil, porque Beth era paciente en extremo y soportó sus sufrimientos sin quejarse demasiado. Pero cierto día, durante un acceso de fiebre empezó a hablar con voz ronca y entrecortada, a tocar sobre la manta como si estuviera sentada al piano y a intentar cantar con una garganta tan hinchada que no podía dar ni una nota, y posteriormente no reconoció a las personas que la rodeaban, llamándolas por nombres equivocados e implorando que viniera su madre.

Jo se asustó. Meg pidió permiso para contar a sus padres la verdad y Ana dijo que lo pensaría, «aunque no había peligro todavía». Precisamente entonces una carta de Washington aumentó la inquietud de todas: el señor March había empeorado y pasaría mucho tiempo antes de que pudiera volver a casa.

¡Qué sombríos eran aquellos días! ¡Qué triste y solitaria estaba la casa, y cuán oprimidos los corazones de las hermanas mientras trabajaban y esperaban bajo la sombra de muerte que se proyectaba sobre la otrora feliz morada!

Fue entonces cuando Margarita comprendió lo afortunada que era antes en cosas mucho más preciosas que las que puede dar el dinero: en cariño, protección, paz y salud, las verdaderas bendiciones de la vida. Fue entonces también cuando Jo, durante los días pasados en la penumbra del cuarto de la enferma, mirando a su pobre hermanita que tanto sufría, y oyendo su patética vocecita, aprendió a conocer la belleza y dulzura del alma de Beth, a sentir cuán grande y profundo era el cariño que a todos inspiraba y a reconocer el mérito de su abnegación, que la hacía vivir para los demás y embellecer la casa ejercitando esas sencillas virtudes que todos podemos poseer y que todos deberíamos amar y estimar más que el talento, la riqueza o la belleza. Y Amy en su destierro suspiraba por su casa, por poder atender a Beth convencida ahora de que ningún trabajo habría de resultarle pesado, y recordando con tristeza cuántos quehaceres desatendidos por ella fueron hechos por la enferma. Laurie rondaba la casa como un duende, y el señor Laurence echó la llave al piano grande, porque no podía soportar que le recordasen a la vecina que tantas veces le hiciera grata la hora del anochecer. Todo el mundo echaba de menos a Beth. El lechero, el panadero, el tendero y el carnicero preguntaban por ella; la pobre señora Hummel fue a interesarse por ella; los vecinos enviaron recados y ofrecimientos, y hasta los que mejor la conocían se sorprendieron al ver cuántos amigos tenía la tímida Beth.

Mientras tanto, yacía ésta postrada en el lecho, con la

vieja *Juana* a su lado, porque aun en su estado no olvidaba a su protegida. Suspiraba por sus gatos, pero no quería que se los trajesen por temor a contagiarlos, y en las horas de lucidez se mostraba llena de inquietudes por Jo, enviaba recados cariñosos a Amy, les encargaba a todas que dijesen a su madre que le escribiría pronto, y con frecuencia pedía papel y lápiz para intentar trazar unas líneas y que su padre no fuera a pensar que le olvidaba.

Estos intervalos de lucidez fueron haciéndose, sin embargo, cada vez más espaciados y Beth pasaba horas y horas moviéndose inquieta de un lado a otro, pronunciando frases incoherentes, o sumida en un pesado sueño que no le proporcionaba alivio alguno. El médico la visitaba dos veces al día, Ana velaba por la noche, Meg tenía preparado en su escritorio un telegrama para enviarlo en caso de urgencia, y Jo no se movía del lado de Beth.

El 1 de diciembre fue un verdadero día invernal, porque soplaba un viento helado, caía espesa la nieve y el año parecía disponerse ya a la muerte.

Cuando vino el médico aquella mañana examinó detenidamente a Beth, retuvo un minuto su ardiente mano entre las suyas y, dejándola caer suavemente, dijo en voz baja a Ana:

—Si la señora March puede dejar a su marido, será mejor que venga.

Ana asintió sin pronunciar palabra, porque los labios le temblaban. Meg se dejó caer en una silla, como si las fuerzas la abandonasen por completo, y Jo, después de quedarse inmóvil y pálida, corrió a la sala, cogió el telegrama y salió a toda prisa de casa.

Pronto estuvo de regreso, y mientras se quitaba el abrigo, entró Laurie con una carta que anunciaba que el señor March seguía mejorando. Jo leyó la carta, dando gracias a Dios, pero no se le aligeró el peso que oprimía su corazón, y su rostro revelaba tal pena que Laurie, asustado, preguntó:

—¿Qué ocurre? ¿Beth ha empeorado?

—He telegrafiado a mamá para que venga —dijo,

bregando con sus botas de agua, con sombría expresión.

—Muy bien. Pero ¿lo has hecho bajo tu responsabilidad? —preguntó Laurie, sentándola en una silla y quitándole él las rebeldes botas, pues veía cómo le temblaban las heladas manos.

—No; nos lo ha ordenado el médico —contestó Jo, afligida.

—¿Cómo? ¿Tan mal está? —exclamó Laurie.

—Sí, muy mal. No nos reconoce, no habla ya ni siquiera del banco de palomas verdes, como llama a las hojas de parra del empapelado del cuarto, no parece mi Beth...

Resbalaban lágrimas por las mejillas de Jo y extendió la mano como palpando en las tinieblas en demanda de ayuda. Laurie, cogiéndole la mano, murmuró como pudo, porque tenía un nudo en la garganta:

—Estoy aquí. Apóyate en mí, querida Jo.

Jo no pudo hablar, pero sí apoyarse, y la calidez de aquella mano amiga alentó su afligido corazón y pareció acercarla al brazo del Señor, el único que podía sostenerla en su pena. Laurie hubiera querido decir algo tierno y consolador, pero no encontró las palabras adecuadas; así que guardó silencio, limitándose a acariciar suavemente la inclinada cabeza de Jo, como solía hacerlo su madre. Aquella silenciosa caricia resultó más consoladora que las palabras más elocuentes, porque Jo sintió el calor de aquella simpatía y en silencio experimentó el dulce solaz que el cariño proporcionaba a la aflicción.

Enjugándose las lágrimas, dijo, mirando a Laurie:

—Gracias, Teddy; me siento mejor. Ya no me encuentro tan abandonada, y trataré de soportar la desgracia si llega.

—Sigue confiando en que todo salga bien y eso te ayudará, Jo. Pronto estará aquí tu madre, y verás cómo todo se arreglará.

—Me alegro de que papá esté mejor; así le costará a ella menos trabajo dejarle. ¡Dios mío! Parece como si todas las penas viniesen juntas y me cayera sobre los hombros todo su peso —suspiró Jo, extendiendo sobre sus rodillas el pañuelo empapado en lágrimas.

—¿Cómo se porta Meg? —preguntó Laurie.

—Hace todo lo que puede, pero ella no quiere a Beth tanto como yo, no la echaría de menos como yo. Beth es mi conciencia y no puedo perderla... no puedo... no puedo...

Jo volvió a ocultar la cara en el pañuelo y lloró desconsoladamente.

Laurie se pasó una mano por los ojos, pero no pudo hablar hasta lograr afirmar la voz. Quizá no fuera algo muy varonil, pero no pudo remediarlo.

Iban ya cediendo los sollozos de Jo, cuando él dijo, alentador:

—No creo que muera; es tan buena y la queremos tanto que no creo que Dios se la lleve...

—Las personas buenas y muy queridas son las que mueren siempre —contestó Jo, pero dejó de llorar porque a pesar de todo las palabras de Laurie la animaban.

—Pobre chica; estás completamente agotada. No es propio de ti ese abatimiento. Aguarda y verás cómo te reanimo.

Laurie subió la escalera y Jo apoyó la fatigada cabeza sobre el capuchoncito oscuro de Beth. Como si el espíritu de su amable dueña se comunicara con Jo, cuando Laurie volvió con un vaso de vino en la mano, la muchacha lo cogió sonriendo y dijo animosa:

—Bebo a la salud de mi Beth... Eres un buen médico, doctor Teddy, y un mejor amigo. ¿Cómo podré pagarte lo que haces? —añadió, sintiendo que el vino reanimaba sus fuerzas físicas, como antes las cariñosas palabras de Laurie reanimaron su espíritu abatido.

—Ya te mandaré la cuenta más adelante. Esta noche voy a decirte una cosa que te va a sentar muy bien —dijo Laurie, sonriendo a su amiga con cara que revelaba satisfacción.

—¿Qué es? —exclamó Jo, olvidando por un momento su pena.

—Telegrafié ayer a tu madre, y Brooke contestó que

vendría enseguida, y llega esta noche, y todo queda arreglado. ¿Te alegras de que lo hiciera? —Laurie habló muy deprisa y se ruborizó porque había guardado el secreto sobre su pequeña conspiración, temiendo decepcionar a las chicas o perjudicar a Beth.

Jo palideció, se levantó de la silla y sorprendió al muchacho echándole los brazos al cuello y exclamando llena de júbilo:

—¡Laurie! ¡Qué alegría!

No lloró esta vez, pero se echó a reír histéricamente y tembló y se agarró a su amigo, como si la inesperada noticia la hubiera trastornado.

Aunque bastante asombrado, Laurie se condujo con elegancia; dio a Jo unas palmaditas en la espalda y, viendo que se iba recobrando, añadió dos besos tímidos que al punto la hicieron reaccionar.

Agarrándose al pasamanos de la escalera, Jo le apartó de sí suavemente, diciendo con voz entrecortada:

—Ahora no... no tenía intención de ello... he hecho mal, pero tuviste una idea tan buena al telegrafiar, aunque Ana no quisiera, que no pude contenerme y te abracé. Cuéntame cómo ha sido, y no me des más vino, que me hace hacer tonterías.

—Nada de eso —rió Laurie, componiéndose el nudo de la corbata—. Pues verás; el abuelo y yo estábamos nerviosos, porque nos parecía que Ana se estaba tomando en el asunto demasiadas atribuciones; y que tu madre debía saber lo que estaba ocurriendo. Nunca nos hubiera perdonado si Beth... bueno, si sucedía algo, ¿sabes? Al fin conseguí que el abuelo dijese que era hora de tomar una determinación y me marché a Telégrafos. Había visto preocupado al médico pero Ana me fulminó con la mirada cuando hablé de telegrafiar. Como no puedo resistir el que nadie se me imponga, bastó eso para decidirme y allá fui. Tu madre vendrá, lo sé, y como el último tren llega a las dos de la madrugada, iré a buscarla. Así que tú, ahora, alégrate y procura que Beth esté muy tranquila hasta que llegue esa bendita señora.

—¡Laurie, eres un ángel! ¿Cómo podré agradecértelo?

—Vuelve a abrazarme, anda; me ha gustado —dijo Laurie con cara de picardía, faceta que no manifestaba desde que Beth había enfermado.

—No, gracias. Lo haré por conducto de tu abuelo, cuando venga. Vete a casa y descansa, ya que has de estar levantado la mitad de la noche, y bendito seas, Teddy, bendito seas.

Jo se dirigió precipitadamente hacia la cocina, donde, sentada en un aparador, dijo a los gatos allí reunidos que estaba «muy contenta, muy contenta».

Entretanto, Laurie se marchó, comprendiendo que había hecho una buena acción.

—No he visto chico más entrometido que ése; pero le perdono y espero que la señora llegue pronto —dijo Ana, pareciendo aliviada cuando Jo le dio la buena noticia.

Meg tuvo una inmensa alegría, y luego se puso a meditar sobre la carta, mientras Jo arreglaba el cuarto de la enferma y Ana preparaba un par de pasteles de carne por si llegaba gente que no esperaban. En la casa se respiraba un aura de esperanza que, más alegre que el sol, iluminaba las habitaciones silenciosas. Todo parecía indicar el cambio esperanzador. El pajarito de Beth empezó a piar de nuevo y fue descubierta una rosa a medio abrir en el tiesto que Amy tenía en la ventana; las lumbres ardían con inusitada viveza y cada vez que las dos hermanas se encontraban, una sonrisa iluminaba sus pálidos rostros y se abrazaban mutuamente, murmurando:

—¡Viene mamá, viene mamá! —Y sonreían ante tan dulce perspectiva.

Todos se alegraron, menos Beth, que seguía postrada en profundo letargo, ajena a todo. Era triste ver aquella carita antes sonrosada, ahora tan cambiada e inexpresiva; aquellas manos siempre laboriosas, hoy tan débiles y consumidas; aquellos labios ayer sonrientes, hoy mudos, y aquel bonito cabello, siempre tan bien cuidado, revuelto y enredado sobre la almohada.

Todo el día así; sin despertar más que para pedir agua,

con los labios tan secos que apenas podían pronunciar la palabra, y todo el día Jo y Meg junto a ella, observándola, esperando, confiando en Dios y en mamá, y todo el día nevando, soplando viento y las horas transcurriendo con lentitud.

Pero al fin llegó la noche, y cada vez que daba el reloj la hora, las hermanas, sentadas una a cada lado de la cama, se miraban con ojos llenos de esperanza, porque cada hora aproximaba la anhelada presencia.

El médico había venido a decir que probablemente hacia la medianoche sobrevendría un cambio en el estado de la enferma y que volvería.

Ana, completamente rendida, se echó en el sofá a los pies de la cama, y se quedó profundamente dormida; el señor Laurence paseaba por la sala, comprendiendo que le sería más fácil hacer frente a un batallón sublevado que a la señora March cuando se presentara, llena de ansiedad, delante de él... Laurie estaba echado en la alfombra, fingiendo que dormía, pero mirando el fuego con expresión pensativa que ponía gran suavidad y dulzura en sus hermosos ojos negros.

Las chicas no olvidarían nunca aquella noche, porque no lograron conciliar el sueño durante la espera, oprimidas por esa sensación de impotencia que se experimenta en las horas difíciles.

—Quisiera no tener corazón, ¡me duele tanto! —suspiró Meg.

—Si Dios salva a Beth, procuraré amarle y servirle toda mi vida —contestó Jo con fervor.

—Si la vida es así de dura, no sé cómo vamos a poder con ella —añadió su hermana.

Dieron las doce y ambas se olvidaron de sí mismas al mirar a Beth, porque les pareció que se operaba un cambio en su demacrado rostro. La casa estaba silenciosa y sólo se oía el ulular del viento. Ana seguía durmiendo y nadie más que las dos hermanas vio la pálida sombra que pareció caer sobre la camita. Pasó una hora y no ocurrió nada más que la marcha de Laurie a la estación. Otra hora... y no llegaba nadie, y las chicas comenzaban a tener temores de retrasos debidos a la tormenta, o de accidentes en el camino o, peor aún, de una desgracia en Washington.

Pasaban las dos, cuando Jo, que estaba asomada a la ventana pensando lo triste que estaba el mundo bajo la sábana de nieve que lo envolvía, oyó que alguien se movía junto a la cama y volviéndose rápidamente vio a Meg arrodillada delante de la butaca de su madre, con la cara oculta entre las manos. Jo se sintió sobrecogida de espanto y pensó: «Beth ha muerto y Meg no se atreve a decírmelo.»

Se acercó, y sus ojos excitados creyeron ver que se había operado un gran cambio. La sofocación de la fiebre y la expresión de sufrimiento habían desaparecido, y la carita de la enferma parecía tan pálida y llena de paz en su reposo, que Jo no sintió deseos de llorar o de lamentarse.

Inclinándose sobre aquella idolatrada hermana, besó su húmeda frente y murmuró dulcemente:

—¡Adiós, querida Beth, adiós!

Ana despertó, corrió hasta la cama, miró a Beth, le palpó las manos, acercó su oído a sus labios y, dejándose caer en una silla, exclamó sin aliento:

—Ha superado la crisis de la enfermedad, está durmiendo con sueño natural; tiene la piel húmeda y respira sin dificultad. ¡Loado sea Dios! ¡Bendito sea el cielo!

Antes de que las chicas dieran crédito a tan feliz verdad, llegó el médico y la confirmó. Era un hombre, pero les pareció un ángel cuando sonrió y dijo con mirada paternal:

—Sí, queridas, creo que esta vez la niña sale adelante. Guardad silencio, que duerma y cuando despierte dadle...

Lo que habían de darle no lo oyeron ninguna de las dos, porque corrieron al zaguán, que estaba a oscuras, y se sentaron en la escalera estrechamente abrazadas, sin poder pronunciar palabra. Cuando volvieron al cuarto para que Ana las abrazase y besase, encontraron a Beth dormida como tenía por costumbre, con la mejilla apoyada en la mano, respirando tranquilamente y sin la terrible palidez de antes.

—¡Si llegase ahora mamá...! —dijo Jo.

—Mira —dijo Meg, enseñándole una rosa blanca a medio abrir—. Creí que apenas estaría abierta para habérsela puesto a Beth en las manos si... se nos hubiera ido, pero mira cómo ha florecido durante la noche. Ahora pienso ponerla aquí, en mi florero, para que cuando nuestra querida enferma despierte, lo primero que vea sea la rosa y la cara de mamá.

Cuando Meg y Jo se asomaron a la ventana por la mañana temprano, terminada la larga y triste vigilia, la salida del sol y el nuevo día les resultaron maravillosos.

—Parece una tierra encantada —dijo Meg, sonriendo mientras contemplaba la luz deslumbradora.

—¡Escucha! —exclamó Jo, poniéndose de pie de un salto.

Se oía ruido en la puerta. Luego se oyó un grito de Ana y la voz de Laurie exclamó con alegría:

—¡Chicas, ha llegado... ha llegado!

19

EL TESTAMENTO DE AMY

Mientras sucedían estas cosas, Amy estaba pasando malos ratos en casa de tía March. Sentía profundamente su destierro y por primera vez en su vida comprendía lo mucho que en su casa le querían y mimaban. Tía March no mimaba a nadie; no aprobaba su presencia allí, pero intentó mostrarse amable con Amy, porque por lo bien educada le caía bien y porque, aunque no le parecía bien admitirlo, su viejo corazón tenía una marcada debilidad por los hijos de su sobrino. Hizo, pues, todo lo posible porque Amy estuviera contenta, pero ¡cuántas equivaciones cometió! Hay personas de edad que a pesar de sus arrugas conservan joven el corazón, saben simpatizar con las alegrías y las penas de los niños, inspirarles confianza y disimular bajo agradables juegos las sabias lecciones, dando y recibiendo la amistad del modo más dulce. Tía March, sin embargo, no tenía ese don y fastidiaba mucho a Amy con sus reglas y órdenes, sus maneras afectadas y sus largas y enojosas conversaciones. Hallando a la niña más dulce y amable que su hermana, la vieja señora creyó su deber el tratar de contrarrestar los malos efectos de la libertad e indulgencia de que gozaba en su casa.

Tomó, pues, a Amy a su cargo, y se dedicó a enseñarla

como la habían enseñado a ella hacía sesenta años, sistema que causó gran desaliento a la pobre niña y la hizo sentirse como mosca atrapada en una telaraña.

Tenía que fregar las tazas todas las mañanas y frotar, hasta sacarles brillo, las viejas cucharas, la panzuda tetera de plata y los vasos hasta hacerlos relucir. Después tenía que quitar el polvo del cuarto, tarea muy fastidiosa, porque ni una mota escapaba a los ojos de tía March y todos los muebles tenían patas en forma de garras, y muchos adornos nunca quedaban limpios a su gusto. Venía luego el dar de comer a *Polly,* peinar el perro y subir y bajar la escalera infinidad de veces para hacer recados y llevar cosas, pues la anciana estaba coja y rara vez se movía de su sillón. Después de estos trabajos, aún tenía que estudiar sus lecciones, cosa que ponía a prueba diariamente cuantas virtudes poseía. Sólo entonces se le dejaba libre una hora para jugar o pasear, y huelga decir que la aprovechaba bien. Laurie la visitaba todos los días y con astucia lograba obtener de la tía March el permiso para que Amy pudiera salir, dando con ello algún reposo a la niña. A su regreso, Amy, después de comer, tenía que leer en voz alta y estarse quieta mientras la vieja echaba su siestecita, que solía durar una hora, porque siempre se quedaba dormida a la primera página. A continuación aparecía la labor, consistente en unir trocitos de tela de diferentes colores, o en hacer toallas; Amy cosía con aparente sumisión, pero sublevada interiormente, hasta que oscurecía, cuando, hasta la hora del té, quedaba en libertad de entretenerse en lo que quisiera. Las noches eran lo peor porque a tía March le daba por contar historias de su juventud tan insoportablemente aburridas, que Amy estaba siempre dispuesta a irse a la cama, pensando llorar allí su triste suerte, pero solía quedarse dormida antes de haber derramado más de dos lágrimas.

De no haber sido por Laurie y por Esther, la criada, a Amy no le hubiera sido posible soportar aquellos horribles días. El loro contribuyó también a desesperarla, porque tardó poco en comprender que la consideraba una intrusa. Le tiraba del pelo siempre que se acercaba a él, derramaba el pan y la leche en la jaula cuando acababa de limpiársele, hacía ladrar a *Mop* mientras la señora dormía; le graznaba delante de la gente y se conducía como un viejo pájaro mal educado. Tampoco al perro lo podía soportar, tan gordo y tan gruñón, que le ladraba siempre y tenía aquella ridícula manera de tumbarse en el suelo con las patas en alto, siempre que quería comer algo, cosa que solía ocurrirle unas doce veces al día. La cocinera tenía muy mal genio, el viejo cochero era sordo y sólo Esther hacía caso de la pobre Amy.

Esther era una francesa que llevaba al servicio de madame, como llamaba a la señora, varios años, ejerciendo cierta tiranía porque la vieja no sabía prescindir de ella. Su verdadero nombre era Estrella, pero tía March le había ordenado cambiarlo y ella había accedido, a condición de que nunca se le pidiese que cambiase de religión. Mademoiselle Amy le resultó agradable y la entretenía mucho contándole extrañas historias de su vida en Francia, mientras arreglaba los encajes de madame y Amy le hacía compañía. Le permitía asimismo revolver toda la casa y examinar las cosas curiosas y bonitas que había en los grandes armarios y en las viejas cómodas; tía March atesoraba como una urraca. Lo que más le agradaba a Amy era un escritorio indio, lleno de curiosos cajones y de secretos, en los cuales se guardaban toda clase de adornos, algunos preciosos, otros meramente curiosos, y todos más o menos antiguos. Para Amy constituía una verdadera satisfacción el examinar y arreglar esas cosas, especialmente los estuches de alhajas, en los que descansaban, sobre almohadillas de terciopelo, joyas que cuarenta años atrás habían adornado a una hermosa dama. Allí estaba el aderezo de granates que tía March llevó el día en que se presentó en sociedad, las perlas que su padre le regaló el día de su boda, los brillantes de su prometido, las sortijas y los broches de azabache, los curiosos medallones, con retratos de amigas ya muertas, las pulseritas que su única hija había usado, el enorme reloj del tío, con cuyo sello rojo jugaron tantas manos infantiles, y en una caja aparte el anillo de boda de tía March, estrecho ya para su dedo, pero guardado celosamente como la más preciosa de todas aquellas joyas.

—¿Cuál escogería mademoiselle si le permitieran elegir? —preguntó Esther, que siempre rondaba por allí para volver a guardar las alhajas.

—Me gustan los brillantes, pero ese aderezo no tiene collar y a mí me encantan los collares, ¡favorecen tanto! De poder elegir, me quedaría con éste —contestó Amy mirando con admiración un hilo de cuentas de ébano y oro, del que pendía una pesada cruz.

—Yo también elegiría ése, pero no para collar; ah, no ¡para mí es un rosario, y como tal lo usaría en mi calidad de buena católica! —dijo Esther mirando pensativa a la hermosa joven.

—¿Es para lo mismo que el hilo de cuentas olorosas que tiene usted colgado sobre su espejo? —preguntó Amy.

—Sí, para rezar con él. A los santos ha de gustarles que se use como rosario, no el que se lleve como alhaja.

—Creo que sus oraciones la consuelan mucho, Esther, y siempre que viene usted de rezar la veo tranquila y satisfecha. ¡Ojalá me ocurriera a mí lo mismo!

—Si mademoiselle fuera católica, hallaría ese consuelo, pero como eso no ha de ser, haría bien en pasar todos los días un rato sola, rezando y meditando, como lo hacía la señora a quien servía antes que a madame. Tenía una pequeña capilla y en ella hallaba consuelo para muchas penas.

—¿Estaría bien que yo hiciera lo mismo? —preguntó Amy, que en su soledad necesitaba ayuda y empezaba a olvidar su librito, desde que no estaba allí Beth para recordárselo.

—Estaría perfectamente, y si a mademoiselle le gusta, yo le arreglaría el cuarto pequeño de vestir. No le diga nada a madame, pero cuando esté dormida, vaya un rato a estar sola, a pensar en cosas buenas y a pedir a Dios que cure a su hermanita.

Esther era piadosa y sincera en su consejo, porque tenía un corazón afectuoso y simpatizaba con las hermanas en su ansiedad. Amy, a quien agradó la idea, le dio permiso para arreglar un pequeño cuarto contiguo al suyo, esperando que aquello la consolaría.

—Quisiera saber adónde irán a parar todas estas cosas tan bonitas el día que falte tía March —dijo, mientras volvía colocar el brillante rosario en uno de los estuches.

—A usted y a sus hermanas. Lo sé porque madame me hace sus confidencias y he visto su testamento —murmuró Esther sonriendo.

—¡Qué bien! Pero me gustaría que nos las diese ahora. Esperar no es agradable —observó Amy, con una última mirada a los brillantes.

—Usted es demasiado joven para llevar estas cosas. La primera de sus hermanas que tenga novio se llevará las perlas... lo ha dicho madame. Y creo que la sortija de turquesas se la dará a la señorita cuando se marche, porque madame está muy satisfecha de su buena conducta y del agrado que demuestra.

—¿Lo cree usted así? Ah, pues seré un corderito con tal de obtener esa preciosa sortija. Es mucho más bonita que la de Kitty Bryant. Después de todo, me gusta tía March. —Amy se probó la sortija azul, con entusiasmo y firme resolución de ganársela.

Desde aquel día fue un modelo de obediencia y la anciana señora admiraba el éxito de su método educativo. Esther, entretanto, puso en el gabinete de Amy una pequeña mesa, un taburete y encima un cuadro que sacó de uno de los cuartos que estaban siempre cerrados. No creía que el cuadro tuviese valor alguno y no vaciló en cogerlo, seguro de que la señora no se enteraría, o de que, de enterarse, la tendría sin cuidado. Sin embargo, se trataba de una copia bastante buena de uno de los cuadros más famosos del mundo, y Amy, amante de la belleza, no se cansaba de mirar el dulce rostro de la divina Madre, mientras su corazón se llenaba de tiernos sentimientos. Sobre la mesa puso su pequeño testamento y su libro de himnos, y tuvo siempre un jarrón lleno de las mejores flores que Laurie le traía, yendo cada día para «estar un rato sola pensando cosas buenas y pidiendo a Dios que curase a su hermanita». Esther le había dado un rosario de cuentas negras y cruz de plata, pero Amy no hizo uso de él, dudando de si sería apropiado para sus oraciones protestantes.

Era niña sincera en todo esto, porque hallándose sola fuera del nido familiar, sentía la necesidad de una mano amiga que la sostuviese, y se volvía instintivamente hacia la del Amigo cuyo amor paternal ofrece apoyo firme y tierno a sus hijos. Echaba de menos la ayuda de su madre para comprenderse a sí misma y gobernarse, pero, sabiendo dónde había de buscarla, hizo cuanto pudo por hallar el camino y seguirlo confiadamente. Procuró, pues, olvidarse de sí misma, mostrarse alegre y darse por satisfecha con obrar bien, aunque nadie la viese ni la alabase por ello. En su primer esfuerzo por ser buena, resolvió hacer un testamento como lo había hecho tía March para que, si moría, sus cosas quedasen equitativa y generosamente repartidas, y desde luego le costó casi una congoja pensar en dar sus pequeños tesoros, para ella tan preciosos como las joyas de su tía.

Durante uno de sus ratos de recreo, escribió el importante documento lo mejor que pudo, con alguna ayuda de Esther en cuanto a determinados términos legales, y cuando la amable francesa hubo firmado como testigo, Amy se sintió descansada y lo guardó para enseñárselo a Laurie, que deseaba fuese el otro testigo. Como era un día lluvioso, subió arriba para entretenerse en uno de los cuartos grandes y se llevó a *Polly* para que le hiciese compañía. Había en este cuarto un gran armario, lleno de trajes antiguos, y Esther le permitía jugar con ellos, siendo uno de sus entretenimientos favoritos el ataviarse con aquellos marchitos brocados y pasear delante de un gran espejo, haciendo reverencias de corte y arrastrando la larga cola con un crujido de seda que le encantaba. Tan embebida estaba aquel día, que no oyó el timbrazo de Laurie, ni le vio atisbarla mientras ella se paseaba arriba y abajo con gravedad, abanicándose y echando atrás la cabeza, en la que llevaba un gran turbante rosa que hacía extraño contraste con su vestido de brocado azul y su basquiña salpicada de amarillo. Como llevaba tacones altos, tenía que andar despacio, y, según le contó Laurie después a Jo, era muy gracioso verla dar saltitos con aquel traje tan vistoso, y con *Polly*, imitándola y parándose de cuando en cuando para graznar: «¿Verdad que estamos bien? ¡Fuera, mamarracho! ¡Cállese usted la boca! ¡Dame un beso, rica! ¡Ah, ah!»

Conteniendo la risa para no ofender a su majestad, Laurie dio un golpecito en la puerta y fue amablemente recibido.

—Siéntate mientras guardo estas cosas. Luego te consultaré sobre algo muy importante —dijo Amy, después que hubo mostrado sus galas y llevado a *Polly* a un rincón—. Este pájaro es mi tormento —prosiguió, quitándose de la cabeza el promontorio rosa mientras Laurie se sentaba a horcajadas en una silla—. Ayer, cuando la tía estaba dormida y yo más callada que un ratón, empezó a chillar y a revolotear por la jaula; me acerqué para abrirle y vi que había una araña muy grande; intenté matarla pero se metió debajo de la librería. Entonces *Polly* fue hacia allí, se puso a mirar debajo de la librería y graznó: «Sal a dar un paseo, querida.» No pude contener la risa, con lo que *Polly* se alborotó y despertó a la tía, que nos riñó a los dos.

—¿Aceptó la araña la invitación del bueno de *Polly*?

—Sí, salió, y *Polly*, asustadísimo, trepó por la silla de la tía chillando «¡Atrapadla! ¡Atrapadla!», mientras yo perseguía a la araña.

«Eso es mentira», cloqueó el loro, picoteando los pies de Laurie.

—Si fueras mío te retorcería el pescuezo, mamarracho —dijo Laurie amenazándolo con el puño, a lo que el pajarraco, poniendo la cabeza de lado, graznó con gravedad: «Aleluya, benditos sean tus botones, rico.»

—Ya estoy lista —dijo Amy cerrando el armario, y sacando un papel del bolsillo—. Quiero que leas esto y me digas si está en regla. Necesitaba hacerlo porque la vida es incierta, y no quiero que sobre mi tumba quede ningún resentimiento.

Laurie se mordió los labios y volviéndose un poco de espaldas a la reflexiva Amy, leyó el siguiente documento, considerando su redacción:

Ésta es mi última voluntad y testamento:

Yo, Amy Curtis March, encontrándome en mi sano juicio, doy y lego toda mi propiedad terrena a las siguientes personas por mí muy queridas:

A mi padre, mis mejores cuadros, dibujos, mapas y obras de arte, incluidos los marcos. También mis cien dólares para que los use como crea conveniente.

A mi madre, toda mi ropa, excepto el delantal azul de los bolsillos, también mi retrato y mi medalla, con mucho cariño.

A mi querida hermana Margarita, mi sortija de turquesas (si al fin la consigo), también mi caja verde de palomas, y mi cuello de encaje verdadero y el dibujo que hice de ella, en recuerdo de «su niñita».

A Jo, mi imperdible, el arreglado con lacre, y también mi tintero de bronce (la tapa la perdió ella), y mi conejito más precioso de escayola, porque estoy arrepentida de haberle quemado su cuento.

A Beth (si me sobrevive), mis muñecas y el pequeño *bureau*, mi abanico, mis cuellos de hilo y mis zapatillas, si tras haber adelgazado se las puede poner cuando esté recuperada. También hago constar aquí mi arrepentimiento por haber hecho burla de la pobre *Juana* algunas veces.

A mi amigo y vecino Teodoro Laurence, mi papel de dibujar, mi cartapacio, y mi caballo de yeso, aunque dijo que no tenía cuello. Además, en recuerdo de su gran bondad en la hora de la aflicción, cualquiera de mis obras artísticas que le guste; *Notre Dame* es la mejor.

A nuestro venerable bienhechor, el señor Laurence, dejo mi caja encarnada, la que tiene un espejo en la tapa, que le servirá para sus plumas y le recordará la niña muerta, que tanto le agradece los favores hechos a su familia, en especial a Beth.

Deseo que mi amiga predilecta, Kitty Bryant, se quede con mi delantal azul y con mi sortija de oro, que le regalo con un beso.

A Ana, la caja de vendas que quería, y el paquete de trapitos de color, esperando que me recordará cuando lo vea.

Y ahora, habiendo dispuesto ya de las cosas de mi propiedad, espero que todos quedarán satisfechos, y no me censurarán. Perdono a todos y espero que todos nos encontremos cuando suene la trompeta. Amén.

Ésta es mi voluntad y testamento; lo firmo y sello, hoy 20 de noviembre. *Anno Domini* 1861.

AMY CURTIS MARCH.

Testigos:
Estrella Valnor.
Teodoro Laurence.

El último nombre estaba escrito con lápiz y Amy le dijo que tenía que pasarlo a tinta y sellarlo en debida forma.

—¿Cómo se te metió esto en la cabeza? ¿Te dijo alguien que Beth estaba repartiendo sus cosas? —preguntó Laurie muy serio, mientras Amy le tendía un pedazo de oblea encarnada, lacre, una vela y un sello.

Ella se lo explicó y luego preguntó:

—¿Qué sabes de Beth?

—Siento haber hablado de ella, pero puesto que lo hice, te contaré. Un día se encontró tan mal que dijo a Jo que dejaba su piano a Meg, sus gatos a ti y su muñeca vieja a Jo, que la quería en recuerdo de ella. Lamentaba tener tan pocas cosas que dar, y a los demás nos dejaba un re cuerdo, pero con muy especial cariño para el abuelo. Nunca pensó en hacer testamento.

Laurie estaba firmando y sellando y no levantó los ojos hasta que una lágrima cayó sobre el papel; Amy parecía contrita, pero no dijo más que:

—¿No suele la gente añadir a veces algo así como una posdata a sus testamentos?

—Sí, se llaman codicilos.

—Añade uno al mío; pon que quiero que me corten todos los rizos y se repartan entre mis amigas. Olvidé decirlo, pero quiero que se haga así.

Él lo escribió al pie del documento sonriendo ante aquel grande y postrer sacrificio de Amy. Después estuvo una hora entreteniéndola, y se interesó por todas sus penas. Cuando llegó la hora de marcharse, Amy le retuvo un segundo para preguntarle con labios trémulos:

—¿Beth corre peligro realmente?

—Me temo que sí, pero esperemos que todo acabe bien. No llores, querida. —Y al decir esto, Laurie le pasó un brazo por los hombros con gesto fraternal y consolador.

Una vez él se hubo marchado, Amy corrió a su capillita y, sentada en la penumbra, rezó por Beth, derramando abundantes lágrimas, sintiendo que millones de sortijas de turquesas no podrían consolarla de la pérdida de su dulce hermanita.

∽ 20 ∽

CONFIDENTE

Mi pluma no puede describir el encuentro entre la madre y las hijas; tales horas son muy bellas de vivir, pero sus emociones no pueden explicarse; así que dejaré esto a la imaginación de mis lectores, limitándome a decir que la casa estuvo llena de verdadera dicha, y que la tierna esperanza de Meg se vio realizada, porque cuando Beth despertó de aquel sueño largo y reparador, lo primero que vieron sus ojos fue la rosa y la cara de su madre. Como estaba tan débil, no se sorprendió de nada, limitándose a sonreír y a acurrucarse en los amantes brazos que la estrechaban con amor, sintiéndose dichosa al ver realizado el anhelo de su corazón. Luego se quedó de nuevo dormida y las chicas atendieron a su madre, a la que no podían desprender de la manecita que la agarraba con fuerza, aun dormida la niña.

Ana se había excedido en preparar comida para la viajera, hallando imposible explayar de otro modo su alegría, y Meg y Jo sirvieron los platos a su madre mientras escuchaban lo que en voz baja les contaba sobre el estado de su padre, la promesa hecha por el señor Brooke de quedarse cuidándole, el retraso ocasionado por la tormenta en el viaje de regreso a casa y el gran consuelo que le había proporcionado la cara sonriente de Laurie cuando llegaba rendida de cansancio, muerta de frío y llena de ansiedad a la estación.

¡Qué día tan extraño y sin embargo tan agradable fue aquél! Tan despejado y alegre fuera, porque el mundo parecía alegrarse para dar la bienvenida a la primera nieve, y tan tranquilo y reposado dentro, porque todos durmieron, cansados de las largas vigilias, y en la casa reinó un silencio absoluto, mientras Ana montaba guardia en el zaguán, dando cabezadas. Meg y Jo cerraron sus fatigados ojos con la deliciosa sensación de que les habían quitado de sus espaldas un peso muy grande y descansaron como barcas arribadas a puerto seguro tras ser batidas por la tempestad. La señora March no quiso separarse de Beth, pero descansó en la butaca grande, despertando con frecuencia para mirar, tocar y acariciar a su niña.

Laurie, entretanto, marchó a consolar a Amy y contó tan bien lo ocurrido, que hasta tía March lagrimeó y no dijo ni una vez «Ya os lo decía yo». En cuanto a Amy, se portó bien en esta ocasión, pues los buenos pensamientos de la capilla empezaban a dar su fruto. Enjugó sus lágrimas rápidamente, contuvo su impaciencia por ver a su madre y no pensó en el anillo de turquesas. Tía March convino con Laurie en que se conducía como una «mujercita valiente» y le entregó la sortija. Incluso *Polly* pareció impresionado, porque le graznó «Buena chica». Amy lo invitó a que descansase un poco en el sofá mientras ella escribía unas líneas a su madre. Tardó bastante en ello, y cuando volvió, Laurie estaba echado con ambos brazos debajo de la cabeza y profundamente dormido, mientras tía March había corrido las cortinas y estaba sentada sin hacer nada, en un desusado acceso de benevolencia...

Temieron que no despertara hasta la noche, y seguramente hubiera sido así de no espabilarle el grito que dio Amy al ver a su madre, que se presentó de improviso. Probablemente aquel día habría en la ciudad muchas niñas felices, pero con seguridad ninguna tanto como Amy cuando, sentada en las rodillas de su madre, le contaba todas sus penas y era consolada con dulces sonrisas y caricias. Estaban las dos solas en la capilla, que a la señora March le había parecido muy bien cuando se le explicó su objeto.

—Me gusta mucho, hija mía —dijo dirigiendo la vista del rosario, lleno de polvo, al librito de cubierta gastada y al bonito cuadro con su guirnalda de siemprevivas—. Es acertado tener un sitio donde retirarse y estar tranquila cuando ocurren cosas que nos disgustan o nos dan pena. En esta vida hay muchas amarguras, pero siempre se pueden sobrellevar si se pide ayuda como es debido. ¿Eso es lo que está aprendiendo mi niña?

—Sí, mamá, y cuando regrese a casa pienso tener un rinconcito en el ropero grande donde poner mis libros y la copia de este cuadro, que he hecho lo mejor que he podido. La cara de la mujer no está bien: es demasiado hermosa para que yo pueda dibujarla; pero el niño me ha salido mejor y me encanta. El pensar que Él fue niño hace que me parezca tenerlo más cerca y eso ayuda mucho.

Al señalar Amy al Niño Jesús, que sonreía en los brazos de su Madre, la señora March vio algo en su mano que la hizo sonreír. No dijo nada, pero Amy comprendió su mirada, y después de una pausa dijo:

—Quería hablarte de esto, pero se me olvidó. La tía me dio hoy esta sortija; me dio un beso y me la puso en el dedo, diciendo que estaba muy satisfecha de mí y que le gustaría quedarse conmigo para siempre. Me gustaría usarla. ¿Puedo hacerlo, madre?

—Es muy bonita, pero aún eres demasiado joven para llevar esas alhajas —dijo la señora March, mirando la gordezuela manecita, con un anillo de piedras azules.

—Trataré de no envanecerme de ella —dijo Amy—. No creo que me guste sólo por lo bonita que es, sino que quiero llevarla como la niña del cuento, para que me recuerde algo.

—¿Acaso la amabilidad de tía March? —preguntó su madre, sonriendo.

—No; quiero que me recuerde que no debo ser egoísta. —Amy se puso tan seria que su madre dejó de sonreír—. He reflexionado mucho sobre mis defectos y encuentro que el mayor de todos es el egoísmo, por lo que estoy decidida a enmendarme. Beth no es egoísta y por eso la quiere todo el mundo y causa dolor la idea de perderla, cosa que no sucedería de ser yo la que estuviese enferma. No aspiro a ser tan querida, pero deseo que mis amigas me quieran y echen de menos el día que falte; así que voy a parecerme a Beth todo lo que pueda y, como soy muy inconstante en mis resoluciones, pienso que si llevase encima algo que me lo recuerde, lo cumpliría mejor. ¿Te parece que pruebe a ver si lo consigo?

—De acuerdo. Aunque tengo más fe en el rinconcito del ropero, ponte tu sortija, y haz de tu parte cuanto puedas. Creo que lograrás lo que te propones, porque el sincero deseo de ser buena que sientes, significa haber ganado ya la mitad de la batalla. Y ahora vuelvo al lado de Beth. Buen ánimo, hijita, y pronto te tendremos otra vez en casa.

Aquella tarde, mientras Meg estaba escribiendo a su padre dando cuenta de la feliz llegada de la viajera, Jo subió al cuarto de Beth y, hallando allí a su madre en el sitio de costumbre, se quedó un momento de pie haciendo como que se arreglaba el pelo, pero al parecer indecisa y fastidiada.

—¿Qué ocurre, querida? —preguntó la señora March, tendiéndole cariñosamente la mano con gesto que invitaba a la confianza.

—Quiero decirte una cosa, mamá.

—¿Acerca de Meg?

—¿Cómo lo has adivinado? Sí, es acerca de ella, y aunque es una tontería, me preocupa.

—Beth está dormida; habla y dime de lo que se trata. Supongo que ese Moffat no habrá estado aquí.

—No. Le hubiera dado con la puerta en las narices, si llega a presentarse —dijo Jo, sentándose en el suelo a los pies de su madre—. El verano pasado Meg olvidó un par de guantes en el jardín de los Laurence y sólo devolvieron uno. No habíamos vuelto a acordarnos de ello, hasta que

Laurie me dijo que ese guante lo tenía el señor Brooke. Parece que lo llevaba en el bolsillo de su chaleco, cuando un día se le cayó, y al gastarle Laurie una broma acerca de ello, el señor Brooke confesó que le gustaba Meg pero que no se atrevía a decírselo, por lo joven que era ella y lo pobre que era él. ¿No te parece algo terrible?

—¿Crees que a ella le gusta? —preguntó la señora March.

—No lo sé. No entiendo de enamoramientos, ni de todas esas tonterías —exclamó Jo con una curiosa mezcla de interés y desprecio—. En las novelas, las muchachas demuestran que están enamoradas sobresaltándose, sonrojándose y adelgazándose; en suma, haciendo mil tonterías. Meg no ha hecho nada de eso; bebe y duerme como cualquiera, me mira a la cara cuando le hablo de ese hombre, y sólo se ruboriza cuando Teddy bromea sobre enamorados. Le he prohibido que lo haga, pero no me hace mucho caso.

—Entonces, ¿crees que Meg no está interesada en Juan?

—¿Por quién?

—Por el señor Brooke; ahora le llamo Juan; nos acostumbramos en el hospital y a él le gusta.

—¡Vaya! Como ha sido bueno con papá, tú te pondrás de su parte y dejarás que Meg se case con él, si quiere. ¡Qué mezquino proceder el suyo, mimando a papá y ayudándote a ti para engatusarnos y lograr que le admitáis! —dijo Jo.

—No te enfades por eso, hija mía, y yo te contaré lo ocurrido. Juan me acompañó, como sabes, por encargo del señor Laurence, y atendió con tal solicitud a tu pobre padre que no pudimos dejar de tomarle cariño. Él nos habló con entera franqueza, nos dijo que estaba enamorado de Meg, pero que antes de pedírnosla en matrimonio quería hacerse una pequeña posición. Sólo nos pidió permiso para amarla y trabajar por ella y el derecho de hacer que ella le correspondiese, a ser posible. Es un excelente muchacho y no pudimos negarnos a escucharle, pero yo no consentiré que Meg se comprometa a nada, siendo aún tan joven.

—¡Claro que no! ¡Sería un disparate! Bien sabía yo que algo malo se tramaba; lo presentía, pero es peor de lo que imaginaba. ¡Ojalá pudiera casarme yo con Meg, para que así no abandonara nunca la familia!

Esta salida hizo reír a la señora March, pero a renglón seguido dijo muy seria:

—Mira, Jo, confío en ti y no quiero que le digas nada a Meg. Cuando vuelva Juan y los vea juntos, podré juzgar mejor sus sentimientos respecto a él.

—Ella leerá los de él en sus hermosos ojos, de los que suele hablar a veces; y entonces, ¿para qué queremos más? ¡Con el corazón tan tierno que tiene, capaz de derretirse como la manteca al sol, en cuanto alguien la mira sentimentalmente! Leía las breves noticias que él mandaba con más afán que tus cartas, y se molestaba si yo se lo decía. Además le gustan los ojos negros y encuentra agradable el nombre de Juan, y se enamorará y ya no tendremos paz, ni nos divertiremos, ni lo pasaremos bien. Lo veo todo: andarán por toda la casa haciéndose carantoñas y nosotras... como si no viésemos nada; Meg estará ensimismada y no me hará ningún caso; Brooke sacará dinero de donde sea y se la llevará, dejando un vacío en la familia, y a mí se me partirá de pena el corazón, y todo resultará muy desagradable. ¡Señor, Señor! ¿Por qué no habremos sido todas chicos, para no tener que andar con estas latas?

Jo apoyó la barbilla sobre sus rodillas en actitud desconsolada y amenazó con el puño al pícaro de Juan.

—A ti tampoco te gusta, ¿verdad, mamá? Me alegro. Dejémosle en sus asuntos y no digamos nada a Meg, siguiendo todas tan felices como hasta ahora.

—Lo natural, Jo, es que tarde o temprano todas marchéis a construir vuestro propio hogar, pero yo quisiera teneros a mi lado el mayor tiempo posible y siento que esto haya ocurrido tan pronto, porque Meg no tiene más que diecisiete años, si bien es cierto que ha de pasar bastante tiempo hasta que Juan pueda casarse. Tu padre y yo hemos acordado que Meg no ha de comprometerse a nada ni casarse hasta que cumpla los veinte años; si ella y Juan se quieren, sabrán esperar demostrando así lo firme de su cariño. Ella tiene mucha conciencia y sabrá tratarle con delicadeza. Espero que sea muy feliz.

—¿No preferirías que se casase con un hombre rico? —preguntó Jo, pues a su madre le temblaba un poco la voz al pronunciar aquellas últimas palabras.

—El dinero es una cosa buena y necesaria, Jo, y espero que nunca sufráis demasiado por falta de él, ni que os veáis tentadas por su abundancia excesiva. Me agradaría que Juan contase con una posición segura, aunque modesta, que le permitiera vivir con desahogo y sin deudas, pero no ambiciono para mis hijas ni una fortuna espléndida, ni una gran posición, ni un gran nombre. Si clase y dinero vienen acompañados de amor y virtud, los aceptaría agradecida, y gozaría de vuestra dicha y buena suerte, pero sé por experiencia cuánta felicidad y dicha verdadera puede haber en una casa modesta donde se gana el pan de cada día y algunas privaciones dan dulzura a los escasos placeres, pareciéndome bien por lo tanto que Meg empiece humildemente, porque, si no me engaño, será rica poseyendo el corazón de un hombre bueno, lo cual vale más que una fortuna.

—Te comprendo, madre, y estoy de acuerdo contigo, pero Meg me ha decepcionado porque yo había hecho a la idea de que andando el tiempo se casaría con Teddy y viviría rodeada de riqueza y bienestar. ¿No te parece que eso hubiera estado muy bien?

—Es más joven que ella —empezó la señora March, pero Jo la interrumpió:

—Muy poco; es alto para su edad, y de lo más formal, cuando quiere. Además, es rico, generoso y bueno; repito que es una lástima que hayan echado a perder mi plan.

—Creo que Laurie no tiene edad adecuada y aún es muy veleta para que alguien se fíe de él. No hagas planes, Jo; deja que el tiempo y sus propios corazones den compañeros a tus amigos. Es conveniente no mezclarse en esos asuntos y no meterse en la cabeza esas «tonterías románticas», como tú las llamas; no vaya a ser que con ellas tengamos que lamentar el que se estropee una buena amistad.

—Bueno, así lo haré, pero detesto ver que las cosas se enredan y salen al revés de como debieran salir, cuando un tirón aquí y un tijeretazo allá las enderezarían. Si pudiésemos dejar de crecer... Pero los capullos han de ser rosas y los gatitos, gatos... ¡No hay remedio!

—¿Qué estáis hablando ahí de rosas y gatitos? —preguntó Meg, entrando en el cuarto con la carta que acababa de recibir.

—Nada, tonterías mías. Me voy a la cama; ven, Meg —dijo Jo.

—Está muy bien escrita. Haz el favor de añadir que saludo a Juan con todo cariño —dijo la señora March, devolviendo la carta a Meg después de leerla.

—¿Le llamas Juan? —preguntó Meg, sonriente, fijando en su madre sus inocentes ojos.

—Sí; se ha portado con nosotros como un hijo y le queremos mucho —repuso su madre, contestando a su mirada con otra más penetrante.

—Me alegro de ello, porque se siente muy solo... Buenas noches, mamaíta querida. ¡Qué alegría tenerte ya aquí!

El beso que su madre le dio fue muy tierno, y al verla salir del cuarto, la señora March dijo entre satisfecha y pesarosa:

—Todavía no ama a Juan, pero no tardará...

21

LAURIE COMETE UNA TRAVESURA Y JO PONE PAZ

La cara de Jo era digna de estudio al día siguiente, porque el secreto le pesaba bastante y no podía evitar el mostrarse misteriosa y el darse importancia. Meg lo observó, pero no quiso hacer preguntas porque sabía que con Jo lo mejor era llevarle la contraria y estaba segura de que, no preguntándole nada, se lo diría todo. Pero le soprendió comprobar que Jo adoptaba respecto de ella una actitud protectora, que decididamente le molestó, haciéndola mostrarse a su vez dignamente reservada y consagrarse a su madre. Como la señora March ocupaba ahora el puesto de enfermera al lado de Beth, Jo tenía todo su tiempo libre, pues su madre le había ordenado descansar, pasear y divertirse. No estando allí Amy, su único recurso era Laurie, pero aunque lo pasaba muy bien con él, ahora casi rehuía su compañía, temiendo que revelara el secreto que guardaba.

Y le sobraba razón, porque el muchacho se empeñaba en descubrirlo y acosaba a Jo, ora con halagos o sobornos, ora ridiculizándola, amenazándola o riñéndola, ora aparentando indiferencia, para poder sorprender la verdad, declarando que la sabía y le tenía sin cuidado; hasta que por último hubo de darse por contento con suponer que se trataba de Meg y Brooke; pero indignado de que su profesor no le hubiera tomado por confidente, caviló cómo vengarse de aquel desprecio.

Meg, entretanto, parecía haber olvidado el asunto, y estaba absorta en los preparativos para el regreso de su padre, cuando de pronto se operó en ella un cambio y durante un día o dos pareció otra persona. Se estremecía cuando se le hablaba, enrojecía si se la miraba, estaba muy reservada, absorta en su costura, y en su rostro leíase una expresión a la vez tímida y preocupada. A las preguntas de su madre contestaba que no le ocurría nada y a Jo la hacía callar rogándole que la dejase sola.

—Presiente el amor en el aire y va muy deprisa. Tiene la mayoría de los síntomas: mal humor, poco apetito, insomnio, anda entristecida y reservada. El otro día la encontré cantando la canción que él le mandó.

—Sólo hay que esperar. Déjala sola, sé cariñosa y paciente con ella y la venida de tu padre lo arreglará todo —repuso su madre.

Al día siguiente, al distribuir la correspondencia del buzón, Jo dijo:

—Aquí hay una carta para ti, Meg. ¡Qué raro; está sellada! A mí, Laurie nunca me sella las mías.

Más tarde, la señora March y Jo estaban ocupadas en sus cosas, cuando una exclamación de Meg les hizo levantar la cabeza y la vieron con cara de susto.

—¿Qué ocurre, hija mía? —dijo la madre corriendo hacia ella mientras Jo intentaba coger la carta causante del disgusto.

—Es una equivocación... él no me ha escrito. Acabo de comprenderlo todo. Jo, ¿cómo has podido hacer semejante cosa? —Y Meg ocultó el rostro entre las manos y se echó a llorar con el mayor desconsuelo.

—¿Yo? ¡Pero si no he hecho nada! —exclamó Jo.

Los dulces ojos de Meg se encendieron de cólera, cuando, sacando del bolsillo el arrugado papel, se lo arrojó a Jo, diciendo con reproche:

—Tú la escribiste y ese malvado de Laurie te ayudó. ¿Cómo habéis podido ser tan groseros, cobardes y crueles con nosotros dos?

Apenas pudo oírla Jo, porque ella y su madre estaban leyendo la carta escrita con una caligrafía sospechosa:

Mi queridísima Margarita:

No puedo contener por más tiempo mi pasión y quiero, antes de mi regreso, saber mi suerte. No me atrevo a decir nada aún a sus padres de usted, pero creo que consentirán, si nos amamos el uno al otro. El señor Laurence me ayudará con alguna buena colocación, y entonces podremos ser felices. Le suplico que no diga nada en su casa todavía, pero que me envíe una palabra de esperanza por medio de Laurie.

Su incondicional,

JUAN.

—¡Oh, sinvergüenza! Así piensa pagarme por guardar la palabra dada a mamá. Ya le daré yo un buen rapapolvo y le haré que venga a pedir perdón —dijo Jo, impaciente por demandar justicia.

Pero su madre la detuvo, diciendo con una mirada que rara vez se le veía:

—Espera, Jo; primero has de sincerarte tú. Son tantas las travesuras que has hecho ya, que me temo que en ésta también tengas parte.

—Te doy mi palabra de honor, mamá, de que no sabía nada. No he visto esta carta hasta ahora mismo, ni sabía una palabra de ella —dijo Jo con tono de sinceridad, y todas la creyeron—. De haber tomado parte en ello, lo hubiera hecho mejor y la carta se parecería a una de Brooke; no esa tontería —añadió.

—Se parece a su letra —balbuceó Meg, comparándola con otra que tenía en la mano.

—No le habrás contestado, ¿eh, Meg? —exclamó la señora March.

—¡Sí que lo hice! —Meg ocultó de nuevo el rostro, abrumada de vergüenza.

—¡Vaya lío! Dejadme que vaya a buscar a ese pícaro y que nos lo explique todo y le digamos lo que viene al caso. No puedo descansar hasta que le coja por mi cuenta. —Jo volvió a dirigirse a la puerta.

—Callad y dejadme a mí arreglar este asunto, que resulta más complicado de lo que yo creía —ordenó la señora March, sentándose al lado de Meg, pero sujetando a Jo para que no se escapase.

—La primera carta me la entregó Laurie, que no parecía saber nada de ello —comenzó Meg, sin levantar los ojos—. Al principio me preocupó un poco y pensé decírtelo, pero recordando luego que el señor Brooke te era persona grata, calculé que no le importaría el que conservase unos días para mí sola mi secretito. Soy tan tonta, que me gustaba pensar que nadie lo sabía, y mientras decidía lo que iba a decir me creía una heroína de novela. Perdóname, mamá... Bien cara voy a pagar mi tontería. Ya nunca podré volver a mirarle a la cara.

—¿Qué le decías en la carta? —preguntó la señora March.

—Pues únicamente que era muy joven aún para eso; que no quería tener secretos para ti y que hablara a papá. Que le agradecía mucho su atención y que sería amiga suya, pero durante mucho tiempo nada más que amiga.

La señora March sonrió complacida y Jo se puso a palmotear y a reír, diciendo:

—Niña, te pareces a Carolina Percy, que era un modelo de prudencia. Sigue. ¿Qué contestó a eso?

—Me escribió para decirme que no me había escrito tal declaración, y que sentía mucho que mi impertinente hermana Jo se tomase esas libertades con nuestros nombres. Es una carta muy amable y respetuosa, pero ¡figuraos qué horrible resulta para mí!

Meg se apoyaba contra su madre, imagen viva de la desesperación, y Jo paseaba por el cuarto. De pronto se detuvo, cogió las dos cartas y, después de examinarlas atentamente, dijo:

—No creo que Brooke haya visto ninguna de estas cartas. Teddy escribió las dos y conserva la tuya para darme la lata con ella, por no haber querido revelarle mi secreto.

—No tengas secretos, Jo; cuéntaselo todo a mamá y eso te evitará muchos disgustos. ¡Ojalá lo hubiera hecho yo así! —dijo Meg, con vehemencia.

—Pero, niña... si fue mamá la que me lo dijo.

—Bueno, basta ya, Jo. Yo consolaré a Meg mientras tú vas en busca de Laurie. Pondré en claro el asunto y haré que estas travesuras imprudentes terminen en el acto.

Jo marchó a toda prisa y la señora March, muy suavemente, dijo a Meg cuáles eran los sentimientos de Brooke respecto de ella.

—Ahora, querida, dime cuáles son los tuyos. ¿Le quieres lo bastante para esperar a que pueda ofrecerte un hogar, o prefieres quedarte del todo libre por ahora?

—Estoy tan herida y tan fastidiada con lo ocurrido que no quiero saber nada de amores en mucho tiempo... quizá nunca —contestó con petulancia Meg—. Si Juan no sabe nada de esa tontería, no se lo digas y haz que Laurie y Jo no se lo digan tampoco. No quiero ser engañada, ni que se rían de mí y me hagan parecer una loca... ¡Es una vergüenza!

Viendo que Meg, a pesar de su habitual dulzura, estaba muy ofendida y enojada, su madre procuró calmarla prometiéndole que se guardaría el más absoluto silencio sobre lo ocurrido, y que en adelante habría en todo gran discreción. Apenas se oyeron los pasos de Laurie en la escalera, Meg corrió a encerrarse en el despacho y la señora March recibió al culpable. Jo no le había dicho para qué le querían temiendo que se negase a ir, pero apenas hubo visto a la señora March, supo de qué se trataba y empezó a dar vueltas al sombrero entre las manos en una actitud que le delató. Jo fue despedida del cuarto pero se quedó en el zaguán paseando de arriba abajo.

Por espacio de una hora se oyeron en la sala las dos voces, hablando a ratos más alto y a ratos más bajo, pero lo que se dijo en esta entrevista nunca lo supieron las muchachas.

Cuando las llamaron a la sala, Laurie estaba de pie al lado de la señora March, con tal cara de arrepentimiento que Jo le perdonó en el acto, si bien no juzgó prudente mencionarlo. Meg recibió su humilde disculpa, y se sintió consolada con la seguridad de que Brooke no sabía nada de la broma.

—Yo nunca se lo diré... nadie me arrancará ese secreto; así que perdóname, Meg, y haré lo que quieras para demostrarte mi arrepentimiento —añadió, al parecer avergonzado.

—Está bien, pero lo que has hecho ha sido indigno de un caballero. No te hubiera creído nunca tan astuto y malicioso —replicó Meg haciendo por disimular su púdica confusión bajo una actitud de grave reproche.

—Sí, ha sido abominable y no merezco que me dirijas la palabra en un mes; pero tú no lo harás, ¿verdad? —Laurie juntó las manos en un gesto tan implorante y habló con acento tan persuasivo que fue imposible, a pesar de su escandaloso proceder, seguir enfadada con él.

Meg le perdonó, y a pesar de sus esfuerzos por mantenerse grave, la señora March perdió su seriedad cuando oyó al muchacho declarar que, en descargo de su culpa, estaba dispuesto a hacer penitencia y humillarse delante de la ofendida doncella.

Jo, entretanto, estaba callada, procurando endurecer su corazón respecto a Laurie, y consiguiendo tan sólo poner cara de desaprobación. Él le dirigió una o dos miradas, pero como no daba muestras de ablandarse, se sintió ofendido, y le volvió la espalda hasta que hubo terminado con las otras, dedicándole luego un formal saludo y saliendo del cuarto sin decirle palabra.

Apenas se hubo marchado, a Jo empezó a pesarle el no haberse mostrado más indulgente, y cuando Meg y su madre se fueron arriba, se encontró sola y echó de menos a

Laurie, acabando, tras corta lucha, por ceder a su impulso y salir con la excusa de que iba a la casa grande a devolver un libro.

—¿Está el señor Laurence? —preguntó a una criada que bajaba del piso de arriba.

—Sí, señorita; pero no creo que pueda verle ahora.

—¿Por qué? ¿Está enfermo?

—No, señorita; es que ha tenido un disgusto con el señorito, que padece uno de sus arrebatos de mal humor, no sé por qué, cosa que enfada mucho al señor, y no me atrevo a pasarle recado.

—¿Dónde está Laurie?

—Encerrado en su cuarto y sin contestar, aunque he estado llamando a la puerta, porque está la comida servida y no sé quién se va a sentar a la mesa.

—Voy a ver qué ocurre. Yo no les temo a ninguno de los dos.

Jo subió y se puso a llamar con fuerza a la puerta del despacho de Laurie.

—¡O me deja en paz, o salgo y se va a enterar de lo que es bueno! —gritó desde dentro con tono amenazador.

Jo, insistió. La puerta se abrió de golpe y, antes de que Laurie pudiera recobrarse de su sorpresa, ya estaba ella dentro. Viendo que, en efecto, el muchacho estaba muy enfadado, Jo, que le entendía perfectamente, adoptó una expresión contrita y cayendo afectadamente de rodillas dijo con humildad:

—Perdona que me disgustara contigo. He venido para que firmemos las paces, y no me marcharé hasta que así sea.

—Está bien. Levántate y no seas tonta, Jo —fue la caballerosa respuesta.

—Gracias. ¿Puedo preguntar qué te sucede? No pareces muy tranquilo que digamos.

—Me han dado una tunda, ¡y eso no lo soporto! —gruñó Laurie, indignado.

—¿Quién? —preguntó Jo.

—El abuelo... De no haber sido él, te aseguro que...

—El agraviado joven remató la frase con un enérgico ademán del brazo derecho.

—¡Bah! Eso no tiene importancia. Yo a veces te doy alguna tunda y no te enfadas.

—¡Ya! Porque eres una chica y lo haces en broma; pero no se lo consentiría a ningún hombre.

—No creo que se le ocurriera a ninguno intentarlo, sobre todo con la cara agria que tienes ahora. ¿Por qué te ha tratado así?

—Pues porque no quise decirle por qué me había mandado a llamar tu madre. Había prometido callarlo y no iba a faltar a mi promesa.

—¿Y no pudiste contestar de otro modo a tu abuelo?

—No; él quería saber la verdad, toda la verdad y nada más que la verdad. Le hubiera confesado mi travesura, de no tener que nombrar a Meg; pero como eso no podía ser, me callé y aguanté el regaño, hasta que el viejo me sacudió. Entonces me puse furioso y salí corriendo del cuarto, temiendo hacer un disparate.

—Tu abuelo no estuvo bien, pero seguramente le pesa lo hecho; así que baja a presentarle tus excusas, que yo te ayudaré. Anda, vamos.

—¡Ni hablar! ¡Cómo voy a aguantar yo que todos me estén riñendo y fastidiando por una tontería! Me arrepentí de lo hecho por tratarse de Meg y le pedí perdón como un hombre; pero al abuelo no se lo pido porque la razón está de mi parte.

—Él no lo sabía.

—Debía confiar en mí y no tratarme como si fuera un bebé. Es inútil, Jo; ha de aprender que soy capaz de manejarme solo y que no necesito agarrarme al delantal de nadie para andar por el mundo.

—¡Qué tozudo eres! —suspiró Jo—. ¿Y cómo piensas arreglar este asunto?

—Pues él es quien me debe pedir perdón y creerme cuando digo que no puedo revelarle alguna cosa.

—¡Vaya una idea! Eso no lo hará nunca.

—Pues yo no bajo hasta que lo haga.

—Vamos, Teddy, sé razonable; déjalo correr y yo explicaré lo que pueda. No puedes seguir aquí encerrado; así que ¿de qué te sirve ponerte melodramático?

—No pienso estar aquí mucho tiempo. Me marcharé a cualquier parte, y en cuanto el abuelo me eche de menos, verás lo pronto que viene a buscarme.

—Seguramente, pero no debes marcharte y darle ese disgusto.

—¡Déjate de sermones! Me marcharé a Washington y veré a Brooke; allí hay animación y me divertiré a mis anchas.

—¡Ya lo creo que te divertirás! ¡Quién pudiera irse contigo! —dijo Jo, olvidando su papel de mentor ante la alegre perspectiva de la vida en la capital del país.

—Pues acompáñame. ¿Por qué no? Das una sorpresa a tu padre, mientras yo animo un poco a Brooke. Sería muy divertido; vamos a hacerlo, Jo. Dejaremos una carta diciendo que estamos bien y nos marchamos. Tengo dinero suficiente, a ti te sentará bien y no hay mal alguno en ello, puesto que vas a ver a tu padre.

Por un momento, Jo pareció dispuesta a aceptar, porque aunque el plan era disparatado, le tentaba. Estaba cansada de cuidados y quietud, ansiosa de cambio, y al pensamiento de ver a su padre se unían, tentadores, los de la novedad que para ella representaba la ciudad. Brillaron sus ojos al mirar hacia la ventana, pero cayeron sobre la casa de enfrente y negó con la cabeza, diciendo con pesarosa decisión:

—Si fuera un chico, nos escaparíamos juntos y lo pasaríamos en grande, pero como soy una pobre chica, tengo que proceder con corrección y quedarme en casa. No me tientes, Teddy... es un plan disparatado.

—Por eso precisamente es divertido —empezó Laurie, que estaba frenético por desmandarse.

—¡Cállate! —exclamó Jo, tapándose los oídos—. «Ciruelas, pasa y prismas son mi destino», y mejor es que me haga a la idea de ello desde ahora. He venido aquí para hacerte entrar en razón, no para oír cosas que me hacen perder la serenidad.

—Ya sé qué Meg se escandalizaría si le hablases de eso; pero creí que tú tendrías más espíritu —repuso Laurie.

—No seas malvado y calla, por favor. Siéntate a meditar tus pecados y no me los hagas cometer a mí. Si consigo que tu abuelo se disculpe, ¿desistirás de escaparte?

—Sí, pero no lo conseguirás —dijo Laurie, que deseaba la reconciliación pero comprendía que su dignidad ofendida necesitaba alguna satisfacción.

—Como sé manejar al joven, sabré manejar al viejo —murmuró Jo al marcharse. Laurie se quedó inclinado sobre un mapa de ferrocarriles, con la cabeza entre las manos...

—¡Adelante! —La voz áspera del señor Laurence sonó en los oídos de Jo más áspera que nunca.

—Soy yo; vengo a traer un libro —dijo dulcemente al entrar.

—¿Quieres algún otro? —preguntó el anciano, que estaba contrariado pero trataba de ocultarlo.

—Si es usted tan amable, me gustaría leer el segundo tomo del viejo Sam —repuso Jo, esperando complacer al viejo Laurence mediante una segunda dosis del *Johnson* de Boswell, obra que él le había recomendado como divertida.

Su ceño se disipó un poco cuando empujó la escalerilla hacia el estante que contenía la literatura johnsoniana. Jo trepó al último peldaño y, sentándose en él, mientras simulaba buscar el libro, pensó de qué modo abordar el espinoso asunto que motivaba su visita. El señor Laurence pareció sospechar que algo tramaba, porque después de pasearse nerviosamente por el cuarto, se volvió hacia ella y preguntó tan repentinamente que *Rasselas* cayó al suelo boca abajo:

—¿Qué ha hecho ese chico? No trates de disculparlo. Sé que hizo algo malo, por la forma como se comportó cuando volvió a casa; pero no he podido sacarle ni una palabra, y cuando le amenacé con arrancarle la verdad a la fuerza, echó a correr escaleras arriba.

—Hizo una cosa que no estaba bien, pero le perdonamos y prometimos no decir ni una palabra a nadie —explicó Jo, de mala gana.

—No es suficiente; no consentiré que se defienda al amparo de una promesa hecha por vosotras, blandas de corazón. Dime de qué se trata, Jo; quiero saberlo.

El señor Laurence tenía una expresión tan severa en el rostro y hablaba tan indignado, que Jo de buena gana se hubiera marchado, pero no podía porque estaba encaramada en lo alto de la escalera y él al pie de ella, como león en el camino, por lo que se vio obligada a hacerle frente.

—Señor Laurence, no puedo decírselo; mamá me lo ha prohibido. Laurie ha pedido perdón y ha sido suficientemente castigado. No guardamos silencio por encubrirle a él, sino a otra persona, y si usted interviene, será mucho peor. ¡Por Dios, no lo haga! Fue en parte culpa mía, pero ya está arreglado, así que olvidémoslo, y vamos a hablar de *Rambler* o de algo agradable.

—¡Al demonio con *Rambler*! Baja de ahí y dame tu palabra de que ese chico no ha hecho nada que signifique ingratitud o impertinencia. Si así fuera, después de todas vuestras bondades para con él, sería capaz de darle una paliza con mis propias manos.

La amenaza sonaba espantosa, pero Jo no se alarmó, porque sabía que el irascible caballero no era capaz de una cosa así, aunque dijera lo que dijese. Bajó de la escalera y explicó lo ocurrido, sin delatar a Meg ni faltar a la verdad.

—Hum... bueno. Si el chico calló porque lo había prometido y no por terquedad, le perdonaré. Es testarudo y difícil de manejar —dijo el señor Laurence mesándose el cabello hasta quedar como si hubiera estado expuesto una hora al vendaval, pero había desaparecido de su frente el pliegue de preocupación que antes la surcaba.

—Yo soy igual; pero con una palabra amable se me lleva mejor que por las malas —dijo Jo, tratando de favorecer a su amigo, que parecía salir de una dificultad para caer en otra.

—Crees que no soy cariñoso con él, ¿verdad? —preguntó él.

—¡Oh, no! ¡Nada de eso! Algunas veces es usted demasiado bueno, y otras demasiado arrebatador, cuando se impacienta. ¿No le parece?

Jo estaba resuelta a decirlo todo de una vez y trató de aparentar serenidad, aunque por dentro temblaba a causa de su osado discurso. Para su sorpresa, el anciano caballero arrojó sus gafas sobre la mesa, apartó unos papeles y exclamó:

—Tienes razón, niña; así es. Quiero al chico, pero me impacienta hasta sacarme de quicio, y de seguir así no sé cómo terminará esto.

—Ya se lo he dicho a usted... Marchándose él.

Jo se arrepintió de haber hablado así sólo para prevenir al anciano de que Laurie no estaba dispuesto a soportar demasiadas severidades y que debía ser más condescendiente con él.

Aquello demudó por completo la cara del señor Laurence; se sentó y fijó una mirada turbada en el retrato de un apuesto joven que había encima de su mesa. Era el padre de Laurie que, siendo muy joven, se había marchado de casa para casarse contra la voluntad del autoritario padre. A Jo le pareció que el anciano recordaba con pena el pasado y deseó poder borrar las palabras que acababa de decir.

—No lo hará a menos que esté muy contrariado, y sólo lo dice en son de amenaza cuando se cansa de estudiar. También a mí se me ocurre a veces que sería divertido escaparse e irse por ahí de viaje, y desde que tengo el pelo corto aún me tienta más la idea; así que si algún día nos echa usted de menos, puede anunciar que se han perdido dos chicos y buscarnos entre los barcos con destino a la India. —Rió.

El señor Laurence pareció tranquilizarse, suponiendo que todo aquello era una broma.

—Pero, picaruela, ¿cómo te atreves a hablar así? ¿Dónde está el respeto que me debes y tu buena educación? ¡Vaya con los niños y las niñas de hoy en día, cuánto nos atormentan y, sin embargo, no podemos prescindir de ellos! —dijo, pellizcando la mejilla a Jo y sonriendo afable—. Ve a buscar al chico y que baje a cenar; dile que todo pasó y aconséjale que no adopte actitudes melodramáticas con su abuelo. No lo soportaré.

—Yo de usted, le escribiría, dándole alguna satisfacción. Dice que mientras así no sea, no bajará, y habla de Washington y dice mil tonterías. Una disculpa de parte de usted le hará bajar del todo dulcificado. Inténtelo; a Laurie le gusta la diversión y éste es el mejor medio de sosegarlo. Yo le subiría la carta y le haría ver pronto cuál es su deber.

El señor Laurence le dirigió una mirada penetrante, y se puso las gafas, diciendo con lentitud:

—Eres una gatita muy lista, pero no me importa ser manejado por Beth y por ti. Anda, dame una hoja de papel y acabemos con esta tontería.

La carta fue escrita en los términos que un caballero emplearía al dirigirse a otro, después de haberle inferido un insulto, y con ella en la mano Jo echó a correr escaleras arriba, no sin haber plantado un beso en la calva del señor Laurence. Metió el papel por debajo de la puerta del cuarto de Laurie y le aconsejó, por el ojo de la cerradura, que fuera respetuoso, dócil y otras cosas buenas. Hallando la puerta cerrada con llave, dejó que la carta cumpliera su cometido y ya bajaba lentamente, cuando el muchacho se deslizó por el pasamanos de la escalera y fue a esperarla al pie de ella para decirle con expresión virtuosa:

—¡Qué buena chica eres, Jo! ¿Te ha dado algún cachete?

—No, estuvo muy suave.

—¡Vaya! Fui yo el que llevó la peor parte; hasta tú me echaste de allá y estaba como desquiciado; te lo aseguro.

—No hables así; vuelve la hoja y empieza de nuevo.

—No hago más que volver hojas y estropearlas, como solía estropear mis cuadernos; pero con tantos comienzos nunca acabaré nada —dijo con tristeza.

—Ven a comer y te encontrarás mejor. Los hombres gruñís siempre que tenéis hambre. —Jo, dicho esto, corrió a la puerta y se marchó.

—Ésa es una injuria a mi sexo —masculló Laurie, parodiando a Amy, mientras iba a compartir el almuerzo con su abuelo, que el resto del día estuvo de un humor excelente y se mostró de lo más atento con él.

Todo el mundo dio el asunto por terminado, pero el mal estaba hecho, porque aunque otros olvidaron, Meg siguió recordando, y si bien nunca nombraba a cierta persona, pensaba y soñaba bastante en él, y una vez Jo, buscando sellos en el cajón de su hermana, encontró un papelito en el que había escritas estas palabras: «Señora de Brooke.» Jo exhaló un resignado suspiro y tiró el papel al fuego, presintiendo que la malhadada broma de Laurie iba a adelantar para ella el día fatal.

22

ALEGRES PRADERAS

Las semanas siguientes transcurrieron apaciblemente. Los convalecientes mejoraron y el señor March empezó a hablar de volver para Año Nuevo. Beth pudo pronto pasar el día echada en el sofá del despacho, entretenida con sus queridos gatitos al principio y, más adelante, cosiendo la ropa de sus muñecas, que había quedado muy atrasada. Sus antes activos miembros estaban ahora débiles y tiesos: Jo le daba diariamente un paseo por la casa, llevándola en sus robustos brazos. Meg se estropeó la piel de sus blancas manos preparando delicados platos para su hermanita, mientras Amy, fiel a su sortija, celebraba su regreso, repartiendo sus tesoros entre sus hermanas.

Al acercarse la Navidad, comenzaron los misterios de costumbre, y Jo con frecuencia hacía reír a la familia proponiendo ceremonias impracticables o absurdas para festejar aquella Navidad más alegremente que nunca. Laurie era igualmente ingenioso y quería que hubiese fuegos artificiales, cometas y arcos de triunfo; al fin, después de muchas discusiones y riñas, la ambiciosa pareja quedó al parecer vencida y puso cara larga, si bien cuando estaban a solas se oían sus risas.

Tras varios días de temperatura agradable, amaneció

una espléndida mañana de Navidad. Ana había sentido «en los huesos» que el día iba a ser extraordinariamente bueno, lo que resultó una verdadera profecía, porque no sólo el tiempo, sino todas las cosas y todo el mundo parecieron dispuestos a coadyuvar al éxito de la jornada. El señor March escribió anunciando que pronto estaría con su mujer y sus hijas. Beth, mejoradísima, se puso el regalo de su madre, un chal de suave merino encarnado, y fue llevada en volandas a la ventana, para que viese desde allí la ofrenda de Jo y Laurie. Los «irreductibles» habían hecho cuanto pudieron por merecer ese mote, trabajando toda la noche en la preparación de una divertida sorpresa. En el jardín veíase una majestuosa doncella hecha de nieve, coronada de muérdago y con una cesta de flores en una mano y en la otra una partitura de música, sobre los helados hombros un verdadero arco iris de Afghan y saliéndole por los labios un papel rosa en el que se leía la siguiente felicitación de Navidad:

«¡Dios te bendiga, reinita Beth! / Nada venga a turbarte. / Sean salud, paz y dicha / tuyas en esta Navidad. / Aquí hay frutas para alimento de nuestra laboriosa abeja. / Y flores para su deleite / y música para su piano, / y un Afghan para sus pies. / Un retrato de Juana veo, / hecho por un segundo Rafael / que trabajó con gran afán / por hacerlo bonito y fiel. / Acepta por favor una cinta / para la cola de *Purrer*. / Y un helado de crema / que para ti hizo Meg. / Los que me hicieron, han dejado su cariño en mi níveo pecho. / Acéptalo, junto con la doncella Alpina. / De parte de Laurie y Jo.»

¡Cómo rió Beth al leer aquello! ¡Cómo corrió Laurie entrando y saliendo para llevar los regalos y qué divertidos fueron los discursos de Jo al ofrecerlos!

—Soy tan feliz... Si papá estuviera aquí mi dicha no podría ser más completa —dijo Beth, suspirando cuando su hermana Jo la llevó al despacho para que descansase de toda aquella agitación y se regalase con algunas de las deliciosas uvas que la «Jungfrau» le había enviado.

—También yo estoy contentísima —dijo Jo, contemplando el tanto tiempo deseado *Undine y Sintram.*

—Pues yo no lo estoy menos —declaró Amy, encantada con la reproducción de *La Madonna y el Niño,* que su madre le había regalado en un bonito marco.

—¡Y yo! —exclamó Meg, acariciando los pliegues de su primer traje de seda, que el señor Laurence se había empeñado en regalarle.

—Yo también —dijo la señora March, agradecida, mientras sus ojos iban de la carta de su marido a la carita sonriente de Beth y acariciaba su mano el broche que sus hijas acababan de prenderle en el pecho.

De vez en cuando en este mundo las cosas ocurren como en los libros, en que todo sale bien, y entonces, ¡qué dicha! A la media hora de haber dicho todas que no podían ser más felices de lo que eran, esa felicidad se acrecentó con algo inesperado.

Laurie abrió la puerta del despacho y asomó la cabeza. Su cara revelaba tal emoción y alegría que todas dieron un salto cuando dijo casi sin aliento:

—Aquí hay otro regalo de Navidad para la familia March.

Aún no había acabado de decirlo cuando alguien lo apartó a un lado, y en su lugar apareció un hombre alto, con una bufanda que le cubría hasta los ojos y apoyado en el brazo de otro hombre alto, que trató de decir algo y no pudo. El revuelo fue general y durante unos minutos todos parecieron enloquecer. El señor March desapareció bajo cuatro pares de brazos amorosos. Jo desacreditó su fama de serena, desmayándose y casi teniendo que ser asistida por Laurie en el gabinete; el señor Brooke besó a Meg por equivocación, según explicó con cierta incoherencia; y Amy, la digna, tropezó con un taburete y, sin levantarse del suelo, abrazó y besó llorando las botas de su padre, del modo más conmovedor. La señora March fue la primera que se repuso para decir:

—¡Silencio! Acordaos de Beth.

Pero ya era demasiado tarde; en aquel momento se abrió la puerta y apareció en el umbral el chalequito encarnado. La alegría había dado fuerzas a sus débiles miembros y Beth corrió a los brazos de su padre. Después de esto, no queráis saber lo que pasó allí, porque los corazones, rebosantes de alegría y ternura, borraron toda la amargura del pasado para dejar sólo la dulzura del presente.

Se produjo un estallido de risa cuando descubrieron a Ana detrás de la puerta, llorando sobre el pavo que había olvidado dejar en el fogón cuando salió corriendo de la cocina. Luego, la señora March empezó a dar las gracias a Brooke por los solícitos cuidados de que había rodeado al señor March. Los dos enfermos que habían acompañado al convaleciente reposaron en una butaca.

El señor March contó que había querido sorprenderlas y que el médico se lo permitió porque hacía buen tiempo; les dijo también lo muy solícito y cariñoso que se había mostrado Brooke y que era un muchacho excelente. Por qué el señor March hizo aquí una pausa y después de una mirada a Meg, que estaba atizando el fuego con energía, miró a su mujer con un gesto de interrogación, dejo a los lectores que se lo figuren, así como por qué la señora March movió suavemente la cabeza y preguntó con cierta precipitación a su marido si quería tomar algo. Jo, que vio y comprendió la mirada, salió del cuarto con el entrecejo fruncido en busca de vino y fiambres, murmurando para sus adentros al cerrar la puerta de un portazo:

—¡Detesto a los muchachos excelentes y de ojos negros!

Nunca hubo una comida de Navidad tan dichosa como la de aquella noche. El pavo relleno era digno de verse cuando Ana lo presentó, suculentamente aderezado y decorado; el mismo elogio podía hacerse al *pudding* de ciruelas, que literalmente se deshacía en la boca, así como la jalea, con la que Amy se regaló como mosca en bote de miel. Todo salió a la perfección. Ana confesó que había sido un milagro que, dado lo atontada que estaba de puro contenta, no asara el *pudding* o rellenara el pavo con uvas.

El señor Laurence y su nieto cenaron con los March, como también el señor Brooke, a quien Jo dirigió miradas sombrías para diversión de Laurie. Ocupaban la cabecera de la mesa dos butacas, en las que se sentaron Beth y su padre. Se brindó, se contaron cosas, se cantaron canciones, hubo «reminiscencias», como dicen los viejos, y la comida transcurrió admirablemente. Aunque estaba proyectado ir a patinar, las chicas no quisieron dejar a su padre. Los invitados se retiraron temprano y al anochecer la dichosa familia se reunió junto al fuego.

—Hace un año estábamos aquí gruñendo por lo aburrida que iba a ser nuestra Navidad. ¿Os acordáis? —preguntó Jo, interrumpiendo la breve pausa que había seguido a la conversación.

—Pues ha sido un año muy agradable, después de todo —dijo Meg, sonriendo al fuego y felicitándose por haber tratado a Brooke con dignidad.

—Yo encuentro que ha sido bastante duro —observó Amy, viendo brillar su sortija a la luz de la llama.

—Me alegro de que haya terminado, porque te tenemos aquí otra vez —murmuró Beth, que estaba sentada en las rodillas de su padre.

—Sí, el camino ha sido bastante árido para vosotras, peregrinas mías, en especial este último trecho; pero habéis sido valientes y creo que habéis mejorado mucho —dijo el señor March, mirando con satisfacción los juveniles rostros reunidos en derredor.

—¿Cómo lo sabes? ¿Te lo ha dicho mamá? —preguntó Jo.

—No del todo, pero algo me dice de dónde sopla el viento y hoy he hecho varios descubrimientos.

—¡Ay! Dinos cuáles son —exclamó Meg, que estaba sentada a su lado.

—Éste es uno. —Y, cogiendo la mano que se apoyaba en el brazo de su butaca, señaló el dedo índice, que estaba áspero, una quemadura en otro y dos o tres callitos en la palma—. Recuerdo un tiempo en el que esta mano estaba blanca y suave y en que tu principal cuidado era el de conservarla así. Era bonita entonces, pero me parece mucho más ahora, porque en estas aparentes tachas, leo una pequeña historia. La vanidad ha sido sacrificada por medio del fuego; esta palma endurecida ha ganado algo más que callos y seguro que la costura hecha por estos dedos durará mucho, a juzgar por la buena voluntad con que fue realizada. Meg, querida, prefiero la destreza femenina que mantiene feliz el hogar, antes que las manos cuidadas y suaves. Me enorgullezco de estrechar esta manita buena y trabajadora y espero que no me la pidan demasiado pronto.

Si Meg esperaba algún premio por sus horas de paciente labor, lo recibió en el caluroso apretón de manos que le dio su padre y en la sonrisa de aprobación con que lo acompañó.

—¿Y de Jo? Di algo agradable de ella, porque ha puesto tanto empeño y ha sido tan buena conmigo... —dijo Beth al oído de su padre.

Él se rió y, mirando a la niña que estaba sentada enfrente de él, y cuya cara tenía una inusual expresión de mansedumbre, dijo:

—A pesar de la melena rizada, no encuentro la Jo que dejé hace un año. Veo una señorita que viste con pulcritud, se ata las botas como es debido y no silba ni grita, ni se tumba en la alfombra como solía. Está un poco pálida y delgada ahora, de resultas de los malos ratos pasados, pero me gusta así, porque su rostro tiene una expresión más dulce; no salta, sino que se mueve reposadamente y cuida de cierta personita con una solicitud maternal que me encanta. Por cierto que echo de menos a mi traviesa chica, pero si en lugar de ella me dan una mujer fuerte, servicial y tierna de corazón, me consideraré satisfecho. No sé si fue la esquila lo que tornó formal a nuestra oveja negra, pero sí sé que le agradezco de corazón los veinticinco dólares que ella me envió, gesto que muestra a las claras su bondad y desprendimiento.

Los ojos de Jo se anegaron de lágrimas por un momento y su delgado rostro se sonrojó ligeramente al recibir la alabanza de su padre que sentía merecer en parte.

—Ahora Beth —dijo Amy, deseando que le llegara el turno.

—Sé de ella tan poco, que temo decir demasiado y que se me escape del todo, si bien no está tan tímida como antes —comenzó el padre alegremente, pero recordando lo cerca que había estado de perderla. La abrazó con ternura, y unió su cara a la de ella—: Aquí te tengo sana y salva y no te soltaré, si Dios así lo dispone.

Tras un momento de silencio, miró a Amy, que estaba sentada a sus pies, y dijo:

—He observado que Amy comió con buen apetito en la mesa, hizo muchos recados para su madre, cedió su sitio a Meg y ha atendido a todos con paciencia y agrado. Observo también que ya no se enfada, ni se mira al espejo, ni siquiera ha mencionado la bonita sortija que lleva; de todo lo cual deduzco que ha aprendido a pensar en los demás antes que en sí misma, y ha resuelto moldear su carácter con tanto cuidado como pone en moldear sus figuritas de arcilla. Esto me agrada porque, por mucho que hubiera de enorgullecerme de una estatua hecha por ella, me satisfará mucho más tener una hija encantadora, con talento suficiente para embellecer la vida de los demás y embellecérsela a sí misma.

—¿En qué piensas, Beth? —preguntó Jo cuando Amy hubo dado las gracias a su padre y contado lo de la sortija.

—Hoy leí en *Progreso de los Peregrinos* cómo después de muchas vicisitudes, Cristiano y Esperanzador llegaron a una alegre pradera, en la que todo el año florecían lirios y en la que descansaron felices, como nosotros ahora, antes de llegar al término de la jornada —contestó Beth; añadiendo, al tiempo que se deslizaba de los brazos de su padre al suelo y se dirigió hacia el piano—: Traté de cantar la canción del pastorcillo que oyeron los pastores. Le he puesto música pensando en papá, a quien gustan tanto los versos.

Y sentándose ante su querido piano, Beth empezó a tocar, y con la dulce vocecita que todos habían creído no volver a escuchar, cantó acompañándose a sí misma, el viejo himno, tan a propósito para ella:

«El que está abajo no tema caer,
el que es humilde no se enorgullezca;
porque esos siempre tendrán
por guía a Dios.

Contento estoy con lo que tengo,
ora sea mucho, ora sea poco;
y porque Tú salvas a los mortales
aún te pido Señor más felicidad.»

～ 23 ～

TÍA MARCH ARREGLA EL ASUNTO

Como abejas solícitas detrás de su reina, al día siguiente iban detrás del señor March su mujer y sus hijas, descuidándolo todo por atender y oír al enfermo, que estuvo a punto de desfallecer a fuerza de atenciones. Viéndole sentado en su gran butaca junto al sofá de Beth, con sus otras tres hijas al lado y Ana asomando de vez en cuando la cabeza para «echar un vistazo al señor», nada parecía faltar para que la dicha de todos fuera completa. Algo faltaba, sin embargo, y los mayores lo comprendían aunque no lo mencionaban. El señor y la señora March se miraban con expresión de ansiedad, siguiendo con los ojos a Meg. Jo tenía repentinos accesos de tristeza y se la vio amenazar con el puño al paraguas que Brooke había dejado en el zaguán. Meg estaba reservada y distraída, se estremecía cuando sonaba el timbre y se sonrojaba al oír pronunciar el nombre de Juan. Amy decía que todo el mundo parecía estar aguardando algo con inquietud, lo cual era raro, estando ya papá en casa. Y Beth se preguntaba con inocencia por qué sus vecinos no vendrían tanto como antes.

Laurie, que se acercó por allí aquella tarde, al ver a Meg en la ventana pareció sufrir un acceso melodramático, porque cayendo de rodillas en la nieve, se puso a darse golpes de pecho, a mesarse el cabello y, juntando las manos en actitud implorante, hacía ademán de pedir algo. Cuando Meg le dijo que dejase de hacer tonterías retorció su pañuelo, empapado en imaginarias lágrimas y se marchó tambaleándose cual presa de la desesperación.

—¿Qué le ocurre a ese idiota? —preguntó Meg riendo.

—Te enseña lo que hará tu Juan andando el tiempo. Muy conmovedor, ¿verdad? —contestó Jo con sarcasmo.

—No digas «mi Juan», porque no está bien, ni es justo. —Pero al decir esto la voz de Meg se entretuvo en aquel nombre que sonaba muy dulce en sus oídos—. Haz el favor de no molestarme, Jo. Ya te he dicho que no me gusta «mucho» y que no hay más que decir al respecto; si bien seguiremos todos siendo amigos como hasta ahora.

—Eso no es posible, porque «algo» se ha dicho ya y la bromita de Laurie lo ha echado todo a perder. Yo lo veo y mamá también: no eres la misma, pareces haberte alejado tanto de mí... No quiero fastidiarte, eso no, y trataré de soportarlo con dignidad, pero quisiera que estuviese ya todo arreglado porque detesto el aguardar; de modo que si piensas hacerlo alguna vez, date prisa y acaba cuanto antes —dijo Jo.

—Yo no puedo decir ni hacer nada hasta que él hable, y él no hablará porque papá le dijo que era muy joven —explicó Meg, inclinada sobre su labor y con una sonrisita que parecía indicar su disconformidad con la opinión de su padre en ese asunto.

—Y si hablase no sabrías qué contestarle, sino que te ruborizarías o te echarías a llorar, o le dejarías salirse con la suya, en lugar de darle un buen «no».

—No soy tan tonta ni tan débil como me crees. Sé lo que diría porque lo tengo pensado; así que no me cogería desprevenida. Como nunca se sabe lo que puede ocurrir, quiero estar preparada.

Jo no pudo contener una sonrisa al ver la importancia que Meg se daba involuntariamente, y que la favorecía casi tanto como el rubor que le iba y le venía.

—¿Te importa que yo sepa lo que le dirías, llegado el caso? —preguntó Jo.

—En absoluto. Tienes ya dieciséis años y puedes ser mi confidente; además, con el tiempo te será útil mi experiencia; acaso en asuntos de esta misma clase.

—No pienso tenerlos nunca. Es divertido ver a otras personas en esas andanzas, pero para mí no las quiero —dijo Jo.

—No hablarías así si te gustase mucho una persona y tú le gustases a ella. —Meg hablaba como para sí sola y mirando hacia la pradera, en la que con frecuencia había visto parejas de enamorados paseando en los atardeceres de verano.

—Creí que ibas a decirme el discursito que piensas endilgar a ese hombre —dijo Jo, interrumpiendo la *rèverie* de su hermana.

—¡Ah!, pues le diría sencillamente y con la mayor tranquilidad: «Muchas gracias, señor Brooke, es usted muy amable, pero estoy conforme con mi padre en que soy demasiado joven para eso; así que haga el favor de olvidar el asunto y sigamos siendo amigos como hasta ahora.»

—¡Hum! Eso resulta bastante seco y frío. No creo que llegues a decirlo nunca, y si lo dices él no se dará por satisfecho. Si le da por comportarse como los enamorados desairados de las novelas, cederás antes que herirle en sus sentimientos.

—No cederé, te lo aseguro. Me comportaré con dignidad.

En ese momento, el ruido de unos pasos en el zaguán la hizo volar a su asiento y ponerse a coser como si de ello dependiera su vida. Jo contuvo la risa ante el repentino cambio, y en respuesta a la tímida llamada a la puerta, abrió con cara de pocos amigos.

—Buenas tardes. Venía en busca de mi paraguas... y a preguntar cómo se encuentra hoy su padre —dijo Brooke, un tanto desconcertado al ver las elocuentes caras de las dos hermanas.

—El paraguas está en el perchero. Le diré a mi padre que está usted aquí —una vez dicho esto, Jo se marchó para ofrecer a Meg oportunidad de pronunciar su discurso y de adoptar una actitud digna.

Lo malo fue que apenas se hubo marchado Jo, Meg se dirigió hacia la puerta, murmurando:

—Mamá tendrá gusto de verle. Por favor, tome asiento; voy a avisarle.

—No se marche, Margarita. ¿Me tiene miedo? —Brooke parecía tan dolido que Meg temió haberse mostrado muy dura con él. Se ruborizó intensamente porque hasta entonces nunca la había llamado Margarita, y estaba sorprendida de comprobar lo natural y dulce que sonaba aquel nombre en sus labios.

Deseosa de parecer serena y amable, le tendió la mano con gesto conciliador y le dijo:

—¿Cómo podría tenerle miedo, cuando ha sido usted tan bueno con mi padre? Solamente quisiera poder agradecerle todo lo que ha hecho.

—¿Quiere que le diga cómo? —preguntó Brooke, reteniendo en las suyas una manecita de Meg y mirándola con tanto amor que ella sintió que el corazón empezaba a latirle con fuerza; deseó a la vez marcharse y quedarse.

—¡No...! Por favor... prefiero que no... —dijo, tratando de retirar la mano y pareciendo asustada.

—No la molestaré; sólo quiero saber si me ama usted un poco. ¡Yo la amo tanto, Margarita! —exclamó el muchacho con ternura.

Ésa era la ocasión de pronunciar el sereno y digno discurso que Meg había preparado, pero no lo hizo; olvidada por completo de él, contestó tan quedamente que Juan tuvo que bajar la cabeza para oír la respuesta:

—No lo sé.

Juan sonrió satisfecho y, estrechando la manecita gordezuela entre las suyas, insistió con su tono más persuasivo:

—¿Quiere usted averiguarlo? Deseo saberlo... porque

no puedo seguir adelante hasta saber si obtendré mi recompensa.

—Soy demasiado joven —balbuceó Meg, preguntándose por qué estaba tan emocionada.

—Esperaré y entretanto usted podría aprender a quererme un poco. ¿Le sería muy difícil intentarlo?

—No, si me decido a ello, pero...

—Por favor, decídase, Meg. A mí me gusta enseñar y esto es más fácil que el alemán —suplicó Juan, cogiéndole la otra manecita e inclinándose para mirarla.

El tono de Brooke no podía ser más suplicante, pero, al dirigirle Meg una tímida mirada, vio que sus ojos, a la vez que ternura, expresaban alegría, y que sonreía satisfecho, como seguro de su éxito. Esto la molestó un poco y, recordando las insensatas lecciones de coquetería que le diera Annie Moffat, despertó súbitamente en ella ese deseo de dominar que duerme en el seno de toda mujer, por buena que sea, y excitada, sin saber qué hacer, siguiendo un capricho impulsivo, retiró las manos y dijo, petulante:

—No lo haré. Por favor márchese.

El pobre Brooke sintió que su castillo en el aire se hundía sobre su cabeza, porque nunca había visto a Meg tan desafiante.

—¿Lo dice usted en serio? —preguntó con ansiedad, siguiéndola hacia la puerta.

—Absolutamente en serio. No quiero que me fastidien con esas tonterías, y papá tampoco quiere. Soy demasiado joven.

—¿Puedo confiar en que con el tiempo cambie usted de idea? Esperaré todo el tiempo necesario. No juegue usted demasiado conmigo, Margarita; no es digno de usted.

—No vuelva a pensar en mí; prefiero que me olvide —dijo Meg, hallando una maligna satisfacción en poner a prueba la paciencia de Juan y su poder sobre él.

Brooke se había quedado serio y muy pálido; se parecía a los héroes de novela que ella admiraba, pero ni se golpeó la frente con las manos, ni se paseó impacientemente por el cuarto, sólo se limitó a mirarla con ternura y tristeza. Ella empezó a ablandarse a pesar de sí misma. Nunca sabremos qué hubiera ocurrido allí de no haberse presentado tía March en aquel preciso momento.

La buena señora no había podido resistir el deseo de ver a su sobrino, y enterada por Laurie, a quien había visto cuando salió a dar un paseo, de que el enfermo había regresado, fue a verle.

Como la familia estaba ocupada en la parte posterior de la casa, tía March había entrado sin anunciarse; pero Meg se sobresaltó como si hubiera visto un espectro, mientras Brooke desaparecía en el despacho.

—¿Qué significa esto? —exclamó la anciana, dando un golpe en el suelo con su bastón y paseando la mirada del pálido joven a la encarnada señorita.

—Es un amigo de papá... ¡Cuánto me... sorprende verla aquí! —tartamudeó Meg, presintiendo la regañina.

—Eso se sobreentiende, pero ¿qué te estaba diciendo este amigo de tu padre, para que estés como una rosa? Aquí hay gato encerrado y yo quiero saber de que se trata —dijo tía March, repitiendo el bastonazo.

—Pues estábamos hablando... El señor Brooke ha venido a buscar su paraguas —empezó Meg, deseando que tanto Brooke como el paraguas hubieran desaparecido.

—¿Brooke? ¿El profesor de ese chico? ¡Ah! Ahora lo entiendo. Jo provocó no sé qué confusión en un recado que enviaba su padre en una carta, y la obligué a contármelo todo. Me figuro que no le habrás dicho que sí, niña —dijo tía March escandalizada.

—¡Baje la voz, que nos va a oír! ¿Quiere ver a mamá? —preguntó Meg.

—Todavía no. Tengo algo que preguntarte, y es mejor que me quite ese peso de encima. Dime, ¿piensas casarte con ese Brooke?, porque si es así, te advierto que no verás un céntimo mío. Tenlo presente y obra con juicio —dijo la anciana con tono de advertencia.

Tía March poseía el don de despertar el espíritu de rebeldía aun en las personas de carácter más apacible, y gozaba con ello. Además, hay que tener presente que todos llevamos dentro, aun los mejores de entre nosotros, un sedimento de perversidad, especialmente cuando somos jóvenes y estamos enamorados. Si tía March hubiera rogado a Meg que aceptase a Juan Brooke, probablemente ésta hubiera contestado que ni hablar; pero como le exigía imperativamente que no lo aceptase, en el acto se decidió por todo lo contrario. La inclinación que ya sentía, a la vez que esa perversidad antes mencionada, facilitaron esta determinación, y, muy excitada, Meg llevó la contraria a su tía con inusual brío:

—Me casaré con quien quiera, tía March, y usted puede dejar su dinero a quien le parezca —dijo, irguiendo la cabeza con gesto de desafío.

—¡Vaya por Dios! ¿Ése es el modo que tienes de atender a mi consejo? Pues te pesará. Probarás a qué sabe el amor en una choza y sufrirás su fracaso.

—No resultará peor que el que disfrutan algunas personas en sus mansiones —repuso Meg.

Tía March se caló las gafas y miró atentamente a la muchacha, porque no la reconocía. Meg tampoco se reconocía sí misma, tan valiente e independiente se sentía..., tan contenta de defender a Juan y de afirmar su derecho a amarle, si así le placía. Viendo que había empezado mal, tía March dio marcha atrás y, tras una breve pausa, dijo suavemente:

—Vamos a ver hija mía, sé razonable, y sigue mi consejo. Me guía la mejor intención, pues no quiero que eches a perder tu vida cometiendo una equivocación. Tú debes casarte bien, y ayudar a tu familia; deberías estar instruida en que tienes el deber de procurarte un casamiento ventajoso.

—Papá y mamá no lo creen así; Juan les parece bien, aunque sea pobre.

—Es que tus padres, hija mía, no tienen más experiencia de la vida que la que pueden tener un par de niños de pecho.

—Me alegro de ello —exclamó Meg.

Sin hacerle caso, tía March prosiguió impertérrita su sermón:

—Ese Brooke es pobre y no tiene parientes ricos, ¿verdad?

—No; pero sí tiene buenos amigos.

—Eso no sirve para vivir, y si no, prueba y verás cómo te dan la espalda. ¿Tiene algún empleo?

—Todavía no; el señor Laurence le va a ayudar a encontrar trabajo.

—No me fío. Jaime Laurence es un viejo cascarrabias y no se puede confiar en él. Así pues, pretendes casarte con un hombre sin un céntimo, sin posición ni empleo y seguir trabajando aún más que ahora, en vez de pasar una vida agradable, como la pasarías si escucharas mis consejos. Te consideraba más inteligente, niña.

—Aunque esperase toda la vida, no podría hacer mejor elección. Juan es bueno y listo; tiene muchísimo talento, desea trabajar y seguramente hará carrera, dadas su energía y voluntad. Todo el mundo le estima y le respeta, y estoy orgullosa de que me quiera, a pesar de que soy joven y tonta. —Meg lucía más bonita que nunca en su vehemencia.

—Sabe que tienes parientes ricos; ése es el secreto de que le hayas gustado.

—¡Tía March! ¿Cómo se atreve a decir algo así? Juan está por encima de tales vilezas y no la escucharé ni un minuto más si sigue usted hablando así —exclamó Meg indignada ante las injuriosas sospechas de la vieja—. Mi Juan no se casaría nunca por dinero, y yo tampoco. Deseamos trabajar y no nos importa esperar. Lo de ser pobre bien sabe Dios que no me asusta, porque siéndolo he sido muy feliz, y sé que lo seré con Juan porque me quiere, y yo...

Meg no terminó la frase, porque de pronto recordó que aún no había aceptado a Juan, que le había dicho que se marchara y que él debía de estar oyéndola en aquel momento.

Tía March se enfadó terriblemente, porque anhelaba que su sobrina hiciese una buena boda. Además, la cara llena de felicidad de la muchacha hizo que la anciana y solitaria señora se sintiera triste y amargada.

—Bueno, yo me lavo las manos. Eres una niña obceca-da y con esta locura que vas a hacer perderás más de lo que te figuras. Me has decepcionado y no me encuentro ahora con ánimos para ver a tu padre. No esperes nada de mí el día de tu boda; que los amigos de tu señor Brooke se cui-den de ti. Para mí ya no existes.

Y, dando un portazo en las narices de Meg, tía March se marchó furiosa. Como si se hubiera llevado consigo todo el valor de la muchacha, la pobre Meg, al quedarse sola, no supo si reír o llorar.

Antes de que pudiera resolverse a una cosa u otra apa-reció Brooke, que dijo visiblemente emocionado:

—No pude evitar oír sus palabras, Meg. Gracias por haberme defendido, y a tía March porque a ella debo el saber la verdad.

—No iba a dejar que tía March te ofendiese —repuso Meg.

—Ya no necesito esperar... puedo quedarme contigo y ser feliz, ¿verdad, amor mío?

Meg tuvo otra oportunidad de pronunciar su famoso discurso, pero ni lo pensó siquiera, y se desprestigió para siempre a los ojos de Jo, al murmurar en voz muy baja.

—Sí, Juan, seremos felices. —Apoyó la cara en el hom-bro de Brooke.

Un cuarto de hora después de la marcha de tía March, Jo bajó sigilosamente por la escalera, se detuvo y, no oyó nada. Sonrió satisfecha: «Le ha despedido como se propo-nía. Asunto arreglado y se dijo. Iré a que me cuente la escena y a reírme un poco de ella.»

Pero la pobre Jo no se rió, sino que quedó clavada en el umbral de la puerta ante un espectáculo que la dejó bo-quiabierta. Entraba dispuesta a felicitar a su hermana por la prueba de fortaleza de ánimo dada al despedir a un pre-tendiente que no le convenía, y se quedó de una pieza al ver al susodicho pretendiente, sentado en el sofá, y a su hermana instalada en sus rodillas con expresión de sumi-sión. Jo exhaló una especie de grito, cual si hubiera recibi-do de pronto un balde de agua helada. Volviéndose, Meg se puso en pie de un salto, pareciendo a la vez confusa y dichosa, pero «aquel hombre», como Jo le llamaba, se echó a reír y dijo, dando un alegre beso en la mejilla a la atónita recién llegada:

—¡Hermana Jo, felicítanos!

Aquello fue demasiado; era añadir el insulto a la injuria, y Jo, sin decir palabra y con gesto de indignación, desapareció.

Corriendo escaleras arriba, sobresaltó a los convalecientes e hizo brusca irrupción en el cuarto en que se encontraban:

—Por favor, venid alguna abajo pronto; —exclamó con dramatismo—. Brooke se está comportando con desvergüenza, y a Meg le agrada.

El señor y la señora March salieron rápidamente del cuarto y Jo, tirándose en la cama, lloró y se indignó tempestuosamente, mientras refería a Beth y a Amy lo ocurrido. Las niñas, empero, juzgaron el hecho como muy agradable e interesante, y Jo encontró en ellas poco consuelo; por lo que corrió a su refugio de la buhardilla, donde confió su pena a los ratones.

Nadie supo lo que pasó aquella tarde en la sala, pero hubo largas conversaciones y el tranquilo Brooke asombró a todos por la elocuencia y brío que puso en la defensa de su causa, en la exposición de sus proyectos y en persuadirles de que lo arreglaran todo precisamente como él quería.

Llamaron a cenar antes de que hubiera acabado de describir el paraíso que pensaba ofrecer a Meg, y la condujo muy ufano al comedor, los dos tan contentos que Jo no tuvo valor para mostrarse celosa o triste. Amy quedó impresionada por el cariño que Juan demostraba a Meg y por la dignidad de ésta. Beth le sonreía desde lejos, mientras el señor y la señora March observaban a la joven pareja con tierna satisfacción. Nadie comió mucho, pero todos estaban contentísimos, y la vieja estancia parecía aún más iluminada al iniciarse en ella la primera historia de amor que se presentaba en la familia de los March.

—No dirás ahora que nunca ocurre nada agradable, ¿verdad, Meg? —preguntó Amy, mientras pensaba cómo dispondría a los novios en el dibujo que proyectaba hacer de ellos.

—Seguramente que no. ¿Cuántas han ocurrido desde que lo dije? Parece que ha pasado mucho tiempo —contestó Meg, que estaba en plena ensoñación de felicidad.

—Las alegrías han seguido esta vez de cerca a las penas y se me figura que han empezado los cambios —dijo la señora March—. En la mayoría de las familias suele haber de vez en cuando un año lleno de acontecimientos; éste lo ha sido para nosotros, pero termina bien.

—Espero que el que viene acabe mejor —dijo Jo, que hallaba muy duro el ver a Meg románticamente absorta delante de sus narices; porque Jo quería profundamente a pocas personas y temía perder su afecto o verlo disminuir.

—Pues yo espero que el tercer año a partir de éste, termine mejor; por lo menos, en lo que de mí dependa —dijo Brooke, sonriendo a Meg, como si ahora todo le pareciera factible.

—¿No os parece demasiado tiempo para esperar? —preguntó Amy, que tenía prisa por la boda.

—Tengo tanto que aprender antes de estar dispuesta, que ese tiempo me va a resultar muy corto —repuso Meg, con una inusual expresión de dulce gravedad.

—Tú no tienes que esperar; el trabajo lo haré yo —anunció Juan, empezando por recoger la servilleta de Meg con una expresión que hizo a Jo menear la cabeza. Al oír la puerta de entrada Jo pensó: «Ahí viene Laurie, ahora hablaremos de cosas más entretenidas.»

Laurie entró lleno de animación, trayendo un ramo grande, como de boda, para la «señora Brooke», y persuadido de que aquel asunto había llegado a final feliz.

—Ya sabía yo que Brooke se saldría con la suya, como siempre, porque cuando se le me mete una cosa en la cabeza, la consigue, así se hunda el mundo —dijo Laurie, cuando hubo ofrecido sus flores y sus felicitaciones.

—Gracias. Su parecer es de buen augurio para el porvenir; desde ahora queda usted invitado a mi boda —contestó Brooke, que se sentía en paz con toda la humanidad, incluso con su travieso discípulo.

—Iré, aunque me encuentre en el fin del mundo; sólo para ver el semblante de Jo en esos momentos merece la pena hacer el viaje. No tiene usted muy buen aspecto, señora mía. ¿Qué le ocurre? —preguntó Laurie, siguiendo a Jo hacia un extremo de la sala al que se dirigían para saludar al señor Laurence.

—La boda no me parece bien, pero he resuelto aguantarme sin decir nada en contra —declaró Jo con tono solemne—. No sabes cuánto me duele perder a Meg —añadió con un ligero temblor de voz.

—No la pierdes; únicamente la compartes —dijo Laurie tratando de consolarla.

—Ya nunca podré ser la misma; he perdido a mi amiga y hermana más querida —suspiró Jo.

—Me tienes a mí, que aunque no valgo para mucho te seré fiel todos los días de mi vida; te doy mi palabra de honor de que así será. —Y añadió—: Bueno, pero ahora no estés triste. Todo saldrá bien, ya verás: Meg es feliz, Brooke conseguirá un buen trabajo, el abuelo lo ayudará, y será divertido ver a Meg en su propia casa. Después de que se haya ido, lo pasaremos muy bien, porque tú, dentro de poco, habrás acabado con el colegio y entonces iremos al extranjero y haremos bonitas excursiones. ¿No te consuela eso?

—Creo que sí, pero sabe Dios lo que ocurrirá de aquí a tres años —dijo Jo, pensativa.

—Eso es cierto. ¿No te gustaría leer en el porvenir y saber dónde estaremos entonces todos? A mí sí —repuso Laurie.

—Pues a mí no, porque podría ver en perspectiva algo triste y estamos ahora tan contentos, que no creo quepa mejoría más grande.

Y al decir esto, Jo recorrió con la vista el cuarto y sus ojos se alegraron ante el espectáculo que veía, pues era en verdad grato.

Sus padres, sentados juntos, volvieron a vivir dulcemente el primer capítulo de la novela que para ellos había comenzado veinte años atrás. Amy tomaba un apunte de los novios, que estaban sumidos en un mundo muy bello, exclusivamente suyo y cuya luz ponía en sus rostros una expresión que la pequeña artista no podía copiar. Beth, sentada en el sofá, hablaba animadamente con su anciano amigo, el señor Laurence, que estrechaba su manecita, como confiado de poder conducirla por el apacible sendero que ella seguía. Jo estaba recostada en su asiento preferido, con esa expresión grave y tranquila que tan bien le sentaba. Y Laurie, reclinado en una silla, le sonreía cariñosamente a través del espejo que a ambos reflejaba.

Así agrupados, cae el telón sobre Meg, Jo, Beth y Amy. Si ha de alzarse o no otra vez, dependerá de la acogida que dé el público al primer acto del drama doméstico titulado *Mujercitas*.

ÍNDICE